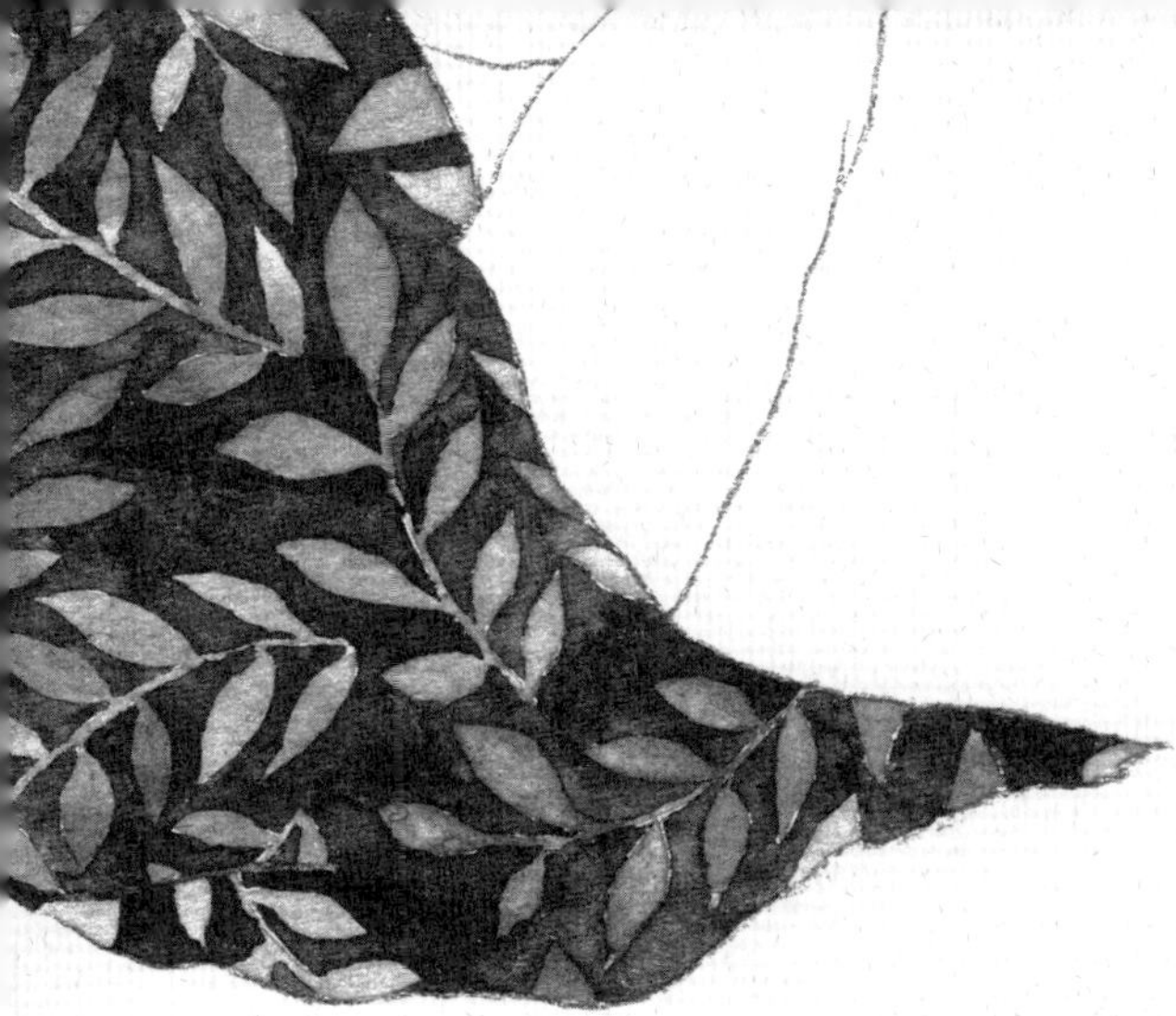

Tsung Wei Wang

ここにいる

王《ワン》聡《ツォン》威《ウェイ》

倉本知明［訳］

白水社
ExLibris

ここにいる

前の家から持ってきたガラスの風鈴は、いまでも昔と変わらない音色を立ててた。着るもの以外、あの家からはほとんどなにも持ってこなかったし、新しく買い足すこともなかった。目に映るのはアパートに備え付けられた古い家具や家電用品の類だけで、どれも生活に必要なものばかり。風鈴は結婚式のときにもらった贈り物で、インドネシアにある小さな島で買ったものらしかった。この風鈴を手元に残したのは、別に昔のことや阿任《アーレン》、あなたとの結婚生活を懐かしんでるってわけじゃなくて、ただ単にその音色が気に入ってたから。どんなときも涼しげな音色を立てる風鈴は、インドネシアで飲むミックスジュースみたいに、いつだって私を爽やかな気分にさせてくれた。

吹き込んできたにしてはずいぶん乱暴な風。これも全部、気持ちの問題なのかな？　誰かと仲良くする感覚なんてすっかり忘れちゃって、他人の優しさや素直さってものに感動することもなくなってた。白くて薄いカーテンが弱々しく壁に寄りかかってたけど、よくよく見ればそれはずいぶん汚れてて、長いあいだ日に焼かれたせいか布地もひび割れて黄ばんでた。カーテンに塗ってあった遮光塗料はほとんど剝がれ落ちて、まばらなその欠片だけが表面にへばりついてたけど、この薄い日差しはそこから差し込んできてたんだ。

もしかして、この白い壁に騙されたんじゃないかな。風は自分の意思でここに吹き込んできたわけでも、この部屋を探るために吹き込んできたわけでもない。ましてや部屋を覗くためでも、何かを奪ったり盗み聞きしたりするためでもなく、当たり前だけど、私がまだ生きてるかどうかを確認しに来たわけでもなかった。そんな期待はもうとっくに捨てちゃったじゃない。ごくたまに、自分がいなくなったあの会社で、ランチの時間に私が食堂にいないことに誰かが気づいてくれるかもって思うくらいで。窓の外を吹き抜ける風は、きっとこの壁に沿っていけば無難に旅を続けられるって思ってたんだ。それとも、目の前に罠があることを知らない子どもみたいに、壁に向かってボールを投げようとしてたか、宙返りでもしようとしたのかも。さもなきゃ、壁を吹き抜けようとしてうっかり部屋に迷い込んじゃったのかな。それか、ここに空洞があるってわかってたはずなのに、はしゃぎすぎてこの中にすっ転んできちゃったとか。長い間押し黙っていた風鈴が慌てて声を上げたのは、つまりこの慌てん坊に足を掛けられたから。そのせいか、その音色は少しもなめらかじゃなくて、無理やり鳴らされたみたいだった。風に吹かれたっていうよりも、むしろ狭い空間で何かがぶつかり合うみたいな音で、慌しげな音色だけが部屋の中に満ちてた。人を不快にさせるその音色は、何か不吉なことが起こる前触れみたいだった。

ねえ、小娟《シャオジュエン》が風鈴を好きだって知ってた？　風鈴が鳴れば、誰かがおうちの中をうろうろしてるみたいで寂しくないんだって。でもそれって何だか怖くない？　もしホントに誰もいない部屋でそんな人間がいたら、それってきっと子どもにしか見えないアレなわけじゃない？　だけどここに掛けられた風鈴は、前みたいにしょっちゅう鳴ってるわけじゃなくて、もうずいぶん長い間、黙り込んだままなんだ。あんまりにも静かだから、てっきり音の出ないサンプル商品になっちゃったか、風鈴の中にいる妖精が消えちゃったのかと思ったくらい。え、聞いたことない？　風鈴の中で暮らす妖精。とっても小さな守り神で、風が通り過ぎるときに窓の庇《ひさし》を傷めないように風鈴を鳴らして風を通してあげる妖精さん。

でも、今回は一種のアクシデントみたいなもので、特に何の意味もなかった。何だかこの子に余計なプレッシャーをかけてるのかなって気がしてきた。自分のせいであなたがこの部屋に来たんだと私に勘違いさせるんじゃないかって心配してるのかもしれないけど、そんなことないんだよ。あれが単なるアクシデントで、ちょっと空気を読めない風がこの部屋に侵入してきただけで、あなたが来たわけじゃないってことくらいちゃんとわかってるんだから。私が期待しすぎてることが心配なのかな。それならそれで、あなたがホントにここに来てくれたときのことを妄想してみようか。昔みたいにあなたは優しく風鈴を揺らして、自分が来たんだってことを私に伝えるの。そんなこと起こりっこないんだけど。でもだからって、別に風鈴《この子》に罪があるわけじゃない。風鈴はただ風に吹かれるだけ。それなのに、私に責められるんじゃないかって毎日びくびくしながら暮らしてる。風鈴には抵抗する力なんかなくて、風にしろあなたにしろ、誰かが来れば鳴らなくちゃいけないってことを、私自身すっかり忘れちゃってたのかも。

音色は確かに違ってた。風のときは軽く、あなたが揺らしたときはほんの少しだけ重く響く。けれどこの子は私がそれを聞き分けられないって思ってるんだ。だって、この子はいまの私が「風鈴が鳴ればあなたが帰ってきた」って反射的に思うと信じ込んじゃってるから。だからこんなふうに、いかにもうろたえてますって音色を響かせるわけだけど、もちろんそれはこの子の勝手な思い込み。でも、実際それはある種の幻想や頭の固さみたいなもので、この子自身は結局なんにもできっこない。あなたか風がやって来て、はじめて何かが動き出す。「あなたはまだ来ない」「あなたはまだ来ない」。この子は内心そう叫びながら、それからわざとらしく身体を揺すって私の注意を引こうとする。風のせいで不規則に震える身体。もしも本当にあなたが来れば、この子は前後に軽くその身を揺らすだけってわかってるはずなのに。そこにはほんのかすかな違いがある。それを見分けるのが私の人生で一番重要な任務で、この子にとって一番大切な責任ってわけ。この子はただの風鈴だけど、それだけがこの子にできる一番大切なことなんだ。

この部屋はまるでユーコン川の氷原に浮かんでるみたいに寒い。風鈴が必要な夏なのに、冷房をつけないでここまで寒いなんて信じられる？　流れる汗を全身で感じると、自分が見渡す限りの雪に覆われた氷原に立ちつくしてるみたいな気分になる。目の前には果てしなく広がる大地があって、たとえ犬ぞりがあったとしても、この大地を最果てまで走り抜けるなんてできっこない気がした。こんな場所で私はひとりぼっち。寒さが骨身に染みて、身体からは死んだ子猫みたいな臭いがしてた。猫は好きだけどアレルギーが強くて、掃除をするかその場から退散するしかなかった。考えただけで疲れちゃうでしょ。別に、ホントに猫がいるってわけでもないんだしさ。

わかってる。今日もあなたは来ない。なら昼寝でもしようかな。いまの私は夢のない人間。夢なんてどれもヌルヌルしてて、絶滅危惧種の鰻《うなぎ》みたいじゃない。それに、ホントは野生の鰻なんてほとんどいないんでしょ？　そこらじゅうに夢が転がってた学生時代を懐かしく感じることもあるんだけど、男にとっての夢なんて所詮《しょせん》女の太股みたいなもんじゃない。枕にして眠りにつければそれだけで美しい夢になるんだから。ねえ、鰻と女の太股と観覧車の違いってわかる？　私、ずっと観覧車に乗ってみたかったんだ。観覧車に乗るのが私の夢だって何度も言ったよね。私たちがまだ甘くて幸せな関係だった頃、私の願いは一度だけあなたと一緒に観覧車に乗ることだった。でもそれって、妻としてというより何だか不倫相手の要求に近い気がする。だって不倫してはじめてその相手と一緒に遊園地に行きたいなんて思うわけじゃない。で、回転木馬に乗っちゃったりしてさ。観覧車だって同じで、ちょっと気を抜けばすべてが沫《あわ》みたいに消えちゃう閉塞感があるじゃない。それってどこか鰻の棲む穴みたいだって思わない？

＊

職場近くにある地下鉄の入口で、僕はよくその女性を見かけた。そしてなぜか自分はその女性をよく知っていて、それが誰かに似てるような気がしてならなかった。しばらくして、ようやくそれが美君《メイジュン》に似てることに気づいた。もちろん、美君がどんな顔をしていたかはっきり覚えていた。なぜって僕は昔美君のことが大好きで、僕たち二人は大学時代につき合っていたんだから。

地下鉄の女性は確かに美君に似てたんだけど、そう思った途端、いったい美君がどんな顔をしてたのかわからなくなってしまった。もう十年近く会ってなかったから、美君だってずいぶん変わっちゃってるに違いなかったけど、地下鉄の女性はただ姿形が美君に似てるだけじゃなく、その表情や目つき、それにどこか差し迫った感じがするところまでそっくりだった。ふっと僕を捉えたその視線は、数秒のあいだ僕の顔で優しく足を休めた後、再び何事もなかったかのように別の場所へと移っていった。いったい僕のことをどう思ってるんだろう。その瞳に捉えられた瞬間、僕はそこに宿る優しさが未来永劫続くんだって気がしたんだけど、視線を外された途端、彼女はさっさと自分の世界へ去ってしまい、何だか僕一人その場に置き去りにされた気分になった。

そういえば、美君も自分の世界の中で暮らしてる人間だった。別れてからのことはよく知らないけど、学生時代に彼女が関心を持っていたのは、大学の講義と補講だけだった。へらへらした人間が大嫌いで、たとえ冷たく見られても、厳《いか》めしくしてた方がマシだって言ってたっけ。学生委員の会議で適当に話してすむような議題でさえ、美君はいつも熟慮に熟慮を重ねた結果って表情を浮かべながら一票を投じるタイプだった。

語学が苦手だった美君は、英語のテキストを読むためにわざわざ学習塾に通い、しかもフランス語センターでフランス語の勉強までしてた。自分の将来像ってやつをしっかり描いてた美君は、大学院への進学だとか海外での博士号取得だとかそんなことのために、毎月何をしてどんな本を読むべきか、細かいスケジュールを立てて行動していた。予定通りことが運ばないときなんかも、何とか知恵を絞ってスケジュールの埋め合わせをしてたっけ。美君にとって合コンなんてガキのやるくだらない遊びで、そのせいでクラスではひどく浮いていた。友人と言える人間もせいぜい一人か二人で、それでも美君にとっては十分みたいだった。かといって無趣味な人間だったかというとそうでもなく、毎年休暇になれば一人か、ときには友人と一緒に海外でバカンスを楽しんでいた。旅行で撮った写真を見せてもらったことがあったけど、美君がノートルダム大聖堂の前であんなふうに楽しげな笑顔を見せるなんて思いもしなかった。名前も知らないイギリスの湖畔で大きく真っ白いガチョウが横切るのを横目に、少しおびえた様子で写真に納まる美君は、側にいるガチョウが自分を突っつくんじゃないかってびくつきながら、とっても優しげな笑みを浮かべてたっけ。

地下鉄の女性にも少し似たところがあった。そう思うのも、しょっちゅう顔を合わせてるせいなのかもしれない。向こうも向こうで、すっかり僕の顔を覚えてしまったみたいだったけど、やっぱりそれはたまたま目が合っただけなのかもしれない。何度も手を振って挨拶しようと思ったけど、その度にハッと我に返って、待て待てあれは美君じゃないんだゾって思い直したんだ。それでも偶然再会したような気持ちを抑えることができなくて、「やあ、どうしてまたこんな所にいるんだ?」って、ついつい口をすべらせそうになったことが何度もあった。その頃になると、美君らしきその女性と顔を合わせることに苦痛すら感じるようになっていた。どうして僕に会って挨拶の一つもしてくれないんだ。それとも、向こうも向こうで僕が誰なのか確信を持てずにいるのかな? でも、身長にしろ顔つきにしろ、僕は昔とちっとも変わってないんだ。ときにはこっそり相手の顔を睨《にら》みつけながら、やっぱり美君とは似ても似つかないやって自分に言い聞かせてみたり、お前なんかとは金輪際顔を合わせるのはごめんだって思ったりもしたんだ。だって万が一にだよ。ある日突然お互いの正体がわかった日には、いったいこんなにも長い間お互いの存在を無視してきたことをどうやって言い繕えばいいのか、それこそ目も当てられないじゃないか。でもこんなふうにも思うんだ。もしもお互いに相手が誰なのかってことを永遠に認めなければ、それって結局、自分にとって相手がそれほど重要な人間じゃなかったってことを暗に認めることになるんじゃないかって。

でも、そんなことって本当にあるのかな。僕たちは二十年前、確かに愛し合った仲なんだ。

いや、愛し合った仲っていうのは言い過ぎだとしてもだよ、しょっちゅう顔を合わせていたし、長い手紙のやり取りだってしてたんだ。それに電話だって。なのにいま、こうしてお互いの顔を見ても相手が誰だかわからないなんてこと本当にあると思う？　家に帰って美君の写真を探してみたけど、見つかったのは彼女から送られた手紙だけだった。確か大学を卒業するとき、プレゼントしてくれた写真が実家に一束ほど残ってたはずだった。「兵隊に行ってる間はしばらく会えないけど、これがあれば少しは退屈しないでしょ」。美君はそう言って、徴兵前の僕に写真をプレゼントしてくれた。あのとき、僕は美君が写真を撮るのが趣味だなんて知らなかったから、ずいぶん驚いたんだっけ。お世辞にも美人とは言えない丸くて平べったい顔をした美君は、身体も全体的にぽっちゃりしていて、でもおっぱいは人並み外れて大きかった。もしもタイトな服なんて着れば、どっしりした腰周りにまるで男の子みたいに広い肩幅が目立った。下半身はまあそれなりに普通だったけど、お尻はぷりっとしてて、ぴっちりとしたジーンズに包まれたそれは何だか神秘的で豊饒な大地を包み込んでるみたいだった。一番きれいだったのは何といっても艶のある長い黒髪で、ふさふさしたそれは背中へ向けて流れ落ちる滝みたいに見えた。束になった写真には大学の卒業式のときの式服《アカデミックガウン》を着てるものや、湖畔で普段着のまま撮ったものもあった。どれも美容室の宣材写真みたいなポーズだったけど、普通のコンパクトカメラで撮った写真だったせいかどこかぎこちなく、正直ちょっとバカっぽく見えた。でも、レンズの中にいる美君はずいぶん楽しそうで、まるでそうした自分のバカっぽさと優しさが、実は何物にも代え難いものだってことをちゃんとわかってるみたいだった。

あの写真、どこにしまったんだっけ。きっと当時はまだ学生だったから、新しい恋人に見つかって面倒になることが怖くてどこかに隠したんだ。いまとなっては、写真をどこにしまったのかまるで思い出せなかった。必死に思い出そうとすればするほど、あの地下鉄の女性が実は美君本人なんじゃないかって気がして仕方なかった。ぽっちゃりした顔以外、特徴らしい特徴がなかった美君があの地下鉄の女性の顔と交じり合って、何だかわけがわからなくなってきた。Googleの検索エンジンに美君の名前をかけてみたけど、出てくるのはどれも同姓同名の他人ばかりで、画像検索をかけてみても浮かび上がってきたのは知らない他人の顔ばかりだった。何ページもスクロールしていって、ようやく公務用に撮られたらしい写真を一枚だけ発見した。政府機関のホームページに貼り付けられてるみたいな味気ない写真だったけど、さっそくその写真をクリックしてみた。そこに記入された学歴や職業はどれも僕が知っている美君のもので、どうやら本人に違いなかった。以前より痩せたみたいだったけど、その顔は昔と変わりなく、例のおっぱいも真っ白なシャツとピンクのオーバーに包まれてた。公務用の写真に違いなかったけど、それでもその表情はどこか雄雄しく、威厳に満ちていた。こんなこと正直あんまり言いたくはないんだけど、大学時代デートしたときなんかは、いつもこっそりあのむちむちしたおっぱいを盗み見してたんだ。美君は一度だって僕のために胸元を強調したような服を着てくれなかったけど、それでも半袖のTシャツを着てくれるだけで、胸元に浮かび上がるブラの形とレースの模様を拝めたんだ。

写真はいかにも公務的な感じがして、厳かなその表情に笑みは浮かんでなかったけど、それはある意味当然の話で、美君はそもそもがそんな人間だった。ネットに公開するような写真を撮るのに笑みを浮かべる美君なんて想像もつかなかった。よくよくその表情を観察すると、やっぱり以前とは変わっていた。何ていうか、ずいぶん老けてしまってた。顔のくぼみに浮かぶ陰影からは優しさがまるで感じられず、もしかしたら僕がただ感じ取れなかっただけなのかもしれないけど、新しく公布された法律か何かのせいで、人生から一切の優しさが一律に削除《デリート》されたって感じだった。つき合っていた頃、美君は一度だって僕のことを好きとは言ってくれなかったけど、サークルの先輩のことが好きなんだって言っては、しょっちゅう僕をやきもきさせた。政治関連のサークルに所属するその先輩はやたら左翼関連の本を読みあさっていたらしく、直接顔を合わせたことはなかったけど、話を聞く限りずいぶんな物知り博士で、それだけに異性にはモテてたらしかった。でもたとえそうであったとしても、美君だってそいつと一緒にいるときはただ単に舞い上がってる「だけ」で、僕が知ってるような優しい一面をそいつに見せたことなんてなかったはずなんだ。

ネットの写真を見ていてふと思った。もしも仮にいま、美君と道端で偶然出会ったとしても、僕はきっとそれが美君だってわからないんじゃないかって。写真の女性と地下鉄でしょっちゅう目にするあの女性との間に、果たしてどんな違いがあるのか？　地下鉄で見かける女性の方がいまの美君より美君らしくないなんて誰にも言えないだろう。もしも二人が同時に僕の目の前に現れれば、僕だって正しい選択ができるとは限らない。でもそうすると、ますますわからなくなってきた。ネットで見つけた美君は確かに現実世界の美君に違いなかったけど、現実世界にいる本物の美君は僕にとってまるでリアリティがなかった。美君の中から僕の知っている彼女を探し当てることはできなかったけど、地下鉄のあの赤の他人である女性からはそれを探し当てることができた。もちろん理性的に考えれば、どちらが本物でどちらが偽物か判断することはできる。でも仮にだよ、地下鉄の女性が僕の正体がわかったって、何かいいことでもあるのかな（もちろんない）。例の女性がふと僕に向かって歩み寄ると、突然こう切り出したんだ。「ちょっと、私が誰だかわからないわけ？」それから二人は恋に落ちて結婚する。それって、僕が若い頃に夢見てたことじゃなかったっけ？　結局さ、何が本物で何が偽物かだなんて、そこまで重要じゃないんだよ。

＊

まさか、こんなときに子猫の鳴き声を聞くなんて。

耳をすませば、鳴き声は近くの車の下から聞こえてきた。まるで舌先にのせたペパーミントの錠剤みたいに涼しくて、ともすると溶けてなくなってしまいそうな声だった。それがいったいどの車両の下から聞こえてくるのか、はっきりとはわからなかった。路地の両側には車がぎっしり並べられてたけど、声は徐々に小さく痩せ細っていった。子猫は暑さにやられているか、お腹がすいてるみたいで、その呼吸さえも小さく乾いたように胃の中へ吸い込まれていった。その瞬間、私の頭の中では象がまるまる一頭入り込むくらい大きな空白が生まれていて、世界中の音が耳元からすべて零《こぼ》れ落ち、鼓膜はただ必死にか細い子猫の声だけを拾い集めていた。私は見知らぬその狭い路地が座標《タグ》もなにもない宇宙空間みたいに思えて、すっかり途方に暮れていた。子猫の鳴き声だけが、そうした空間に示された座標となって向かうべき方向を示し、それに従うことだけが自分にとって意義のあることみたいに思えた。その声を追い求めることで自分が何か意味のあることをやってるんだって感じて、パニックに陥ることもなく、自分の存在の無意味さすら感じずにすんだ。だけどそんな意識もこの酷暑の中では徐々に蒸発していって、一旦それが消えてしまうと、私は再び自分の無意味さに向き合わなくちゃいけなくて、いったい何をすればいいのかすっかり途方に暮れてしまった。

ふと我に返ると、小娟が私の手をふりほどいて走り出していた。あなたがこの手をふりほどこうとしたことにすら気づかなかった。あの瞬間、あなたは私の手が水中に浮かぶ海草みたいにひらひら宙に浮かび上がっていたことに気づいてた？　あなたの指先がちょうど私の指先から離れようとしたその瞬間、私は子猫の鳴き声がつくりだす困惑した世界からふっと目を覚ましたんだ。私から離れようとしたあのかすかな皮膚感覚。それだけが、いまの私に残されたすべてだったのに。

左に向かって駆け出すあなた。六歳の子の走り方はまだまだ危なっかしく、もし転べばきっと熱くたぎったアスファルトに薄い肌が焼かれてしまうに違いなかった。私たちはトラブルの渦中にあって、落ち着いた生活を取り戻すまでは、これまで想像もしなかったような面倒なことにも向き合わなくちゃいけなかった。心の中はすでにそうした面倒なことでいっぱいで、とてもじゃないけどあなたの後を走って追いかけていく気になんてならなかった。いま一番避けたいことは想定外のアクシデントで、今後やるべきことはちゃんと計画を立てていたし、何より私は自分の立てた計画に忠実な人間だった。計画にないことをすれば不安になったけど、かといって神経質な人間ってほどでもなかった。そんな性格が人さまからきらわれることはよくわかってた。だからかも。若い頃つき合った相手とは一度だってうまくいったためしがなかった。でも、それっておかしな話じゃない？　だって計画に長けた性格をしているのは、普通は男の方なんだから。どうして私の身近にいる男たちはそろいもそろって一日中ただぼけっと過ごすだけで、向上心の欠片もないタイプばっかりだったのかな。

握った手を広げると、あなたの汗の跡がしっかりとそこに残っていた。きっとパパの生理反応が遺伝したんだ。あの人も汗っかきで、少しでも暑くなれば手の真ん中から汗が噴き出してた。逆に私の手はいつもからからに乾いてた。まるで粉塵《ふんじん》が舞い散るみたいに皮膚がひび割れて、何だか岩層みたいに見えた。はじめてあの人の手を握ったとき、泉みたいに湧き出る汗の量にずいぶん驚いたっけ。何だか生まれて初めて自分と違った人間の身体に触れたって気がしたから。あなたの汗は私のてのひらにうっすらと浮かび上がって、それは乾いた岩にかけられたうち水みたいに見えた。灰色にひび割れた私のてのひらはどんな水もあっという間に吸い込んで、汗とホコリだけがその表面にいつまでも留まってた。いったいいつから私の手はこんなふうになっちゃったのかな。昔はこんなんじゃなかった。いまここにあるのは昔の面影が残った厚い肉の塊。みんな言ってたんだよ。あなたのパパだけじゃなくて、おじいちゃんやおばあちゃんも、これは運勢のいい人間の手相だって。とっても温かい心をした人間だけが持ってるんだって。昔からずっと、あなたのパパの手がきらいじゃなかった。いつも別の人間の体液に染められて、それが自分の身体に残されるって感覚がなんだか特別に思えたから。でもあの人はそれを恥ずかしいって思ってた。特につき合いたての頃なんて、手が触れるたびに謝ってた。結婚が決まってからも、あの人はいつも私の手を握ることを躊躇してた。その頃、心の中でいつも思ってたんだ。あなたのパパはちょっと気が小さすぎやしないかって。それか、この人は感情の機微ってものを理解できない人間なんじゃないかって。

私は重いスーツケースを引きずりながら、肩にはＰＵＭＡのナイロン製の旅行バッグを掛けていた。あなたはひたすら前に向かって駆けていく。すぐにでもその後を追いかけていきたかったけど、擦り切れたスーツケースのタイヤがアスファルトの窪みに落ち込んでうまく進めなかった。ＰＵＭＡの旅行バッグも私の肩を押さえつけるように圧し掛かってきて、アスファルトの中に身体全体が沈んでいくような気がした。まるで重々しい夢に迷い込んでしまったみたいで、そこから抜け出したかったけど身体がいうことをきかず、力だけがどんどんと奪われていった。胸まで吸い込んだ息を止めた私は、何とか身体を前へ前へと引っ張っていこうとした。スーツケースを捨ててあなたの後を追っていくこともできたけど、どうしてもそれは難しかった。道端に置き捨てたスーツケースがもしも車にはねられたり、盗まれてしまったらどうしよう、と怖かった。もしそんなことになれば、私たちは本当に何もかも失ってしまうことになったから。

あなたは左手前から二番目にある車両の下に這いつくばると、首を曲げて懸命に車の下を覗き込もうとしてた。そのすぐ側では、溝に向かって濃い緑色の機械油が流れていた。ようやくあなたの側までやって来たけど、その場にうずくまりたくなかった。だけど、私の手はあなたを抱きあげられず、せいぜいその頭に触れることしかできなかった。旅行バッグを地面に下ろしたくなかった。だって、そんなことをしたらバッグが汚れちゃうじゃない。もちろんバッグは別に新しいものなんかじゃなくて、簞笥《たんす》の奥から引っ張り出してきた、それこそ二十年以上使っていないお古で、表面には黄ばみが浮きでるだけじゃなく亀裂まで入ってた。そこにいったい何があるのか、あなたの頭と自動車の排気管に遮られて、私からは何も見えなかった。頭を揺らしてみる。あなたは小さなソフト帽をかぶっていて、それは駅裏にある売店で私が買ってあげたものだった。きれいなわりに安くて、淡い水色にピンクのリボンと蝶々が巻かれたデザインだった。ほら立って。行くよ。私の言葉にあなたは答えなかった。私はもう一度あなたの頭を揺らして言った。「立ちなさい。服が汚れちゃうでしょ。それに、車に近づきすぎないで。火傷《やけど》するから」。すると、また子猫の鳴き声が聞こえてきた。いったいどれくらい大きな猫なのか、声からはまるで見当がつかなかった。

「子猫だよ」とあなたが言った。「ミャーミャー」。あなたの頭と排気管の隙間から、一匹の子猫が頭を出しているのが目に入った。それは灰色の毛並みをしたトラ猫だった。あなたを見上げた子猫は、日差しが強すぎるせいか瞳孔が針みたいに細く、かすかに口を開けてミャーミャーと鳴き声をあげていた。なぜかふと昨晩の大雨を思い出した。いったいこの子猫はどうやってあの雨をやり過ごしたんだろう。

私はできるだけ優しく口を開いた。「小娟、行くよ」

「子猫、飼いたいな」とあなたは言った。

そう言うと思った。でもいまこんな状況でホントに子猫なんて飼えると思ってる?

「わたし、この子抱っこしていけるよ。そうすれば、ママの荷物も重くならないでしょ」とあなたは言った。

背中から汗が噴き出してくるのがわかった。頭がくらくらする。どろどろと粘り気のある液体が身体中を覆い、ブラがまるで蛭《ひる》のように身体にへばりついていくのがわかった。血を吸われた跡みたいに、あるいは焼きごてを入れられたみたいにその痕跡が背中と乳房の縁に浮かび上がっていった。痛みを感じた私は、呼吸する度に真っ赤に焼かれた鉄の糸で身体を縛り上げられてるような感覚を覚えた。ふつふつとこみ上げてくる怒りを抑えながら、なんとか以前と同じように理性的な母親であろうと努めた。「ほら、行くよ」

「わがまま言わないで」。私が言った。「早く立ちなさい」

「ママが子猫飼っていいって言ったんだよ。ママのうそつき」。あなたは続けて言った。「ママが言ったんだよ」

「それは昔の話。いまは引越ししたばっかりでしょ。猫なんてどうやってうちで飼えるのよ」と私が言うと、

「ママが新しいおうちにお引越ししたら子猫を飼ってもいいって言ったんだよ。ママが言ったんだよ」とあなたが言った。

「引越しが終われば飼ってもいいよ。ね、それでいいでしょ?」と私は答えた。

「この子もいっしょにお引越ししたいの」とあなたが言った。

あなたは相変わらず動かなかった。その場に屈み込んで、早くあなたを立ち上がらせなきゃって思いがひどく私を苛立たせた。小さな娘一人その場に立ち上がらせることもできない。私

はそこまで無力な存在なんだろうか。私はあんたみたいな子どもにまでバカにされなくちゃならないわけ。あなたの頭から帽子をむしりとった私は、それを左後ろに力任せに引っ張った。「行くよ」。重いランドセルを背負ったあなたは重心を失ってその場にひっくり返ると、身体半分がそのまま車体の下に隠れてしまった。内心ひどく驚いたけど、かわいそうだなんて気持ちはおくびにも出さず、あんたの生き死になんて私の知ったこっちゃないわよって口調で、「早く。二度も言わせないで」と続けた。あなたは一声もあげることなく黙ってもとの姿勢に戻ると、泣き声ひとつ立てずに黙って頭を車体の底に押し当てた。「あ、そ。だったらここにひとりで残ってなさい」。アスファルトの窪みに落ち込んだスーツケースを引っ張り上げた私は、そのままゆっくりと一歩下がった。むしりとった帽子を握りしめて、ただじっとあなたの反応をうかがっていた。

「ママが言ったんだよ。もしも子猫が自分からやって来たら飼ってもいいって」。あなたはまたそんなことを口にした。「この子、自分からわたしのところに来たんだよ。自分から一緒におうちに帰ろうねって、わたしに言ってきたんだよ」。だから私たちにはそのおうちがないのよ。どうしてあなたはそんなこともわからないの。私たちはただ住む場所を探してるだけで、帰る家なんてないんだ。だけどあなたにはきっとその違いなんてわからないのよね。屈み込んであなたに目をやった私は、続けてトラ猫に視線をうつした。あなたを押し倒したときに子猫は私からは見えない場所に隠れてしまっていたけど、再び頭を出してミャーミャーとあなたの小さな指を舐めていた。その泣き声はまるで黒く伸びた影みたいで、爪のように長く黄色い舌を伸ばしていた。私にはその猫がオスなのかメスなのかもわからなかった。

六月ってホントに暑い。私は自分の身体から異様な匂いが立ちのぼっていることに気づいた。照りつける太陽が流れ出す汗を乾かしたせいか、そこまで強くはないけど、それでも鼻につんとくるような匂いが身体から立ち込めてた。どれだけ一生懸命に洗ってもその匂いはずっと私の身体と服に残っていて、何度も何度もこんな暑い夏の日に家を出たあの日のことを思い起こさせる。あのとき、私はあなたの手をひいていたんじゃなかった？　どうしてよりによってこんなときに家を出ちゃったのか、いまじゃ後悔してる。ううん、そうじゃなくていま離れなきゃいけなかったんだ。あなたのパパが私にそうするように仕向けてきたんじゃない。こんな暑さの中、トラ猫はどれくらい生きていられるのかな？　アスファルトの地面に焼かれて死んじゃった後、その中に溶けていっちゃうなんてことないよね。私は猫の死体で舗装された道路にまだ生きている猫たちが溶け落ちていき、車が通るたびにミャーミャーと泣き叫ぶ声が聞こえてくる、そんな光景を妄想してみた。

路地のつきあたりまで来た私はふっと頭を上げた。そこには五階建ての古いアパートがずらりと立ち並んでいた。正午の時間帯、建物全体はしんと静まり返って、出入りする者もいない。間延びしたような世界はなんだか陸地から離れた孤島みたいで、何千人もの人間がそこにいるはずなのに、アパートには影一つなかった。ここはそんな場所で、よくよく耳を澄ませてみればテレビの音が漏れ聞こえてきた。無数にある窓の向こう側では確かに誰かが存在していて、というか存在しているはずだった。たとえ音がしなかったとしても、それは彼らがただ黙々と生活しているからで、外に出る必要がないからだった。午後の炎天の下、誰も好き好んで外出なんてしないはずで、だからこそ誰に会うことなく、たとえ会ったとしても特に言うべきこともない。ここには私たち母子《おやこ》が身を隠す場所があった。

＊

阿南《アーナン》。こんなふうに二人で会うのはいつぶりかな。お互い連絡を取らなくなってずいぶん経ったね。あなたが兵役についてた頃、何度も長い手紙を書いたんだよ。あなたに手紙を書くのが好きだったから。字がきれいだねって、何度も褒めてくれたじゃない。あなたの返事もよかった。きっと文才があるんだ。だからあなたの手紙を読むのはすっごく楽しかった。社会に出てからも手紙を書く習慣は続けてたけど、それでも少しずつ少なくなっていって、しまいにはお互い連絡も取らなくなっちゃったでしょ。

兵役を終えたあなたは、そのまま中部に残って仕事をはじめた。あなたが北部に帰ってきたことを知った私は、すぐに電話して会うことに決めたけど、なかなかいい場所が見つからなかった。十数年北部を離れていたあなたは、いまあの都市《まち》にどんな店があるのか知らなかったし、私は私でここ数年結婚や仕事に忙しくて、そういったことにとんと疎《うと》くなっちゃってたから。考えあぐねた結果、結局大学の辺りの喫茶店で会おうととりあえず約束して、さきに着いた方が次に行く場所を決めるってことにした。で、さきに着いたのが私だったってわけ。時間の管理が苦手な私はいつだって時間を見誤って、四年間ぶらぶらしてた大学の近くにある通りを行ったり来たりしたんだけど、新しくできた店はほとんど見覚えがなくて、逆に知ってた店はほとんど潰れてた。私が忘れちゃっただけなのかもしれないけど。新しくできた店っていったいどこから生まれてきて、どうしてこんなふうに私の知っている過去を呑みこんじゃうのかな。それに、私の知ってた馴染みの店は何だってまたこんなにも簡単に新しいものに呑みこまれちゃって、みんなの記憶から消えていくんだろ。

通りは昔と同じように狭くて静かな郊外の雰囲気があったけど、店の中で肩を寄せ合う人たち、もし仮に彼らが学生だって言うなら、それは私が知ってる学生たちじゃなかった。彼らはひどく世慣れてる上に、その顔には昔の学生にあったようなびくびくした小動物みたいな表情は微塵《みじん》も感じられず、成熟して大人びた様子だけが見て取れた。でももしも彼らが学生じゃないって言うなら、どうしてまた部外者がこんな場所に集まったりしてるんだろ？　見たところ彼らはとっても利口で、この世界に自分たちを驚かすことなんて何一つないって感じの自信に満ちた生活をしてるみたいだった。私は外観のイカした店を選んで入ろうとするんだけど、どうしても足が前に進まなかった。喫茶店のマスターはいかにも客を選り好みしそうな顔つきで、彼のおメガネに適う人間だけが入店を許されるような雰囲気があった。それは客の着こなしだったりちょっとした素振りや行動スタイルみたいなもので、彼らはごくごく自然に笑って、小説みたいなイカした文章を静かに書いていた。どっちにしろ、私は自分がひどく場違いな人間なんだって感じた。彼らの仲間じゃないってことが怖かった。そのせいで私はあてどなくこの都市を歩き続けて、いったい自分がどこに向かっているのかさえわからなくなっちゃった。とにかくここは私の知ってる場所じゃなかった。てっきり私は自分が地元《ホームタウン》に戻ってきたんだとばかり思ってたけど、実際はとっくの昔にこの都市からお払い箱をくらっていただけだったのかもしれない。

酷暑の中、ひとり歩いていた。どこにも受け入れられない気持ちを抱えて郷愁の聖地巡礼をしてる私は、かといって過去に舞い戻ることもできずにいた。どれだけ大人になっても、どれだけ社会経験を積んでも、それでもこの社会から受け入れられないことは恐怖に違いなかった。昔は歯牙にもかけなかった紅茶専売店を見つけると、私は慌ててそこに身を隠した。皮肉だったのは、大学時代の自分はその店のイケてなさをずいぶん毛ぎらいしていたはずなのに、青春時代の慰めを得るためにまるで自分をいじめてた相手をかけがえのない親友だって思い込むみたいにして、その中に駆け込んでしまったことだった。だってその店だけが自分と過去の思い出を共有することができたから。その点に限って言えば、私はその店を許すことができた。その店だけが、過去の自分やいまのこの不安な気持ちを理解してくれたから。その店にいる間だけ私の傷は理解され、ゆるされた。

阿南、あなたを恋しく思うのもつまりはそんな理由なのかも。私たちはもうずいぶん顔を合わせていないし、それに合わせる必要だってないでしょ。過去に二人の間にあった感情だっていまじゃすっかり行方不明。あなたに会いたいって思う気持ちだって、つまりは現実から逃げ出して、自分にとって馴染みがある温かな過去に戻るためでしかないんだ。紅茶専売店ではちょうど昔流行ってた「CHAGE and ASKA」のベストアルバムが流れてた。彼らのことは好きだったけど、大学を卒業してからは意識して新曲をチェックしたことはなかった。一番好きだったのは『一〇一回目のプロポーズ』の主題歌「SAY YES」で、もう二十年以上も昔の歌。大好きだった彼らはずっとあの時代に留まったままで、時代の流れからすっかり外れてもう二度とここには戻ってこない気がした。

「CHAGE and ASKA」がいいって薦めてくれたのは、確かあなたじゃなかったっけ？　私は普段音楽を聴かないし、あんまりブンガク的な人間でもなかったけど、それでも勉強は好きだった。勉強っていっても、学校から提出される課題だけど。私たちは政治学部の学生だったのに、あなたは学部の授業にはまるで興味がなくて、だったらなんで文学部か外国語学部に編入しないのって訊いたことがあったでしょ。するとあなたは決まってこんなふうに答えた。

「そんなことしたら、僕たちクラスメートでいられなくなるじゃないか」。初めてあなたがそんなふうに言ったとき、私たちはまだお互いのことをほとんど知らなくて、どうしてあなたがそんなことを言うのかわからなくてすっごく困惑したんだよ。あれは新入生歓迎キャンプだったかな。何がそんなにいいのかって思いながら、「CHAGE and ASKA」を聴いてみたんだ。そうすることで、あなたって人間を理解するのも悪くないって思ったのかも。いったいどう言えばいいのかな。格好つけた反抗期さながらの二人組の男が野暮ったい懐メロを歌っている様子は、なぜか不思議な温かさを感じさせた。うまく言えないんだけど、それは絶対に一線を越えることがないって感じで、他人としょっちゅう衝突するくせに、内気すぎてとことん喧嘩する勇気がないって言えばわかってもらえるかな？

＊

光陰矢の如しっていうけど、時間が経つのってホント早い。大学時代にさ、これは別に僕が言ったわけじゃないんだけど、ミス・キャンパスって感じの子が後輩にいたんだ。名前もはっきり覚えてる。他人の名前を覚えるのは苦手な方で、覚えてもすぐ忘れちゃうタチなんだけど、その子の名前だけはいまでもしっかり覚えてるんだ。というのも、その後輩はそれくらいきれいで、名前だってそれに十分見合ってたから。いまその子がどうしてるか知りたくなったのは別に何か下心があるってわけじゃなくて、ただ純粋に一人の美少女のその後の人生ってやつを知りたいと思ったからなんだ。で、さっそくその後輩の名前をググったら、たくさん資料がネットに溢れてきたんだ。ほとんどはその子とは無関係のものだったんだけど、イヤホンとマイクをつけて教室みたいな場所で授業をしてる写真が一枚だけ出てきたんだ。それもどこかから映像を切り取ってきたものらしくてひどくぼんやりしてたけど、確かにあの子に違いなかった。何でもある小学校で担任をしてて、一度校内の優良教師としても表彰されたらしかった。ネットの掲示板には、「がんばって下さい」、「早く『お利口で賞』を取りに来てね」みたいな言葉が書きこまれてた。別に小学校の教師になることが悪いだなんて言っちゃいないよ。ただそれは、あの子みたいな人間が辿るべき人生じゃないってことを言いたいだけなんだ。むしろどっかのブスが辿るべき人生だって思うね！　あの子みたいな人間が、何が悲しくて田舎の小学校教師なんてやらなくちゃいけないんだ？　言っちゃなんだけどさ、豚に真珠ってやつだよ。

一枚一枚その子と無関係な同姓同名の資料をスクロールしていく中で、あの子がある基金団体に書いた感謝状らしき資料を見つけた。それは自分の学生に奨学金を交付してくれた基金団体へ感謝の思いを綴った文章みたいだったけど、僕はどうしてもその平凡で紋切り型の文章をあの子が書いたものだって信じることができなかった。だってまるで、工場で大量生産されたみたいにつまらない文章だったんだ。僕の基準が厳しすぎるせいなのかもしれないけど、それは恐ろしいほど俗っぽくて、個性もインスピレーションの欠片もないものだったんだ。まさかあんな文章をあの子が書いただなんて到底信じられなかった。きっと生活ってやつがあの子のすべてを枯れ果てさせて、ニセモノの草花で空っぽになった心を飾りつけるしかなかったんじゃないかな。自分のバカっぽい美しさをひけらかすならまだよかったんだけど、あの子にはそれすらなかった。自分の美しさをひけらかすこともなく、ましてや堕落することもなく、ただ静かに自分を液体の中に浸すことで、僕がそうであるように何の特色もない平々凡々な人間に変わっていったんだ。僕は昔からそんなクズみたいな人間だったから別にあれだけどさ、何もあの子までそんなふうになることないじゃないか。

キャンパスまで足を運ぶと、僕たちは昔一緒に授業を受けた教室に入っていった。黒板の前に立った美君が突然、昔あなたと結婚したかったんだよと言って僕を驚かせた。美君は一度だって面と向かって僕にそんなことを言ったことはなかったし、大学時代と違って、ここ数年二人の間には連絡らしい連絡もなかった。その間僕は何人かの恋人とつき合い、それは美君だって同じはずだった。それに、僕は美君がいつ結婚したのかすら知らなかった。もちろん手紙はたまに書いてたけど、それでも昔と比べればたいした量じゃなかった。美君に告白したことなんてあったかな？　あったのかもしれないけど僕はいったいどの手紙で、あるいは直接美君に愛を告白したのかまったく覚えていなかった。いまとなっては別に美君をどうこうしたいって思いはすっかりなくなっていたけど、こんなふうに告白されるとやっぱり昔の気持ちがこみ上げてくるのも確かで、あの頃の僕たちは毎日ここでこうやって一緒に時間を過ごしていたんだ。クラスメートたちは僕たち二人がお似合いのカップルだなんてはやし立てていたけど、それが全部嘘っぱちだってことはわかってた。確かにいまではこんなに太っちゃってるけど、大学時代は背こそ低かったけどいまよりはずいぶんシュッとしてたんだ。けど美君は昔からずっと太ってて、そのうえ僕より数センチも背が高かった。美君は自分を大人っぽく見せたがる癖があって、当時もパーマをかけたりしてたんだけど、正直言って僕は彼女のそんな態度がきらいだった。大学に入ったばかりの頃、軍隊から戻ってきたばかりの僕はつるつるに剃りあげた頭で通学していて、当時は美君のことを先輩だとばかり思っていた。実際には僕より数ヶ月も遅く生まれてたんだけど。何が言いたいかってつまり、少なくとも外見上に限って言えば、二人はまったくお似合いのカップルなんかじゃなかったってことさ。もしも二人が本当につき合っていたら、きっとおかしなカップルだったに違いないんだ。すると、美君が突然こんなことを言い出した。「思うんだけど、この世界で一番重々しいものって私って人間なのかも。でも、昔のあなたはどうしてそんな私が好きだったわけ？」何ていうか、美君と一緒にいると自分がひどくスマートに思えることがある。青白い顔つきで、常にやきもきしている僕は、何だか神経質な美君の弟みたいだった。

もしかしたら、あの時代の遺物はそのまま全部美君の中に残っているのかもしれない。僕たちは正式につき合ったことなんてなかったし、いわゆる友達以上恋人未満っていうのが一番正しい言い方なんだと思う。なのに美君は僕と結婚したかったなんてことを言い出した。ってことはつまり、あの頃の僕の努力は決して無駄じゃなかったってことなのかな。あるいはもう少し早く告白してくれていれば、二人は一緒になっていたのかもしれない。「でもなんだって今さらそんなことを言うんだ?」僕がそう尋ねると、美君はひどく打ち負かされたような表情を浮かべて、「私はいまあなたに告白してるんだよ。なのにそんな答え。ちょっと、そんないやそうな顔しないでよ。まるで私があなたに無理強いしてるみたいじゃない。私ってそんなに男に餓えてるように見える?」そして、続けて言った。「だってあなたは優しくて、ずっと私によくしてくれたじゃない。昔の自分がつき合いにくい人間だったってわかってた。それでもあなたは辛抱強く私につき合ってくれたでしょ。どうしてかわかんないけど」昔自分が好きだった相手から優しいだなんて言われるのは、ずいぶん奇妙な感じだった。

*

誰かとつき合った経験なんて結婚を除けばほとんどなかったんだけど、一度だけわざわざ話すこともないような男《やつ》とつき合ったことがあったんだ。これまでこのことを話さなかったのは、彼がけっこう有名人だったから。もし詳しく話せば、誰のことを言ってるのかあなただってすぐわかるはず。だけど、阿南。あなたが知りたいって言うなら、話してあげてもいい。結局は彼の浮気で別れることになったんだけど、結婚してるわけでもないのに浮気だなんてちょっと大げさかな。浮気っていうよりも、ちょっとした火遊びだったのかも。彼と別れてから、あなたにとって私ってどんな存在だったのってメールで聞いてみたことがあったんだ。もちろん返事なんてこない。ウザいやつだって思われたんでしょ。何だって別れた相手からこんなことを聞かれなきゃいけないんだって。彼は人気者で、他の男の子たちがつき合いたくてもつき合えない女の子をいつも手に入れていて、私もそんな女の一人だった。

彼はすぐ浮気を認めた。相手はどこにでもいる普通の女で、会社の同僚だって。つき合った期間こそ短かったけど、私にとっては最初に同棲した男で、初めて私の身体をもてあそんだ男だった。それ以前だって好きな人はいたし、デートだってしたことはあったけど、身体をもてあそばれたのは初めてだったんだ。レトロなレコードを聴きながら、彼の暮らす小さなアパートで真っ黒いストッキングと紫のパンティを脱がされた。クリトリスをいじられて唇と乳首を舐められたけど、挿入まではいかなかった。

自分から積極的に彼の唇以外にキスしたいとは思わなかった。だってまだ彼のことが好きかどうかよくわからなかったから。何度か肌を合わせて、はじめて最後までやった。彼に挿入《い》れてもらったんだ。絶倫の彼はまるでガチョウみたいに私のお尻を突っつきまわって、そのせいで身体中の内臓がまるで煽《あお》られるみたいに膨らんでいくのがわかった。彼は飽きもせずに同じことを繰り返してたけど、私の方は彼ほど性欲が掻き立てられるってことはついぞなかったんだ。もちろん、あそこは濡れてた。すっごくね。でもそれって単なる生理反応でしかないわけじゃない。セックスの最中は、アアイクイクモットなんて叫んでた。イクときなんて両足でしっかりと彼の腰を挟み込んで両手で彼の背中を抱きしめてたけど、心はそこまで熱することはなくて、いわゆる理性までぶっ飛ぶなんてことはなかった。彼をやり手だって思う？　でも彼がきちんと私を躾《しつ》けてくれなかったから、セックスってこんなもんなんだなって思うようになっちゃったのかも。

こんなに経験豊富なのに、夫はセックスがそこまで好きじゃなかった。もちろん、あの人に何か問題があるってわけじゃないの。確かに多少ケチなところはあるけど、だからってそれを理由に責めたりしない。何ていうか、暖簾《のれん》に腕押しみたいな？　経験豊富な私はどんなことをされても受け入れる準備があったのに、結局彼を満足させてあげられなかった。阿南、あなたは私で満足してくれる？

＊

新しく引越した家は、もといた家から地下鉄でほんの少し離れた場所にあって、二十分ほどしかかからなかった。いまさら誰に言い訳するってわけでもないけど、これだけとってみても私が本心からあの家を離れたかったわけじゃないってことは確かじゃない。でもそんなことを口にしちゃえば、自分が本物の役立たずだって宣言するみたいだから。阿任、たとえこれがただの虚勢にしろ、あなたには私たちがいまでもすぐ近くで暮らしてるんだってことをわかってほしいんだ。あなたに何かあれば、いつだって相談にのることができる。だから、そろそろ連絡してよ。もう家に帰った頃かな？　夜七時、自分のものじゃない荷物に囲まれた古いアパートで、私はこんなふうにいろんなことを考えてるんだよ。家に帰ってるなら何をしてる頃？テレビゲーム？　私のサインが入った離婚協議書を見て何を思った？

午後を過ぎてから急に眠気が襲ってきた。退屈過ぎるせいかも。働いていた頃は常に走り回って、眠気を感じるひまなんてなかった。突然こんな眠気が襲ってくるようになったのは小娟を妊娠してからで、あの子を産んでからもこの習慣だけはなおらなかった。眠気が襲ってくるときは小さなステップを踏んでるみたいな感じで、特に怖いって感覚もなく、それに抵抗することだってできた。でもステップからジャンプへ移る際の眠気はすさまじく、まるで抵抗することができずにそのまま意識が飛ぶように眠りに落ちていった。出産の疲労感はいつまで経っても回復しなかった。いくら睡眠時間を補っても、いくら一日中寝っ転がってみても、完全に体力を回復させることはできなかった。子どもは宝で、それだけで富をもたらしてくれるから、育てられるかどうかなんて心配しなくていいんだなんて人もいるけど、むしろ私はこの子が前世につくった疲労を私に押しつけて、私の身体からありとあらゆる精力を吸い取っちゃったんじゃないかって疑ってる。この子が私にいったい何を与えてくれた？　よくよく考えてみたら何も思い浮かばない。母親になれたって喜び以外、どんないいことがあった？　小娟が生まれてから、私はもう一度仕事をしたいって思った。仕事は好きだったし、働いていれば私自身ってやつを感じることもできたから。自分の長所を生かして、ただひたすら仕事に打ちこみたかった。自己満足でも何でもよかったんだ。なのにあなたは、そんな私に仕事をやめろって言ったんだよ。

阿任。私が何を言いたかったか知りたい？　それなら教えてあげる。私は一日だってあなたを思い出さない日はないの。そんなこと言ったら、きっと私を嘘つきだって思うでしょ。でも違う。そうじゃなくて、私の頭の中ではいつだってあなたと一緒に生活した頃の思い出がぐるぐるぐるぐる回ってるんだよ。あなたのことを自然に思い出すっていうよりも、あなたについて思いをめぐらせてることが好きだっていえばいいのかな。あなたのことを考えてると、何だか幸せな気分になれるから。だから私は生理的にも心理的にもあなたのことを思い出すんだって、いつも自分に言い聞かせてる。自然に思い出すんじゃなくて、あなたの胸に抱かれている自分を想像するんだ。でもそこまで想像すると、最後はいつもぼんやり夢でも見てるような気分になっちゃって、自分の目で見るようにはっきりとあなたを感じられなくなっちゃうんだけど。そんなときは身体がぶるぶる震えてるのがわかるんだけど、それは現実の身体の方も同じで、でもいったい何でまたそんなことになるのかまではわからないんだ。きっと私って人間はとっても傷ついていて、夢の中でも同じように大きな傷を抱えているのかもしれない。私たち二人の感情も同じで、もしかしたらそれは単純に深い深い眠りがもたらす快感に近いのかな。

どうして私はあなたに愛されなかったの？　ずっとあなたに尽くしてきたじゃない？　あなたのためにかわいい娘まで産んであげたでしょ？　ひとりの男にここまで心を砕いて向き合ったことなんて、これまで一度だってなかったんだよ。

＊

何ていうか、どこか遠い場所から帰ってきたって感じだった。旅行に出かけてたんだけど、いったいどこに行ってたのかはっきりしない、そんな感覚。きっとつまらない旅だったか、あるいは雨のせいで一日中ホテルに缶づめにされてどこにも行けずに、ただぼんやり窓の外を恨めしげに眺めてたみたいな、そんな旅。

旅行気分が抜けてふと美君に目をやると、どこか他人を見てるような気がした。何だってこいつは床の上に倒れてて、身じろぎひとつしないんだ。殴られたせいで口もとは出血して、額からも同じように血が流れてた。側には血のついたティッシュペーパーが散乱していて、手にもくしゃくしゃに丸められたティッシュが握られてた。ぽっちゃりした身体は全身がつるつると滑らかだったけど、手だけはごつごつしてて、まるでスポンジみたいだった。深く刻み込まれた手のしわは年中かさかさで生気がなく、どれだけハンドクリームを塗っても乾いたままだった。いったい俺は何をやらかしたんだっけ。遠い場所から帰ってきて、死ぬほど疲れてるのに。そういえば、俺は誰と旅行に出かけてたんだっけ。それとも、そもそも旅行なんて行ってなかったのかもしれない。どこから帰ってきたにせよ、きっとそれは旅行なんかじゃなかったんだ。

今後は帰宅しても、まあそんなことにはもう慣れてるんだけど、この扉の向こう側からはきっと咳《せき》ひとつ聞こえないはずだった。あいつの仕事は確かにあいつの関心や長所ってやつにうまくマッチしてたと思うけど、俺にはこの世界で起こるくだらない出来事の統計をちまちま取る仕事が好きだなんて女がいるってことがどうしても理解できなかった。そんな仕事に夢や希望があるなんて思わないだろ？玄関を開ければ思ったとおりそこには誰もいなかったわけだけど、部屋の中の雰囲気はいつもとどこか違ってて、空気中に浮かんだ粒子さえ普段よりずいぶん軽やかな気がした。何かに期待するなんてことはとっくに諦めていて、自分が絶望ってやつにはまりこんでるってことも何となくはわかってた。この部屋にはそれまで溜まっていた怒りを吐き出した後みたいな束の間の安らぎがあった。部屋の外では相変わらず工事の音が響いてたけど、その騒音すらこの部屋の安らぎを打ち壊せないような気がした。

テーブルに置かれた紙の上で視線が止まった。もちろん、これまでだってそんなもの見たことはなかったけど、遠目に見てもそれが行政書類だってことはすぐにわかった。書かれてる内容を確認するまでもなく、その独特な匂いと雰囲気からそれが何かってことはわかった。リコンキョウギショ。うまく口に出して読めなかった。いやいや、そもそもこんな言葉をすらすら読めるやつなんているもんか。だけど離婚協議書は確かにそこにあって、しかもそれを手に取ってみてはじめて、そいつの軽さに驚いたんだ。そんなのは当たり前だって？　でも、本当に紙っきれ一枚の重さしかないんだ。てっきりもっと重いもんだとばかり思ってたんだ。薄っぺらな紙きれなんかじゃなくて、もっとこう何ていうか、厚くて重みのある何かだよ。だっていわば人生を左右するような代物なんだ。少なくとも簡単に破れないような紙を使うべきだろ。それか、もっといかにもお役所がつくったって感じの厳粛な外枠（外枠がある書類ってやつが好きなんだ）をしたもんじゃないと、とてもじゃないけど心の痛みや傷ってやつを受け止めきれないだろ。

＊

家出した頃の私はただただ頑《かたく》なになっていて、あなたが私に手をあげたってことで頭がいっぱいだった。手をあげたのは後にも先にもあれっきりだったけど、ついカッとなった私は、小娟のことを考えることさえ忘れちゃってた。あなたは電話口で何度も小娟を家に返せって言ってきたけど、なんで私は戻らなくていいのに小娟だけは戻らないといけないわけ？　それを聞いてますます意固地になった私は、小娟を絶対に家に返さないって決めたんだ。あなただってそのほうが楽でしょ？　私がちゃんとこの子の面倒を見るってことはわかってるし、何よりもあなたは自分の生活に集中できるじゃない。私たち母子《おやこ》の面倒だって見なくてもすむんだから。

部屋からはこの都市《まち》で一番高い広告塔を眺めることができた。でもそれは観光客が行くような場所で、年末のカウントダウンのときなんて数千万元もするような花火がボンボン打ち上げられてた。でもよっぽど天気がよくないと、あの尖った広告塔の先っぽまで見ることはできなくて、私はいつも窓辺で何かを考え込むあなたの後ろ姿を見つめてた。空にはまるでこの世の終わりみたいな黒い雲が立ち込めてて、窓の下に見える高校のグラウンドでは、赤と黄色に分かれたサッカー選手たちが雨に濡れるのを恐れて早々に退散しようとしていた。

あなたはまるで刑務所の囚人みたいに、日本製のラッキーストライクを人差し指と中指、親指の間に挟んでチビチビ吸ってた。煙草の口が真っ平らになるまで嚙んで、少しずつ味わうように、炎がフィルター部分を焦がすようになってはじめて火を消した。どこか特定の場所を思い出そうとするとき、これと似たような憂いがこみ上げてくる。結婚してからの私はどこにも行けなかった。そんなときに懐かしく感じるのは、ううん、自分から懐かしいって思わなくてもある特定の状況に置かれると人は自然とある場所を思い出しちゃうわけなんだけど、そうした思い出っていったいどのくらいが過去の時間と関わりがあって、どのくらいが単純にその場所と関係があるんだと思う？

土台無理な話だったんだ。こんなふうに自分でもよくわからない哀愁を胸に抱えながら、窓辺に立つあなたがいったい何を考えているかを考えるなんて、そもそもできっこないじゃない。もうずいぶんあなたが何を考えているのかわからなかった。ひょっとして、私が自分のことばっかり考えてるせいなんじゃないかって思ったこともあったけど、でもそれはあなただって同じでしょ？　怖かったの。あなたに暴力をふるわれたときよりもずっと。暴力はある程度予期できるし、こっちから誘発させることだってできる。それにあれは百パーセントあなたが悪かったから。私が怖いって感じるのは、この真綿で首を絞められてるみたいな窒息感で、それは空っぽのボトルや包装紙、それにビニール袋やコンビニで売ってる雑誌、廃棄食品のベタベタした弁当なんかが積み上げられて、そこにわいた蛆《うじ》にその卵、そして窓を蔽う真っ黒い蠅《はえ》の大群、あるいはぎらぎら輝く太陽の下で密封された車の中にいるみたいな感覚に近いんだ。信じられないかもしれないけど、そんな中でも私はそれなりに楽しくやってる。手を伸ばせば簡単に手が届くそんな世界がこの日常には転がってるんだよ。

＊

もうどのくらい旅行に行ってない？　旅行は好きだけど、誰かと一緒に行くのはきらい。大学の頃にさ、仲のよかったローサと一緒に旅行に行ったことがあったんだけど覚えてる？　ほら、同じクラスにいた子。でも旅行はやっぱり一人が断然よかった。私って気ままな性格で、何事も他人に干渉されるのがきらいじゃない。だから朝ご飯の時間や家を出る時間まで相手に合わせたり、旅行のスケジュールなんかをいちいち相談するのもまっぴらだったんだ。ローサとは仕方なく一緒に旅行に出かけたんだけど、そんなわけで結局は喧嘩別れしちゃった。だから一人で旅する自分を想像してみたりもするんだけど、いまとなっては空しいだけ。だっていまの私はどこにも行けないんだよ。ずっとこの部屋にいるだけなのに、一人っきりにすらなれない。考えてみれば怖いって思わない？　これから先も、ずっと誰かと一緒にいなくちゃいけないいんだから。

それはそうと、大学時代に私と旅行に行きたいって思ったことあった？　いまでも当時のあなたがどんな格好だったかはっきり覚えてるんだよ。台湾一周旅行から帰ってきたとき、大きな廟の前で撮った写真を送ってくれたじゃない。写真の中のあなたは真っ赤なオートバイにまたがって、赤と青と白が入り混じった柄のボロボロのカッパを羽織ってた。ハンドルの上にヘルメットを引っ掛けて、汚れた青いジーンズに黒いバックを背負ってたっけ。

写真のあなたは真っ黒に日焼けして、顔立ちは端正だったけど背は低かった。あれはオートバイが高すぎたんだよ。だってあなたったら、つま先立ちでオートバイに乗ってたじゃない。ハイカットのバッシュを履くあなたはいかにも青春真っただ中って感じで、世間の広さを知らないせいか、とっても小さく見えた。何の準備もなくオートバイで台湾一周旅行なんかに出かけたから、防風用のコート一枚買えなかったんだよね。だから毎日あの三色カッパを着てたんでしょ。表面には雨と泥の跡がこびりついていて、拭いきれないビニールの臭いが身体中から立ち上がってくるのさえわかった。

あなたが台湾一周旅行から帰ってきたとき、正直不満だった。旅行に出かけるならどうしてひと言私に連絡してくれなかったわけ？　だって私は夏休みにはいつも南部の実家に帰ってて、あなたが南部まで来てくれれば一緒に旅行に出かけてもいいって思ってたんだから。泊まりがけでもいいって思ってたんだよ。だってどうせあなたは私をどうこうしてやろうなんてできっこなかったし、身長だって私の方が頭ひとつ大きかった。でもどうして旅行のことを教えてくれなかったの？　それに結局、本当に最後まで指一本触れてくれなかった。何を迷うことがあったわけ？　あなたみたいな真っ黒なチビ助、他にも好きになってくれる人がいると思った？入学した頃のあなたは自分の頭を丸刈りにしちゃって、まるで指名手配中の逃亡犯みたいだったでしょ。私みたいな変人でもなければ、あなたと話そうなんて子はいなかったんだから。話すだけじゃなくて、泊まりがけで旅行してもいいなんて子は特に。私はあなたにつき合ってあげていたのに、私に声をかけないどころか、別の子を旅行に誘ったんだってね。何でもその子はすっごく美人で、しかも実家がお医者さんなんだって？　でも私はそんなことこれっぽっちも気にしてない。だってそんな子と自分を比べたって意味ないじゃない。自分がどれだけ他人から愛されるに足るべき人間かってことくらい、自分で一番よくわかってるんだから。

へえ？　そんなふうには見えなかったけど。その子がいまどんな人生を送っているのか知らないけど、もしかしたら私よりずっと悲惨な人生なのかも。ねえ、もしも私たち二人で旅行したら絵になるって思わない？　話だってきっと尽きないはず。まだ覚えてる？　あなたって二年間ずっと週二で私につき合って下校してくれてたじゃない。大きなキャンパスを横切って、バス停で塾に行く時間を潰すみたいにしてさ、二人でジュースを飲みながら話をしてたでしょ。何だか不思議。だって私たちはどっちもお喋りって性格でもないのに、喋りだすと止まらないんだから。それに、あの頃の私が口にする話題なんて、どれも大学の課題のことばっかりだったじゃない。

バイクはきらい。運転できないもん。男ならやっぱり車じゃない。なのにあなたって、男のくせにまだ車の免許を持ってないんだって？　あの頃の私なら、オートバイにまたがってあなたと台湾一周旅行に出かけることができたかな？　あなたの腰に手を回して、ボロボロになったカッパを引っ掛けて走るんだ。ビニールの臭いに顔をしかめながら、重たくて分厚いヘルメットは濡れて臭いうえにむんむんしてる。ああ、やっぱり無理。あなただって私の巨乳に背中を押されながら運転するなんていやじゃない？　でもたとえそうだとしても、お喋りだけは続けてたかな。風に向かって大声で叫びながら、小さな虫やらゴミやらがどんどん口の中に飛び込んでくるんだ。で、目的地に着く度に顔を洗わなくちゃいけない、そんな旅行。私って礼儀正しい人間だから、余計に清潔感のある人が好きなわけ。優雅な人間じゃないにしても、そんなふうに汚れたまんま旅を続けるのなんてイヤ。以前の自分がそんなことをできる人間だったかもしれないなんて思うと、何だか信じられない。いまならどうかな？　こんなことを妄想する資格、いまの私にあると思う？

＊

……警備員とたまに話す以外、この社区《コミュニティ》に知り合いなんて呼べる人間は誰もいなかった。だけど、別におかしくはないでしょ？　現代人なんてだいたいこんなもので、お互いのことを知りたいなんて普通思わないじゃない。以前書画を軸に仕立てようとして階下の住人と喧嘩しちゃって、お互い社区の幹事に相手を訴えたことがあったんだけど、私が腹を決めて直接文句を言ってやろうと階下のドアをノックしたら、相手は部屋にこもって一向に出てこようとしなかったんだ。もしかしたらドアの覗き穴から私のことを見てたのかもしれないけど、きっと私が何かしでかすんじゃないかってビビっちゃったのかも。どうせこんな所じゃ、警備会社にお願いするようなことだってその程度のことしかないじゃない。警備員は朝、昼、晩の三交代制で、ブルーグレーのシャツに首元には藍色のネクタイ、それに真っ黒のズボンをはいてた。冬になれば分厚い肩章をつけたオーバーか藍色のジャケットを羽織ってたけど、その肩章には軍隊の階級みたいな星がつけられてた。阿任、おかしいって思わない？　なぜかわからないけど、あの人たちの着る制服ってどれもサイズが合ってなくて、たぶんいくつかあるサイズから選ぶしかなかったんだ。そのくせ真面目くさった態度を取っちゃってさ、あの軍隊式の階級証でしょ。まるでホントにそんな組織があるみたいに振舞ってるんだけど、もちろんそんなものどこにもない。警備員だって中年か、年になって会社をクビになった男たちの集まりで、いつだってつまらなさそうな表情《かお》を浮かべて、笑顔の一つでも浮かべられればたいしたものよ。ほら、ちょっと前にあちこちに借金して回ってた警備員がいたのまだ覚えてる？　私も二千元ほど貸しちゃったんだけど、あの日あの警備員はマンションの住人に向かって、自分はいま休暇中で、父親が重い病気にかかったからまとまったお金が必要なんだって言ってきたの。他の職員と比べるとずいぶん若いその警備員は普段から愛想もよくて、私たちもついつい気を許しちゃったんだと思う。結局その男は住人から千元、二千元のお金をせしめたってわけ。私も面識があったし、そのくらいならまあいいかなって思ったんだ。最終的にそいつはマンションの住民から二十万元もの大金をせしめて、翌日そのままどっかに飛んじゃった。一週間以上経ってどうして代理の警備員が毎日やって来るのか不思議に思った住人が理由を尋ねて、ようやくその男が父親の病気を理由に長期休暇を申請してたことを知ったってわけ。いつ戻ってくるのか訊いたら、彼はもう戻りません、仕事を辞めました、だって。警備会社の方でも彼とは連絡がつかなくなって、もちろんマンションの住民だって探しようがないから、結局警備会社がそのお金を補償するしかなかった。中にはそいつにお金を貸してなかった住人もいたけど、そういう人たちも同じように警備会社に補償金を要求してた。社区の活動センター（実際には本棚がいくつか積み上げられているだけで、子ども用の読み物があるだけだった。その側には壊れた自転車とランニングマシーンが置いてあって、奥には警備員専用のトイレもあった）には真っ赤な旗が吊るされていて、そこには「区分所有者集会」の文字に二〇一五の文字がプリントアウトして貼られていた。すぐ側には二人ほど人間が詰められる警備員室があって、もともとすごく暑い場所だったんだけど、いまじゃクーラーが効いてずいぶん快適になってた。警備員室には火災報知器も備え付けられてて、壁一面に監視カメラのモニターが映し出されてたけど、実際にそこに入ったことはなかった。外から覗くと、細長い机にごちゃごちゃした資料みたいなものが広げられていて、その後ろにはブリキの戸棚が並んでいたけど、そこに何が入っているのかまではさすがにわからなかった。白黒の監視カメラのモニターは音もなく静かに作動して、車は地下の駐車場に向かって同じように音もなく滑り込んでいく。住民たちは無言でエレベーターに乗り込んで自宅の扉を開く。すべての音が消えてしまった後、一切は無菌状態になって、そこでは誰も傷つかず、世界からは一切のエネルギーの交換が行なわれることなく、たとえモニターの中で誰かが倒れてその場で命を落としても誰もそれを気にかけないような気がした。世界から色を抜いた白黒の監視モニターは、何だか人が倒れる際の重みまで奪い去ってしまったみたいだった。何もかもがひらひらと軽く、舞台セットと役者だけが舞台上に取り残されてるような感じがしたけど、この社区の警備員たちはそもそも監視モニターを見る気すらなかった……

＊

確かに俺は美君を殴ったよ。もちろん自分が穏やかな人間だなんて言うつもりはないけどさ、俺だって別にあいつを殴りたくて殴ったわけじゃないんだ。心の中では何度もぶん殴ってやりたいって思ったことはあったけど、そこまですることはなかったんだ。だけどあいつが力任せに机をドンって叩いた瞬間、俺の中でこれ以上我慢できないって、何かがぷつんって吹っ切れたんだ。あいつが望むように俺はあいつが外で仕事をすることだって許してやった。俺の公務員の稼ぎだけじゃ家計がまわらず、どうしても美君の収入も必要だったから。それに、俺だって鬼じゃない。あいつが妊娠したときは、仕事を休んで自分の身体を労《いた》わるように言ってやったんだ。見た目と違って身体は繊細なやつだったから。だってほら、女が職場に戻るってのは簡単じゃないだろ。あれは俺なりの好意だったんだ。あいつに早く仕事を辞めさせるか、それとも職場へ復帰する時期を伸ばしてやるか、でもそれが大きな間違いだったってわけさ。信じてほしいのは、俺はあいつのためにそうしてやったんだ。なのにあいつときたら、早く仕事に戻りたいっていつもイライラしてて、そのことで頭がいっぱいって感じだった。だけど俺から言わせれば、あんな仕事に戻ることにいったいどれだけの価値があるんだって感じさ。健康に暮らせて、子どもが元気でいられることが一番じゃないか。

確かに手をあげたよ。後悔だってしてる。でも、あのときに心の中をぶちまけてなけりゃ、後々もっとひどいことをやらかしてたかもしれない。けど、もう一度あいつを殴りたいかって聞かれれば、二度とごめんだった。誰かを殴るなんて、できれば一生勘弁願いたい。もしもどうしても誰かを殴らないといけないって言うんなら、俺の上司なんてとっくの昔に俺に殴り殺されてるよ（ちなみにそいつも女だ）。美君に許してもらいたいなんて思っちゃいない。それにあいつの性格からして、俺のやったことを許してくれるはずなんてないんだから。

手を出したのは一回だけじゃない。まずあいつを地面に押し倒して、それから俺自身もその場にしゃがみ込んだんだ。あいつはひどく驚いた顔で俺を見つめてきた。きっと普段は温厚で、個性の欠片もないような俺がこんな行動に出るなんて思ってもみなかったんだろ。でもそれは俺も同じだった。実際、俺はあいつ以上に驚いてたんだ。だって俺はバイクを動かすのさえ一苦労するほど体力がないうえに、近頃じゃ歳のせいでめっきり身体が衰えてたから。それほど歳ってわけでもないんだけど、それでも自分でも気づかないうちに、昔とは比べものにならないくらい体力は落ちてたんだ。

しゃがみ込んだときには、もう完全に自分の感情をコントロールできていた。もちろん怒りもあったけど、それもコントロールできないってほどじゃなかった。だけどあいつの顔を目にした途端、何だか再び怒りがこみ上げてきたんだ。俺は確かにこいつを愛してる。俺よりも三つ年上だろうが癇癪持ちだろうが、それでも俺はあいつを愛してた。けどあの瞬間、あいつの驚く顔は見る見るうちに俺を蔑むような表情に変わっていったんだ。そして、俺が家事を怠けている（あれほどやっているのに）とか、そんな皮肉たっぷりな嫌味を口にしたんだ。俺はあいつの肩を抑えつけてその動きを封じると、空中に向かって懸命にバタつくあいつの足を避けた。すぐにでも握り締めた拳骨をあいつの顔面に叩き込みたかったけど、怒りのあまりてのひらがべっとり濡れてるのに気づいたんだ。もしその気なら、拳はなんなくあいつの顔面を打ったはずだけど、それでもいくばくかの理性は残っていたみたいで、信じられない話だけど俺は手をあげる前に一度後悔したんだ。こんなことをしちゃダメだって。床に向かって何度か拳を振り下ろしてみたけど、結局あいつを殴らないとこの高ぶった気持ちはどうにも収まりそうになかった。

目の前で何度も拳を振り下ろす俺を見た美君は心底ビビッったのか、まるで俺が自分を殺そうとしているみたいに大げさな叫び声をあげた。首を絞めるって選択肢もあるにはあったけど、あんな太い首を絞められる人間なんているのかな？　俺は一八〇センチ近く身長があったけど、ひどく痩せてたからさ。あいつの目から涙が溢れてるのはわかってたけど、もうこれ以上自分を抑えられなかった。俺は見せびらかすみたいに自分の拳骨をあいつの目の前でひらひら揺らして見せ（心の中じゃまるでそんなことは思っちゃいなかったけど）、一度開いたてのひらをもう一度握り直してそれをあいつの顔面目がけて振り下ろした。きっと俺が力任せにぶん殴るんだって思ったに違いない。あいつは両目をグッと閉じて悲鳴を上げた。けどその頃には怒りはもう半分近く消えていて、拳があいつの頬に触れるか触れないかって感じで、三、四度拳を振り下ろしただけで、あいつだってそれを感じ取っていたはずだった。でもどんなに力を抜いたにせよ、そこには怒りが持つ独特の硬さがあった。あいつは両手を振り上げて俺に殴りかかってきたけど、俺はあいつの肩を抑えてそれを防いだ。そして、もう片方の手で何とか起き上がろうともがくあいつの頭を床に叩きつけたんだ。ゴツンという音が響き、頭がフローリングにぶちあたった。美君は驚きのあまり再び叫び声を上げたけど、それで気を失うことはなかった。俺はバレーボールを持つみたいにしてあいつの頭を摑むと、その口に指を引っ掛けて起き上がれないように身体を抑えつけた。いったいどれくらいの時間が経ったのか、そうした動作を繰り返しているうちに、俺たち二人はまるで彫刻みたいにその状態から動かなくなったんだ。

*

ずいぶん前のことなんですけど、美君《あの人》のFacebookのページを覗いてみたことがあったんです。何ていうか、一応同僚だし？　あの人がどんな人か知るのも悪くないって思ったんですよ。もちろん友だちには加えなかったけど、あっちだって私や同僚に一度も友だち申請してこなかったわけですから、おあいこでしょ（でも、あの人も『統計クレイジーガールズ』って公務専用のＬＩＮＥグループには参加しているんです）。あの人のFacebook上の友だちは異常に少なくて、そのうち一人は会ったことないけど、たぶん旦那さんみたいでした。何にせよ、私たちの間に共通の友だちは一人もいませんでした。最後の更新はもう半年も前で、あるいは友だち申請していないから、詳しい投稿内容が見えなかっただけなのかもしれません。投稿されてるのは、まとめサイト関連のリンクばっかりで、他には感動系のリンクや財テク関係のサイト、それに冷蔵庫に長い間放置している野菜は癌を引き起こしやすいみたいな医療・健康関連のものが中心で、あんなものをシェアすることが本当に誰かのためになるんだって思ってる節《ふし》がありましたね。

とにかく、あの人は自分のプライベートをシェアすることがきらいみたいで、投稿にいいね！　を押す人も数えるほどしかいませんでした。Facebook に書き込みを残してる人たちのメッセージを見ても、いったい誰があの人と親しいのかほとんどわかりませんでした。親しくつき合ってる友だちもいないようで、一番多くメッセージを残していたのが例の旦那さんでした。別に Facebook だからどうだってわけじゃなくて、あの人は普段から私たちと話す気なんてさらさらないって感じでした。個人プロフィールの部分は生年月日以外どれも空白で、住んでいる都市やどの大学を卒業したか、勤務先やいまの気持ちなんてのも真っ白でした。昔の投稿を辿っていくと、以前はどこにでもある犬の写真をプロフィールに設定してたみたいで、カバー写真は草原にかかる虹みたいな、これまたどうでもいい写真を貼り付けていました。ええっと、……いまはもうプロフィール写真は使ってないみたいですね。白い人間の影が浮かんでるだけで、何だか交通事故で死んじゃって、警察がチョークで地面に書いた人形《ひとがた》みたい。たぶん、もうFacebook自体使っていないんですよ。でもそれならそれで、そもそもアカウントを開設しなけりゃいいって思いません？　別にディスろうなんて気もないですけど、Facebookって友だちと交流するツールなわけですよね？　それか日常生活のあれこれをつらつら書き込む場所なわけじゃないですか。なのにアカウントを持ってるくせにこんな感じって、何だかアカウントを持っていないよりずっとかわいそうで、ひねくれて見えますよね。もちろん、私だってFacebookの友だちがアカの他人だってことくらい知ってますよ。どこの世界にこんなにたくさんの友だちがいる人間がいるもんですか。でもだから何って感じしません？　適当に友だち申請して、申請されれば適当に許可すればいいだけじゃないですか。他の人たちが私を友だちにしたときだってそんな感じでした。隣の芝生がどんな色をしているのか覗いてみて、特に見るようなものがなかったり面白くなければ申請を許可しなければいい、それだけの話じゃないですか。

何でもあの人は実家で子どもを産んだって話でした（確か小娟って名前の女の子）。もともと育児休暇を申請できたのに、どれくらい休暇を申請したのかは知りませんけど、あの人は一年もしないうちに職場に戻ってきました。怖いって思いません？　私ならぎりぎりまで休暇を使って、旦那にうんと養ってもらうのに。ええ、はいはい、いちいち言われなくても彼氏なんていませんよ。それからしばらく経って、あの人は新入社員の歓迎会の席で突然倒れたんです。

あの人の言葉を借りれば、あれは倒れたんじゃなくて、突然眠くなっただけらしいですけど。それからはいつも、偏頭痛がするから落ち着いて仕事ができないってよくぼやいてました。妊娠中に頭を洗ったことが原因じゃないかみたいなことを言ってた気がするけど、そんなことあるわけないじゃないですか。頭痛がひどくなればなるほどあの人はナーバスになっていって、ナーバスになればなるほど仕事が手につかず、私たち同僚とコミュニケーションを取ることも難しくなっていきました。日がな一日、自分が他人に嫌われてるんじゃないか、年を食っていることをバカにされて陰口を叩かれてるんじゃないかって一々勘繰ってきて、少しでも他人がいやな顔を見せると、まるでこの世の終わりみたいに上司に泣きついて、年がら年中場所を選ばずに他人から恨まれ貶められることを恐れてるって感じでした。あの人の言い分に従えば、私たちは誰一人としてあの人が母親になったってことを理解してあげなかったそうです。自分には時間と場所が必要なんだって。でもぶっちゃけて言わせてもらえば、そんなことが私たちといったい何の関係があるって言うんですか?

あの人はそれから集中力が必要な細かい仕事ができなくなって、頭を使わなくてもいいけど、給料も安い庶務課に回されることになりました。きっとあの人は自分が左遷されて権力を奪われたことで、他人からバカにされてるような気がして我慢ならなかったんだと思います（確かにそれも否定はできないけど）。庶務課でやる仕事はただサインされた伝票の照合をするくらいで、会計部門の雑用係みたいな仕事でした。左遷されたことで自分の価値がなくなっちゃったような気がしたんじゃないかな。でも庶務課の同僚に言わせれば、そんな仕事ですら当時のあの人はろくすっぽやり遂げられなかったそうです。本人が言うには、出産した際に身体と心のエネルギーがすべて吸い取られて、二度と回復しなかったことが原因らしいですけど。

でも思うんですけど、別に自分の家に戻って旦那に養ってもらえばいいだけの話じゃないですか？　何だってまたこんな仕事にそこまで執着しないといけないんです？　私たちの仕事がどんなものか知らない人なら、あの人を職場から追い出したこともかわいそうだって思うかもしれませんけど（でも実際は別の部署に移っただけなんですよ）。この仕事って頭を使って辛抱強く顧客の要求に応えて、つまらない資料をただひたすら分析するだけなんです。個人的には別に同情しないってわけじゃないですけど、頭が痛いって日がな一日わめき散らしてイライラしてたあの人は、顧客の要求にも満足に応えられていませんでした。おまけに顧客からあの人の頭越しに担当を替えてくれってクレームまでつけられてたんですよ。ここには技術と機密を第一にする資料が山ほどあって、顧客は大金に関する資料の取り扱いには死ぬほど慎重を期していました。そんな大事な仕事、まさかあの人に任せられるわけないじゃないですか。

＊

……警備員にとってはこんな光景、たいした意味がないのかも。それとも彼ら自身、あのブリキの戸棚に入っているものを知らないんじゃないかな。中に入って確かめてみたいけど、さすがにそれは無理だってわかってた。入口には社区《コミュニティ》の警備員と総幹事及びその関係者以外立入禁止の貼紙があって、誰もそこに入れないことになってた。どんな警備員室にも決まって似たようなブリキの戸棚があって、それはずっと昔から設置されてるみたいだった。警備員たちは着任した頃にサッとその中にある公文書やら事務的な書類やらに目を通すけど、それから先はまるで重たい石が水の中に沈み込んでいくみたいに、二度とそれを開けることがない。誰もそこに入っているものがどれだけ重要かなんてわからないし、誰がいつそれを必要とするのかだってことも知らない。たとえ必要な資料があったとしても、そのブリキの戸棚から探すことはないけど、それでも戸棚の存在自体を消し去ることはできない。戸棚を片付けようとすれば必ず誰かがやって来てこう言うんだ。「おいおい、勝手に触るんじゃない。それは誰某《だれそれ》が使うんだから」。だけどあんなにもたくさんの戸棚がいったい何のために必要なの？　仕事の資料が少なすぎると不安になっちゃうから？　分析した資料を延々と整理する私の仕事と同じで、他人にとっては何の意味もないけど、一部の人間にとっては恋人を思う甘い心みたいに毎日その中身を気にかけてるのかもしれない。たくさんの過去をしまい込んで未来に色々と期待しているうちに、過去は二度と生き返ることがないくらい徹底的に死んじゃって、それはびりびりに破られた紙切れを繋ぎ合わせる行為に似てる。阿任、それってあなたのことを考えてるときの感覚にも似てるの。あなたのことを考えるのはどこか死んだ人間について思いを巡らせるのに似てるから。その死体は心の奥にある戸棚の中に、まるでゾウを押し込むみたいに積み上げられていくんだ。死んじゃったゾウをどうやって処分すればいいか知っている人なんてそうそういないでしょ。腐るのを待つのだって、いったいいつになるやらわからないけど、かといって資源ゴミの日に出してしまうなんてことはできっこないじゃない。いっそ、社区に設置されてる生ゴミ入れにでも放り込んじゃうとか。口じゃ仕事仕事なんて言ってるけど、本音を言えば何にもしたくない。警備員の一人は背が高く痩せっぽっちで、いつもスリッパを履いてマンションにやって来るんだけど、私はその竹竿みたいな警備員のことが大きらいだった。彼らは仕事中にマンションの中庭で煙草を吸うことが許されてるみたいだったけど、その警備員はちょっと度が過ぎてた。しかもそいつときたら、まるでチンピラみたいに人を睨《にら》みつけてくるんだけど、あるいは本当にチンピラだったのかもしれない。その目はどこか落ち着きがなくて、私はそいつに身体を触れられるんじゃないかっていつもびくびくしながら過ごしてた。やぶ睨みで、歪んだ口もとが怖かった。郵便物を代わりに受け取ってもらったときなんかは無表情で私にサインを求めてくるんだよ。背が高くて痩せているせいか、猫背気味で見下ろすように人を睨みつけてくる。檳榔《びんろう》の食べすぎで口もとはいつも真っ赤で、ごろつき仲間を呼び寄せていつだって俺はここいらのもんを盗めるんだぜって顔をしてたけど、実際にそんなことあった？ないないない。それに私の身体に触れたことだって。神経過敏かな？　この社区は揉めごともなく、ずっと平和だったじゃない。やっぱりあの顔つきが問題なんだって。あの痩せて尖った顔はいかにもずうずうしい感じがして、人さまに悪い印象を与えるから……

＊

私たちの業界で仕事ができるできないってのは、資料をどれだけ集めてそれを分析できるかってことにかかってるんです。で、あの人と私たちは同じ分析専門の研究グループに所属していたんです。普通の人たちはきっと国勢調査ってものがどれだけ細かい仕事かなんて知らないと思いますけど、実際公表される資料はほんの一部で、私たちはそうした公にされない資料を自分たちで手に入れなくちゃいけないんです（合法非合法を問わず）。まず分析を通じていくつかのモジュールを組み立ててから、社員をそれぞれの会社に派遣して顧客を探しに行くんです。それで相手にいまどんな資料があればお宅の企業の競争力をあげることができるのかってことを伝えてあげれば、後はとんとん拍子に話が進むって寸法です。

たとえば以前、カップ麺の会社にそうしたアドバイスをしたことがありました。彼らは農村に住む人間がどんなカップ麺の原材料を好んで食べるのか、どれくらいの太さの麺が売れるのかみたいな農業従事者の口にあったカップ麺の資料を必要としてたんです。農村と漁村、それに都市部では嗜好にどんな違いがあるのか、新商品を開発する以外にも配分の調整なんかもあったんですけど、そういうのはどれも公にできるきれいな部分で、本当の利益は顧客への売り上げ状況なんかを政府に買ってもらうことで得ていました（合法、非合法を問わず）。だけど経済流通に関する資料を握るお偉いさんたちから見れば、こんな資料なんてさして重要じゃないかもしれないので、うちの社員たちにはせいぜい大ぼらを吹いて、お上から大金をせしめないといけないってわけなんです。昔はそれでもこうした調査は農村の動向を調査するために必要だったらしいんですけどね。たとえば反政府的なゲリラ組織を壊滅させるときには、こうした資料はずいぶん役に立ったって聞きました。米や砂糖、塩や薪、銅線なんかの流通経路をしっかりと押さえておけば、誰がそれを売り買いしているのか、それらが大量あるいは緩やかに買いだめがされていないかってことを事前にチェックできたそうです。

私たちの会社は別に新設されたばかりのピカピカの企業でも、闇に包まれた非合法の組織ってわけでもなくて、日本統治時代につくられた「厚生統計科」って組織がもとになっていました。その中の特別に小さなグループがこうした仕事を請け負ってるってわけです。国民党だってバカじゃないから、戦後残存していた日本の官僚機構を接収した後、それらを統合して集めた資料を全部保存したんです。ようやく保存が完了して、口封じを免れた日本人たちと一緒に日本統治時代の資料を保存した外省人たちが官僚機構を離れて民間企業を立ち上げたんですけど、立ち上げ当初は表に出せないような公金を運用することで、地方自治体の統計部門のために農業生産販売の調査なんかを手伝ってあげたりしてたらしいんです。

何が言いたいかって、つまりうちは以前は半官半民の組織だったってことです。当時の裏金は必ず農協や漁協組合の生活品目調査を通じて完全に民生品目の流通を把握していないと運用できない仕組みだったので。逆に言えば、ちょっとした変動があるだけでマネーロンダリングの方法を知ることができました。たとえば卸売り業者が農家に対して買い上げた米を分配するようなときは、注意する必要があるそうです。それは民間が買い上げた米じゃなく、政府が米の配給を通じて国民の歓心を買おうとしているだけだって。長持ちするお米の性質と販売メカニズムを利用するってからくりです。何ていうか、「不安定な人心を巧妙に操作することは、複雑な交響曲を奏でることに等しい」みたいな？　全部社長の受け売りですよ。いまはさすがにそこまでひどくないですから。でもこんな場所で一番よく目にするのは、やっぱり老人たちが派閥をつくってお互いにあàだこうだやり合う宮廷政治劇ですね。または「昔はこうだったんだぜ」って感じの、にわかには信じられない武勇伝の類。こっそり政治関係の資料を管理するようなときには、それが白色テロ時代の資料であろうが裏金が流通してた時代の資料であろうが、そうした武勇伝に頼らなくちゃ何一つ処理できなかったんです。もしかして、裏金ってマフィアや馬賊がお金を机の上にぶちまけて取り分を分け合ってるものだって思ってました？　でもこの仕事をしていると、だいたいどの人間が金を配って、どの人間が食事の席にバットで相手を殴り殺して、どの人間がボスにおべっかを使っているのかってことくらいは積み上げられた資料から細かく読み取れるものなんですよ。そうした徹底的な資料の分析は正直、理系なんかにも引けを取らないくらい複雑で、だからこそ私たちも次の一手ってやつを考えることができるわけなんですけど。

＊

彼のことは、長い間会っていなかった古い友人みたいに考えていたの。嘘じゃないよ。阿任、あなたを裏切ろうなんて気持ちは最初《はな》からなかったんだから。私はあなたの妻であることに十分満足してるし、分不相応な考えなんてこれっぽちもなかったんだ。でも彼だけが私たちを助けてくれた。私たちが家を出たとき、彼だけが私と小娟に住む場所を提供してくれた……ええ、それもウソ。小娟を連れて家を離れる数週間前には、彼に家を出ることを伝えてた。顔色一つ変えずに、まるで同窓会の連絡網でも回すみたいにとつとつと、でもさも申し訳なさそうな口調で私たち母子《おやこ》のことを伝えた。でもそれは一種のテクニックみたいなもので、彼の同情を引くためにそうしただけなんだ。誰からも守ってもらえないかわいそうな私は、いま思えば何の論理性も因果関係もない純粋な偶然だったわけだけど、職場では同僚からイジメられて、家に帰れば旦那から問答無用の暴力を受けてた。私を恨んでる？　でもどっちみち、あなたは私のことなんて関心ないんでしょ？　家を出た最初の頃だけ電話で小娟のことを話し合おうとか言ってきたけど、それから後は電話すらかけてこなくなった。携帯が止められる前にここの家電の番号をメッセージで送っておいたけど、その電話だってこれまで一度も鳴ったことがない。

電話は四本足の丸いテーブルに設置されていて、テーブルの下にはぐちゃぐちゃになった古新聞や「リーダーズ・ダイジェスト」なんかが詰め込まれていた。もともとこの部屋に備え付けられていたみたいで、私たちが引越してきた頃にはここにあったみたい。いまでもまだこんな電話が残ってたことに正直びっくりした。黄土色の電話は、もっと黄色く変色して、ボタンのまわりは鋭く尖っていた。規格が合ってないせいかボタンを押せばパキパキ音がした。家庭用っていうよりも会社にある公務用みたいな電話で、そこからは感情らしいものはほとんど感じられず、真面目くさった様子でただ公務を伝えるだけの道具って感じがした。こんな電話で甘い言葉なんてささやきようがなかったし、受話器を取ればできるだけ短い言葉でさっさと用件だけ口にして切らないと、思わず受話器を放り出したくなった。できるだけ効率的に用件を片づけるようにして、たとえ電話の向こう側にいるのが自分の愛する人や我が子であっても、この電話を使ってるってだけでその会話はあっという間に耐えられないくらいダサいものになって、何だかすべてがつまらなく感じてしまう。この電話はふわふわ柔らかい夢に繋がることなんてなくて、ただ一方的に何か命令を伝えるためだけに存在してた。

でもそれは、この電話とは関係ないのかもしれない。もしかしたら、電話線のせいで受話器越しに聞こえてくる音がいつもぼんやりしてるのかも。ザーザー雑音が混じるのだって、たぶん古い型だから中の電話線が壊れちゃってるせいなんだよ。引越して来たばかりの頃は、それでもまだこの電話で外の人間と連絡が取れるんだって思ってたんだ。お母さんと話したこともあったけど、お父さんが亡くなってからますます神経質になってるみたいだった。確かに自分の母親には違いないんだけど、でもどちらかといえば私は勝手気ままに生きる子どもっぽいところとか、細かいことを気にしない性格とかは父親に似てるような気がした。お母さんは古い人間で、私が田舎に残って公務員になることを望んでた。仕事のことでも何でもいいけど、とにかくこの電話を通じて外のことをもっと知りたかった。だからここの電話線を新しくしようかなって考えてるんだけど、新しくしたところで結局私に電話をかけてくる人間なんていないんでしょう。

それはそうと、あのコップに入ってる水っていつから電話の横に置いてあったの？　はっきり覚えてない。今朝入れたような気もするし、入れてからずいぶん経ってるような気もする。確か小娟に薬を飲ませるために入れたんだと思うけど。水は相変わらず澄んだ状態なのに、いつの間にかほとんど蒸発して、コップの中身はずいぶん減ってた。それはきっともとの水じゃなくなってて、私が口をつけるときには一秒前、一日前の水とはすっかり違うものになってるんだ。コップの水をジッと見つめてみる。透明なガラスのコップと同じように、透明な空気に包み込まれたそれは人間と何ら変わりなかった。仮にこの身体が容器に注ぎ込まれた魂だとすれば、魂ってやつは生まれてからこの方、ただひたすら磨り減っていくだけなんじゃないかな？　だから私たちはどんどん疲れていって、生まれたてのような純粋さを失って、この水がカミサマに召されていくみたいにどんどん生気を失っていくんだ。

こんな生活、ホント最悪。まるで地獄じゃない。触れるものすべてに棘があって、飲み込む唾さえ硫酸みたいに胃腸を焼き焦がしていく。ほんの軽く触れただけであらゆるものがぎざぎざの牙をむき出しにした犬みたいに私の手に嚙みついてきて、指は殻を剝いたピーナッツみたいに無残に嚙み砕かれていくんだ。この部屋の空気って、ぐつぐつ煮た油みたいでしょ。私はここで四六時中煮込まれていて、濃く立ち込めたガスはいつでも爆発を起こしかねない雰囲気。何だか餓鬼道に落とされた餓鬼みたいだけど、私がいったいどんな罪を犯したの？　唯一私がお腹を満たすことができるチャンスは天上界の人間が吐き出す痰だけで、でもいまではそのチャンスすらない。口をあんぐりと開いてその痰を飲み込もうとする瞬間にそれは蒸発しちゃうか、あるいは私の喉がひりひり痛んで飲み込めなくなっちゃうんだ。痰は焼けつくように熱くて、飲み込もうとすれば唇を焦がしちゃう。私はどんなに餓えても死ねない餓鬼で、そのくせいつでもお腹を空かせて、ほんの少し何かを口にしただけで満足できるはずなんだけど、口にするものすべてが幻で、ようやく口に入った肉や米も悪臭を放つ糞に変わってくんだ。でもたとえそれが糞であっても、私はそれを飲み込んでやる。そしてお尻から肉や米を再びひねり出して、それをもう一度口の中に放り込むんだ。そんなことを延々と繰り返し続けてるってわけ。

＊

垂れ下がった下まぶたに浮かぶ隈《くま》を見て、ああもうずいぶん眠れてないんだなってわかりました。もちろん私の個人的な観察ですよ。でも、誰もあの人に声をかけて慰めようなんてことはしませんでした。だって、私たちとあの人は別にそんな関係じゃないんですから。冷たくしてるってわけじゃないんです。ただ何ていうか、私たち若い人間があれこれ言ったところで、あの人だってまともに取り合おうとしないじゃないですか。人生経験ってやつが豊富なあの人が、まともに私たちの言葉に耳を傾けるはずありませんから。せいぜい自分をバカにしてるって思われるのがオチですよ。実際そうだったんですから。私と話すときのあの人は明らかに相手を小バカにしてるって感じで、こいつ何にもわかってないなみたいな表情でした。でもいまの時代って、必ずしもあの人が思ってるみたいなものじゃないように思うんですよね。あの人ができることを私たちはできないかもしれないけど、私たちができることをあの人だってできなかったりするわけじゃないですか。仕事が忙しいって言うなら、絶対私たちの方が忙しくしてる自信がありますよ。いったいどこのひま人が、あの人の考えてることをいちいち忖度《そんたく》してあげる余裕なんてあるんですか。勝手にすればって感じですよ。もちろん言いたいことはわかります。それに関してはお互い様だってことも。あの人だって毎日何かに忙しくしていることは確かで、もしかしたら私たちにはわからないとんでもなく意義のあることをしてるのかもしれない。だからあの人だって、自分と違う世界に住んでいる私たちにいちいち干渉されたくないって、きっとそう思ってるはずなんですよ。

仕事を休んでる間に、あの人の仕事は大幅に遅れることになりました。それからですよ。ほんのちょっとストレスがあるだけで、あの人が簡単に昏睡するようになったのは。ただ座ってるだけで昏睡しちゃうんですよ。うちは半官半民の組織だから、社員の福利厚生だって悪くない。会社だって途切れ途切れに休暇を取らせて、あの人の心身が完全に回復するまで待ってあげるつもりだった。でも結局全部無駄でした。会社に戻ってくれば終日イライラして、終いには他の社員とまともに話すことも難しくなって、一日中大きな柱の側にあるデスクにただ座ってることしかできなくなっちゃんたんですから。デスクの後ろには古い資料が詰め込まれたスチールロッカーがあって、そこには誰も目を通さないような資料の山が考古学の地層みたいに折り重なってました。古い資料だと百年以上経ってるのもあって、日本統治時代から残された資料にはティッシュペーパーみたいな薄い紙に書き写された戸籍謄本なんかもあったはずです。

あの人がいた場所にもまだまだ使えそうなものがたくさん積み上げられていたんですけど、誰もそんなものには見向きもしませんでした。インクさえ交換すればまだ使えるレーザープリンターにビットマッププリンター、それに古いパソコンのスクリーンにホストコンピューター、どれも整理すれば使えるものばかりだったんですけど。そうした機械にはそれぞれ管理者の名前が貼り付けられてあって、二年に一度は総務部の人間がやって来て、誰が新しくここにあるものを担当するのかを決めていました。もう使わないことはわかってたし、たとえそれがまだ使用可能であろうとそうでなかろうと、いちいちそんなことをチェックする人間もいませんでした。実際はとっくに死んでるのと同じことになってたんですけど、あの管理登録台帳に記載されたものは一応まだ生きてるのと「同じ」扱いを受けていて、だからこそ毎年新しいシールがその上に貼り付けられていきました。こいつらはまだ生きてるんだって、廃棄処分を宣告されるまでは勝手に捨てることは許さないって、そう回りの人間に伝えてたわけです。それならいったい誰がそれを宣告するかって？　上の上のそのまた上にいる責任者？　こう言っちゃ拍子抜けするかもしれませんけど、実際はそこまで複雑でもないんですよ。あのプリンターの認識番号、あそこの裏に責任者が本機を廃棄処分に処すって書き込んで、総務部の同意を得て（一応形式的な試験もあって、故障や機能不全みたいな理由も書き加えてたみたいですけど）、それから会計部の認可を得ればそれだけでＯＫなんです。

でも、わざわざそんなことをした責任者なんてこれまで一人もいませんでした。みんな次から次へと増えていく新しい備品を管理することに手いっぱいで、そもそも自分がいったい何の管理を任されているのかさえわかっていませんでした。特に備品に特別な認識番号が書かれているかどうかなんて気にする人なんているわけないじゃないですか。まして自分が管理を任されている備品を廃棄処分にするなんて面倒なこと、自分の人生どころか仕事をする上で何のメリットもないことをわざわざする必要があると思います？　廃棄処分にしたからってお金がもらえるわけでも、高尚な人格者だって褒め称えられるわけでも、ましてや誰かを助けられるわけでも、この国を幸せにできるわけでもないんです。パソコン一台廃棄処分するひまがあるなら、おばあちゃんの手をひいて横断歩道を渡った方がよっぽどこの世界のためになると思いませんか？

あの場所に配置されてから、敏感なあの人はすぐにそれがどういう意味なのか悟ったみたいでした。私に向かって、「つまり私がこういう人間だってことを言いたいんでしょ」って言ってきたんです。あの人がこの会社にとってどんな使い道があるのかなんて、もうそれほど重要じゃなくなっていました。あの人はつまり他の人間に取って代わられたわけで、捨てられるどころか廃棄処分にするまでもないって判断されちゃったんです。社員名簿の中では生きている社員として名を連ねて、他の社員と同じように毎月給与や福利厚生を受け取って、誰もあの人をクビにしろだなんて言いませんでした（私だってそこまでする必要はないって思ってます）。クビにするのなんて簡単だけど、そこまで非情になる必要だってないじゃないですか。会社にとってもあの人をクビにすることで得られる利益なんて何にもないんですから。あの人の身体にも廃棄予定の機械と同じようなラベルが貼られてあって、そこには認識番号が書かれてあったんです。総務部の人間になったあの人の上司は、そのままあの人の管理者だったってわけです。ええと、難しい話はこのへんでおしまいにしませんか。そもそもあの人をパソコンやプリンターと一緒に放置するべきかどうかなんてことに、私たちがこんなふうに頭を悩ませる必要なんてないんですから。

あの人があの場所に移されて最初にやったのは、お昼休みにタクシーでお花屋さんまで出かけて、盆栽の松を買ってきたことでした。「柱の側って風水上よくないから、これで相殺しておかないと」。たしかそんなことを言ってたと思います。それがあの人が漏らした左遷に関する唯一の感想で、また仕事に関する最後の感想でした。その後、あの人は誰とも仕事の話をすることなく（私たちもあえて話しませんでした）、そのまま退職していったんです。

*

……以前残業して夜中に帰宅したとき、そいつは青いTシャツに黒いズボンをはいて、青と白のサンダルをひっかけた別の男とお喋りしてた。警備員室に座ったそのサンダル男は、入口に近い場所で檳榔を嚙みながらその男と話をしてた。二人の容姿があんまりにも似てたもんだから、私はてっきり兄弟じゃないかって勘違いしたくらいだった。自分が偏見に満ちた人間だってことはわかってるけど、でもこうした印象ってだいたい間違ってないでしょ？　マンションの扉を開けてほしいって頼んだら、その男はいつもみたいにいかにも自分は美人を見分ける審美眼を持ってるんだって視線を私に送ってきた。でもそれはホントに一瞬だけで、あるいはその男にとって、それは一種の挨拶みたいなものなのかもしれなかった。嘘じゃない。手をふって挨拶するみたいに、女が相手なら誰にだってそんなふうに視線を送ってくるんだから。それが私たちみたいな負け犬に与える一種の恩恵で、お前だってまんざらでもないだろって感じで。人を嬲《なぶ》るようなあの視線だって、その男が長年培《つちか》ってきた異性に対するある種の好意の表れで、見つめられた相手が自分はまだまだイケてるんだって思わせようとしているだけなのかもしれない。でもそれって、市場の売り子がちょっとそこのイケメンのお兄さん、別嬪《べっぴん》さんって通行人を呼び止めるのと何も変わらない。私にとってその男の行為は悪意に満ちていたわけだけど、そいつにとってみればそもそもそこに何の感慨もないわけで、実際扉を開けるとそのまま回れ右して、例のお友だちと話し込みはじめた。チンピラみたいなそのお友だちは振り向きもせず、まるで私をそこらにいる野良犬か何かみたいに考えて、自分こそがここの主人なんだって雰囲気を醸し出してた。二人は完全に私の存在を無視してたけど、それがこの社区《コミュニティ》の住人すべてに対する態度なのか、それとも私個人に対する態度なのかよくわからなかった。でもそのことは、その男がいやらしい目で相手を見つめることよりも私を不安にさせた。きっとあいつらはこんな社区なんて簡単に自分たちのものにできるって思っていて、私たちみたいな住民のことも自分たちが独占できる獲物程度にしか思っていないんだ。周囲を壁で覆われているマンションはどこを通るのだって彼らの同意が必要で、だからこそ自分たちは獄卒で、住民のことは囚人くらいにしか思っていない。ここの警備員にサービス精神なんてものは皆無で、その証拠に申し訳ないっていう気持ちの欠片もなく、こうして部外者をマンションに連れ込んで規則を破ってる。それってきっと、私たちが自分たちに手も足も出せないんだってことをアピールするためにわざとそうしてるんだ。実際、その男は翌日も何食わぬ顔で出勤してきた。夕方会ったときだって一言も口をきくことなく、私の乳首を吸って思う存分おっぱいを玩べるとでも思っているみたいに、あの悪意に満ちた視線で私の豊満な身体を舐めまわすように見つめてきた。でも今回はちょっとだけ様子が違ってた。その男は口を開くことなく、無言で私にあるメッセージを伝えてきた。昨日見たことは他言無用、あれは俺たち三人だけの秘密で、もしも誰かにそれを漏らしたらそいつはきっと不幸な最期を遂げることになるぞ。私は複雑な妄想に囚われてた。彼らはこの社区を乗っ取ろうとしていて、なぜか自分だけがそれを知っているんだって思うようになっていた。あるいは社区の管理委員たちも何か弱みを握られていて、不動産仲介業者たちもやつらとグルなのかもしれない。彼らと協力する気がない住人はみんなここから追い出されて、真実を知る私も口をつぐみ、新しく入ってくる住人にそのことを教えようとしない。若い頃ならきっとすぐにでも引越そうって言ったはずだけど、あなたはきっとそんなつまらないことに首を突っ込むんじゃない、たかだか警備員に金を貸して騙されただけじゃないかって言うんだ。それを聞いた私はもちろん頭にくるわけだけど、あなたはそんな私をまたバカにして、引っ掛かる私が悪いんだって言うんだ。あなたの目に映る私は未来に素敵な王子さまが現れるんじゃないかって期待してる、頭にお花畑が浮かんでいるようなおめでたい人間で、この世界のホントの姿ってやつをまるで理解していない。私ってこの上なく現実的な人間だけど、あるいはあなたが言うみたいに、私の人生は確かに順調すぎたのかもしれない。学歴だって仕事だって、これまで欲しいものは何だって手に入れてきた。留学こそできなかったけど、その代わりに結婚して子どもだって産んだ。私にだって私なりの理想があって、それを叶えるのに必要なだけの冷酷さも持ち合わせていたけど、これまでそうした冷酷さを実際に行動に移したことはなかった。だってそんなことをしなくても、この世界と取っ組み合いする中で欲しいものや必要なものはだいたい手に入ってきたから。でもあなたはそれが私をいい気にさせたんだって、自分の幸運を自覚してないんだって言った。確かに自分がどれだけ強い人間なのか、あるいはどれだけ弱い人間なのかってことは自分じゃわからないけど、でもそれってきっと最期の最期までわからないものじゃない。別に悪いことは何でも私の身の上に起こるわけじゃないし、自分一人だけ傷つくなんてこともごめんだった。それに、傷つけられた私もまた共犯者だった。私を傷つけたのは、私を守ってくれなかった善意であって悪意じゃない。他人にそれを教えなかったのは、彼らに同じように傷ついて自分と同じ立場になってもらうためで、そうすることでようやくお互いを慰め合うことができたから。大切なのは誰かが傷ついたのを見てはじめて、自分はそれほど卑しい人間じゃないんだって感じられるってこと。「ほら見て、あいつだって同じように卑しい人間で、バカな目にあってるでしょ」。しかもそいつは私よりバカで、私はたった一人の人間に傷つけられただけだけど、そいつは私ともう一人の人間と「一緒に」なって傷つけられたわけだから……

＊

引越してきたばかりの頃、口実を見つけて美君の部屋を訪ねたことがあったんだ。新しいものは何も買い足さなかったみたいで、部屋には以前に住んでいた住人が置いていった家具だけがあった。その住人は部屋をきれいに使ってくれていたし、借り手としては悪くなかったけど、ある日突然夜逃げするみたいに敷金も受け取らないまま家族全員で引越しちゃったんだ。家賃だって遅れたことなかったし、ペットも七歳以下の小さな子どももいないから、借り手としては最高だったんだけど。その部屋は両親が買ってくれた古いアパートの一室で、僕はいずれそこに引越すつもりでいた。だから美君にはしばらくそこに住んでも構わないって言っておいた。アパートを訪ねた僕は、ほとんどの時間、昔話をして過ごした。大学時代に起こったことをひとつひとつ思い出しては、それを美君に確認していったんだ。だってそうでもしないと、僕たち二人はこれ以上前に進めない気がしたから。

もちろん、これからどうするつもりかってことも相談した。まさかこれからもずっとシングルマザーをやっていくってわけにもいかないだろ？「両親に相談してみるとか？ここにしばらく身を寄せるのは構わないけどさ、もし旦那と縒《よ》りを戻すつもりがないなら、実家のある南部に帰った方がいいだろう」。その言葉を聞いた美君は、どうやら僕が自分を追い出そうとしてるって勘違いしたみたいだった。確かに昔みたいな感情を美君に持ってはいなかったし、僕だって少なくとも表面上はうまくいってる恋人がいた。小娟が側にいるからあんまり過激なことは言えなかったけど、それでもたまには美君を抱きしめてやって、そこまで落ち込むことはないんだよって言ってやったんだ。

八時になると、美君は隣の部屋に小娟を寝かしつけにいった。勝手にいなくならないでよと言う美君に、僕はわかったと答えた。遅かれ早かれ、美君は一人で生きていくかどうか決断しなくちゃいけなかったけど、あの性格じゃとてもじゃないけどセルフバイキングの店員なんて仕事はできそうになかった。やりたいことは山ほどあって、しかも仕事をするなら正社員じゃなくちゃいけない。でも僕たちはそろそろ四十になるわけで、元の職場に戻るのは正直むずかしかった。それにいまの美君を見てると、とてもじゃないけど頭を使うような仕事に堪えられるとは思えなかった。

それが無理なら、やっぱり子どもを連れて旦那と縒りを戻すのが一番だと思った。それが一番合理的だし、簡単な解決方法だろう。旦那だってよくしてくれてるわけだし。美君本人は旦那からDVを受けて警察に訴えたって言ってたけど、僕の見る限り傷跡らしいものは何も残っちゃいなかった。たぶん、押し合いへし合いしたくらいのものだったんじゃないかな。もし僕から何かアドバイスできるなら、やっぱり旦那のところに帰れって言うだろうね。それ以外の選択となると実家に帰るように言うしかないけど、僕は美君の実家について詳しいことは何ひとつ知らなかった。

小娟を寝かしつけた美君が首をふりながら部屋から出てきた。美君の話によれば、父親はもう亡くなっていて、母親には面倒をかけたくないってことだった。彼女がたったひとつ旦那に頼んだことは、いずれ自分の口から話すから二人のことをしばらく母親に伏せておいてほしいということだった。その日、美君はその理由を僕には教えてくれず、ただひたすら泣いていた。

唯一話してくれたのは、もし母親がこのことを知ったら、きっと自分を家族の恥さらしだって思うはずで、それは死んだ父親も同じだってことだけだった。僕は自分に抱きついて涙を流す美君に口づけした。こんなことがいずれ起こるだろうってことはわかってはいたけど、それはたった一度きりで終わるはずだった。確かにいまの僕には恋人がいたけど、でもこれは恋人がいるいないって問題だけじゃなく、セックスそのものとも関係がないような気がした。僕たちはただお互いを慰め合ってるだけで、それは若い頃にできなかったことを最後までやり遂げてるんだって感覚に近かった。そうしないと、これ以上前に進めないような気がしたんだ。

*

阿雅《アーヤー》。子どもを産むまで、私はずっとあなたと仲のいい姉妹みたいな関係でいたいって思ってたんだよ。あなたは私より十歳以上若い上に仕事の経験だって全然なくて、私から見ればホントに子どもみたいに未熟だった。それとも、自分の基準に合わない人間はみんなそんなふうに見えちゃうのかな。私はよくあなたや他の同僚たちにキレてたけど、それはあなたたちがバカなくせに努力もしないから。まるで人生を無駄にしてるみたいじゃない。社会に出てずいぶん経ったから、てっきり人間的な穏やかさってやつを学べたとばかり思ってたけど、もしかしたら私って人間は過度のうぬぼれ屋で、あなたたちみたいな若い子たちとは絶対にうまくやっていけない性格なのかもしれない。

でも結局、あなたや他の同僚たちとはうまくやっていけなかった。心の中では口うるさいババアだって思ってたんでしょ。あなたたちのことなんてこれっぽっちもわかっていないくせに、日がな一日、口を開けば仕事のことばっかり。気がつけば、最低限やるべきことすら言えなくなっちゃってた。あなたたちは表面的にはハイハイって頷いて見せるけど、実際は何だって後回しで、結局最後は私が全部処理しなくちゃいけなかった。つまり、面倒なことが自分から消えるのを黙って待ってたってわけ。私だって物事が簡単じゃないことくらいわかってる。逆にいい方向に考えてみれば、あなたたちがこんなふうに私に反抗することだって楽じゃない。私もこんなふうに誰かに反抗したことがあったのかな？　あなたたちがするみたいに、自分が不公平だって思うことを誰かに面と向かって反抗したことがあったのかな？

「何てバカな子たちなんだろ」。心の中ではいつもそんなふうにあんたたちのことをバカにしてた。あるいはそう思うことで自分を一段高く持ち上げていたのかもしれないけど、もしも配属されたのが私の部署じゃなかったら、ホントにあんな態度でうまく仕事を回せてたと思う？　いまとなっては、もうあんたたちの眼中にすら入らない存在なんだろうけど、よくまああれだけ私をいじめてくれたよね。別の部署の人間まで呼び出しちゃってさ、そこまでして悲しくならない？　まさか自分より十歳も年下の人間とこんなふうに張り合わなくちゃいけなくなるなんて思わなかった。若さだけで言えばあんたたちに敵《かな》うはずないけど、ここは職場であって、別に誰の彼氏が一番ハンサムだとか魅力的だとか、そんなことを競ってるわけじゃないじゃない。自分たちがちょっとくらい若いからって年寄りを空気みたいに扱って、最初《はな》っから年寄りは自分たちの足を引っ張る存在で、教わるようなことなんて何もないんだって思ってたでしょ。それで少しでも自分たちと意見がぶつかると、「だってあの人は年食ってるからそう思うんじゃない」って、自分が被害者みたいな顔をするんだ。

アレが来たからってのもいい理由じゃない。私はこれまで一度だって生理《アレ》を理由に会社を休んだことなんてない。あんたたちはどうせ私に生理なんて来ないって思ってるのかもしれないけどさ、私にも生理くらいある。痛いってこともわかるけど、もしも痛みをコントロールできないなら、せめて自分の癇癪《かんしゃく》くらいはコントロールしなきゃ。誰も仕事中にあんたが生理中かどうかなんて気にかけてくれやしないんだから。私が働いてた頃はたとえ出産だろうが病気で倒れて入院しようが、上司はそれでも報告書をあげるように要求してきたんだ。

ようやく仕事に戻ってみても、以前と同じってわけにはいかなかった。新しい上司は法学部出身で私よりも古株だったけど、自分より有能だとは思わなかった。聞けば業務部門から派遣されてきたらしくて、他にも若いアシスタントを二人ほど連れて来てた。そういえば、いつもあなたと一緒にいたお友だちも辞めちゃったでしょ。お友だちが仕事を辞めちゃって、これからあなた一人でどうするつもり？　いつも一緒にお昼を食べてトイレに行って、コンビニの買い物まで一緒で、でもその片割れが辞めちゃって寂しくない？　それともその子はあなたのことをずっと覚えてて、これから先もこっそりと会ったりするのかな？　わかんない。だって私にはそんな友だちがいたことなかったから。

あんたたちがそうやって人の言うことに耳を貸さないなら、私が職場《ここ》にいる意味なんてないじゃない。それでも私は、毎日定刻通りに出勤した。会社に戻ってきたばかりの頃、あんたたちは「子どもを産むって大変よね」、なんて言って私を煙《けむ》にまこうとしてたけど、その後は案の定、顔を合わせても挨拶以上の会話にもならなかった。あんたたちは巧妙に私が絶対に出かけられない時間帯を狙って私を食事に誘うことで、苦楽を共にするんだってふりをしてた。でもそれは全部見せかけで、ちょっとした瞬間に「自分たちこそが一番素晴らしくて若くてかわいらしくて向かうところ敵なしの正義感溢れる毒舌の世代」って表情《かお》を浮かべるとき、昔の自分もこうだったのかなって思たりもするんだけど、あの頃の私は大人の世界なんてどのみち悪意に満ちてるだけだって思ってた。そんな表情が自然と滲み出てこないようにすべきだって単純なことさえ、あんたたちはわかってない。この社会で他人さまに簡単に自分の考えを見抜かれちゃダメなんだ。じゃあ私は？　ホントにそこまであんたたちから嫌われるようなことをした？　生きてる意味がまるでない人間って感じで、あんたたちからすればゴミでも見てるのと同じくらい意味のない存在。本格的に仕事を辞めて、しかも二度とこの会社には戻ってこないことがわかってから、あんたたちが私を見つめる視線の意味がようやくわかってきた。あんたたちの視線から溢れていたのは私の仕事に対する態度でも、自分たちを見下して怒鳴ったり細々したことをくどくど説明する私の性格への反発ですらなかった。あんたたちはこれまで一度だって自分って人間が本当に親切で理性的かってことを考えたことなんてなくて、心のメカニズムってやつを真剣に反省したことだってない。何ていうか、心の底の底から私って人間をバカにしてた。実際私がどれだけ優秀でも、あんたたちはそんなことまるでお構いなしで、ただただ私って人間の生き方がキモいって、私って人間が生まれつきこんなふうなんだって思ってた。だからたとえ私が会社からいなくなっても、あんたたちはああよかったなって、一息つくだけなんでしょ。

*

あいつは優しい人間じゃなかった。本人はそう思ってたみたいだけど、あいつの優しさはいつだって限定的だった。たとえばたまに朝食を買ってきたり、早めに帰宅して夕飯の準備をしたりすると（それだって外で買ってきた弁当だった）、それを自分の優しさだって勘違いしているところがあった。あいつの関心はいついかなるときも俺に向くことはなくて、あるいは生活そのものに興味がないって言ってもいいのかもしれない。だからこうなったのもある意味当然のなりゆきで、何もあいつを責めたいって思ってるわけじゃないんだ。自分から家に帰ってきてくれればいいけど、あいつの性格を考えればそれだって難しいんじゃないかな。手を出したことを後悔してるかって？　そりゃしてるよ。でもあのときは、怒りにまかせて手を出さずにいられなかったんだ。あの太い首には俺が首を絞めた痕がはっきり残ってるはずだよ。あいつの顔を押さえつけてぶん殴ったから、おでこや唇からだって出血してた。床に押し倒したから、背中だって怪我してるかもしれない。

徐々に正気を取り戻してきて、俺は長い旅から帰ってきたときみたいに、いつもと勝手が違うことに戸惑いながら、身体を押さえていた手を離してあいつを起こしてやった。俺から距離を取ったあいつは恐怖に震える目で俺を見つめていたけど、そこに失望みたいなものはなかった。きっと心の中では、俺がそんな人間じゃないってことをわかってたんだと思う。何ってたってこんなにも長い間一緒に生活してたんだから、俺が優しい人間だって知らないはずないだろ？　今回のことはきっと衝動的な行為だったんだ。だけどあいつはきっと信じてくれない。だって実際俺は手をあげたわけだし、俺自身あいつが俺のことを許してくれるなんて思っちゃいないんだから。

あいつは一言も発することなく、俺や小娟をほっぽり出してそのまま病院に駆け込んじまった。後悔しても遅いってことはわかってる。あいつみたいにプライドの高い女は、自分を殴った男を簡単に許したりしないはずだから。でも、世の中の女がみんなあいつと同じってわけじゃないだろ。人によっちゃいくら殴られたって病院に駆け込まず、耐え忍ぶ女だっているんだ。

子どもがいなければあいつの反応だって違ったのかもしれない。まず口喧嘩からはじまって、大声で怒鳴り散らしてからわんわん泣き出すんだ。あいつと喧嘩するときはいつだってそうだった。まるで俺に尊厳なんてないんだってばかりに、聞くに堪えない言葉で俺を罵るんだよ。俺はあいつの旦那じゃなくて、下僕《げぼく》かなにかって感じさ。別にあいつの会社まで行ってその働きっぷりを見たわけじゃないけど、まさか同僚たちにも同じ態度で接してるってるわけじゃないだろ。俺なんか真面目に取り合うまでもない存在で、犬にも劣るって感じさ。それかオムツの取れない赤ん坊みたいなもんで、一文の値打ちもないくらいにしか見てないんだろ。そんなときはさすがに、自分がどうしてまたこんなやつを好きになっちまったんだろうって思うね。どうしてあいつは俺のいいところを見てくれないんだろ。あんな態度を見てるとさ、あいつが何だかすごく遠い存在に思えてくるときがあるんだ。

けど今回は違った。あいつは俺にわめき散らすこともなかった。きっと殴られた瞬間に心を決めたんだ。あいつが家を出てってから、俺は一人で小娟の面倒を見てた。小娟が眠ってる間、いったいこれからどうしたらいいか途方に暮れたけど、おかしなことにはならないだろうってことだけはわかってた。なんですぐ追いかけていって謝らなかったのかって？　あのときは頭に血が上ってたから、あいつがやりたいようにやらせたんだ。驚いたのはあいつが病院でもらってきた診断書を持って、警察署に駆け込んで俺をＤＶで訴えたことだった。バカな話だって思わないか？　普通の人間ならさ、そんなことでわざわざ警察に駆け込んだりしないだろ？

俺なんて一生のうち一度も警察署なんて場所に行ったことがないし、あいつだってそれは同じはずだよ。いったい何があいつに「警察ニ行ッテ夫ヲＤＶデ訴エル」なんてことを思いつかせたのか。そんなことこれまで二人の頭を掠めたことすらなかったはずだし、自分とは関係のない言葉だとばかり思ってた。だってさ、そんなことしたらそれこそ二人の関係はおしまいじゃないか。ホントにそこまでする必要があったのかな？　俺がそんな人間じゃないってことは、あいつだって十分わかってたはずなんだ。だってそうだろ。美君だってわかってるはずなんだ。なんてたって夫婦なんだ。そこまで冷静に判断を下す必要がどこにある？　あるいはもしかして、あいつは一度だって俺のことを愛したことなんてなかったのかもしれない。

＊

……いったいどうしてあの男はあんな目で私を見るんだろう。何よりムカつくのは、私を見る同じその目で別の女を見るってこと。それに気づいた瞬間、何だか自分がひどく価値のない人間、価値のない太った羊みたいに思えてきた。それって結局、私が選ばれた人間じゃなかったってわけじゃない。私はずっと選ばれてきた人間で、選ばれていい学校いい会社に入って、いい家庭をつくって、なのにあんなクズみたいな男に選ばれないなんてことある？　もしかして、まだ魅力が足りないとか？　もっとおっぱいが大きい方があの男の注意を引けたのかな。他の女なんて別に目で追うほどの価値もないじゃない。チンピラならチンピラなりにさ、傷つけていい相手ってやつを選ぶべきじゃない。誰にでも刃物をふりまわせばいってもんじゃないんだから。他の女なんてずいぶん年を食ってるし、器量だってよくない。身体だってぺらっぺらで、きっと旦那とだってずいぶんご無沙汰なはず。もしも手を出されたとしても、誰も傷つかないどころかむしろ舞い上がっちゃうんじゃない。そんな中でも特に許せない女がいて、旦那がいるくせに一日中あの男とべたべたしてるんだ。警備員室の外に座っていつもあの男とくっちゃべってるけど、いったい何様のつもりなんだろう？　見た目は市場で野菜を売ってるようないかにも芋っぽい感じの女で、かかとの低いハイヒールを履いて、一日中この社区《コミュニティ》を行ったり来たりしてる。資源ゴミを漁っては何か使えそうなものを探してて、まるで宝物でも見つけたみたいに、漁った獲物を持ち帰ってるんだ。そんな無知で下品な女がなんであんなに幸せそうな面《つら》をしてるわけ？　ずっと自分に付き添ってくれる男がいるから、いつも牛の首につけられた鈴みたいに高い声でケタケタ笑ってる。警備員の男と一緒に社区の花壇に水をやって、ゴミ整頓に掃除までしてやってるんだよ。そんなことするくらいなら、自分でマスでもかいときゃいいじゃない。自分を二つに割ってさ、その手を相手の手だと思っておっぱいを揉むんだ。それから果汁を絞るみたいに、あるいはパパイヤの果実をほじくるみたいにしてクリトリスを弄くりゃいい。旦那はなんで嫉妬しないんだろう。なんで自分の嫁が牝豚《めすぶた》だってことに気づかないんだろう。マンションで男を引っかけてるんだよ？　名前なんて知らない。そんなことはどうでもいいし、興味だってない。だってこの社区に住んでる女なんて、どれもたいして変わらないんだから。何だってまた私はこんなやつらと同じ場所に住んでるんだろう。こんなやつらが幸せだなんて、どう考えたっておかしいじゃない。私たちはみんな同じようにこの肥溜めみたいな場所で暮らしてるはずなのに、あの女はどうして自分だけは天国で暮らしてますって顔ができるんだろう。あの男が警備の任務に就けば、女はそいつをいっぱしの男にしてみせる。きっとそいつから心をくすぐるような下品な言葉を投げかけられたんだ。感動的な景色に、普段聞けないような慰めの声をかけられてイっちゃったってわけ。あるいはあの男には妻も子どもをいて、家族が家に帰ってくるのを待ってるのかもしれないけど、この社区では情婦をはべらかすいわゆる勝ち組って顔をしてるんだ。だけど、本当のそいつは収入二万元ちょいの貧乏人。なのにどうしてあの二人は豪邸で逢引でもしてるって顔ができるわけ。ううん、逢引じゃなくて、おおっぴらに情婦を囲ってるって言った方が正しいかな。どうしてそんな男がこのマンションにいられるんだろう……

*

隣の部屋では小娟が眠っていて、僕はリビングでその母親の服を脱がせていた。美君の身体は白くて柔らかで豊満だったけど、お腹の肉が少し気になった。おっぱいはさすがに壮観だったけど、少し垂れ気味だった。もちろん、僕も昔に比べればちょっと太ったことは確かだけど。美君が伸ばした舌と涎と涙を吸いながら、僕はそのおっぱいを揉んだ。美君は何とかして僕のあそこを立たせようとしたけど、間の悪いことに前日恋人とセックスしたばかりで、なかなか思うようにいかなかった。でも最終的にはどうにかこうにか成功した。美君が大声で喘いで小娟を起こしちゃうんじゃないかって心配だったけど、美君は「大丈夫、心配しないで」って言ってきた。実際美君は大声で喘いだりはせず、セックスの最中はおとなしく声を抑えてた。


「ああ、すっごくいい。あなたに嫁いでたらどんなによかったか」と美君が言った。

「僕に嫁いでたらどうなってた?」と僕が訊くと、

「きっと私を可愛がってくれたはず。二人でこのアパートに暮らして、部屋のデザインはフランスの田舎風のインテリアがいいな。いいでしょ?　それからずっとこんなふうにエッチするの。子どもはいらない。じゃないと二人で一緒に旅行に行けないでしょ。私、地中海に行ってみたい。あなたは?」と美君が言った。

「いつからそんなにロマンチックになったんだ?」と僕が言った。

「あなたこそ、いつからこんなことする人間になっちゃったのかな。リビングでこんなにエッチなことするなんて」と美君が言った。

「君は以前の僕がどんな人間だったか知らないだろ?」と僕が訊くと、

「へえ、それなら昔からこんな人間だったわけ?」と美君が言った。

「別にそういうわけじゃないよ。歳をとって、それなりに経験を積んだ結果かな」

「もしもあなたと結婚できたらどんなによかったか」

「もしも僕と結婚しても、君はどのみちワーカホリックだっただろ?」と僕が訊くと、美君は笑って、その太った顔がジッとこちらを見つめていた。「全部お見通しなんだ」

「重くない？」と僕が訊くと、

「私が上になったら、それこそあなたを押しつぶしちゃうでしょ」と美君が言った。

「それもそうか」

「ちょっと、レディに失礼でしょ」

「気持ちいい？」と僕が訊いた。

「ええ。でも中に出さないで。妊娠しちゃったら、しばらくエッチできなくなるんだから」と美君が言った。


美君はひまさえあれば会いに来てほしがってるみたいだったけど、それも悪くないと思った。そうすれば向こうの面子《めんつ》だって立つし、何より彼女自身がそれを望んでいたんだから。それに、僕は本来両親に収めるべきお金を自腹で工面して、美君からは家賃を半分しか受け取っていなかったから、仁義は十分通しているはずだった。ソファと壁が摩擦する音に気づいた美君は、もっと優しくして、小娟が起きちゃうじゃないと言ってきた。「誰にも傷ついてほしくないんだから」。美君はまるで独り言のようにつぶやいたけど、それは到底無理な相談だった。だって誰も傷つかない恋愛なんて、この世にあるはずないんだから。蓋を開けてみればみんなハッピーでしたなんて結末、どう考えたってありっこないだろう。ときに僕たちは自分の心に対して甘すぎる見通しを立てたり、自分の善良さってやつに過度の期待をかけたりするけど、何より大きな失敗は、僕たちが自分の欲望を甘く見すぎているってことなのかもしれない。それは時を選ぶことなく積み重なっていって、何とかしたいって思おうが思うまいが、ただひたすら悪化していくだけなんだ。

＊

……あの二人は私とはまったく違った世界にいた。こんなにもくだらなくてゲスな場所にいるくせに、愛と性欲の世界に酔いしれてた。もしかしたら、二人はこの社区《コミュニティ》にある交流センターのトイレか地下駐車場、あるいは深夜誰もいなくなった警備員室でヤってたのかもしれない。何だってあいつらはそこまでハッピーで、それに比べて私はこんなにも不幸なんだろう。あんなやつらと自分を比べるなんて馬鹿げてるってわかってるけど、あの女はいとも簡単に自分が欲しいものを手に入れた。それはたぶんあの女だけが欲しいものってわけじゃなくて、きっと世界中の女が手に入れたがっているものだった。それが紳士だろうが大企業の社長だろうが、あるいは国会議員さまだろうが檳榔《びんろう》をくちゃくちゃいわせてるだけのチンピラ警備員だろうが、そんな相手を一人手に入れられるだけであの女はめでたく勝ち組の仲間入り、社区に住む他の住人を見下せる立場に立ったんだ。この狭く小さな世間で、あの女は唯一思わぬ幸運を手に入れた人間で、それは宝くじで大当たりした成金みたいなものだった。他の住人たちがぐちぐち嫌味を口にしたこともあったけど、あの女はそれを歯牙にもかけず、他の人間なんてまるで眼中にないみたいに振舞ってた。確かにあの女にはそうするだけの資格があった。だってあの女だけが、それを手に入れることに成功したんだから。例の警備員のために、辛くて汚い仕事を全部やってのけることで、あの女はその苦行を愛する恋人同士の甘いシンボルと愛の証明へと変えていった。それはどこまでも二人だけの世界で、この小さな社区の中庭では誰もその世界を侵すことはできず、またその仕事を奪うこともできなかった。おかしな話だって思わない？もともとあんな仕事、誰もやりたがらなかったのに、いまじゃその権利を誰かから奪われたみたいな気がして、それを取り戻したいとさえ思ってるんだから。ひとりの男のために床を掃除する幸せってどんなもの？　ねえ、阿任《アーレン》。私もそんな幸せを手に入れる機会があったと思う？何とかして自分の中に渦巻いてる怒りと嫉妬に蓋をしてみるんだけど、そう考えるとあなたって人間がどこまでも役立たずだった気がしてくるんだ……

＊

ママが病院に連れて行ってくれたのは、じつは風邪をひいてからずいぶんたってからのことだった。でも病院なんて行かなくても平気だった。だっていま、おうちにお金があるかどうか、わかんなかったから。わたしだってそこまでバカじゃないんだよ。ママがずっとお仕事に行ってないのに、お金があるはずないもん。前のおうちにいたころは、パパもママもお仕事に行ってたから、わたしも学校に行くお金があったんだ。長いあいだパパと会ってないけど、もしかして、こっそりママにお金を渡してるのかな？　ちっちゃいときにおばあちゃんのおうちに行くと、かなしくていつも泣いてたんだ。だって、一日中ママにもパパにも会えないんだよ。子猫じゃないから、ずっと眠ってるわけにもいかないから。それに、おばあちゃんはわたしがいようがいまいが、ぜんぜんかまわないみたいだった。おばあちゃんちの子猫は、たまにわたしと遊んでくれたけど、子猫はちょっと遊んだらすぐに眠っちゃって、眠ったかと思うとまた起きてきた。パパはわたしがかわいそうだって言ってたけど、でもわたしをおばあちゃんちに連れてって、がまんするんだよって。でも、どのくらいがまんすればいいかわからなかった。おばあちゃんちに行くだけでかわいそうなのに、そこでがまんできることなんて何もないじゃない。それなら自分と遊びなさいって、ママはそんなふうに言ってた。おばあちゃんだって一日中あなたにつき合ってるってわけにはいかないでしょって。おばあちゃんちにはほかにも何人か子どもがいたけど、みんな、わたしよりもちょっとだけ大きかった。ほんのちょっと大きいだけで、わたしが退屈な子だって思ってたみたい。どうしてそんなことがわかるかっていうと、わたしを見るたびにつまらないつまらないって言ってたから。きっとわたしの顔には、見るからにつまらない何かが浮かんでいるのかも。でもいまのママは毎日仕事に行かなくてもよくて、ずっとわたしと一緒にいてくれる。わたしにとってはそのほうがぜんぜんいいし、ママがそばにいてくれるほうが断然うれしい。だから、風邪をひいても、ぜったいに風邪をひいたって言わないようにしてるんだ。だって風邪をひいたけどおうちにお金がなくて、ママが外に行ってお金を稼がなくちゃいけないなんてことになったら、またおばあちゃんちに戻らなくちゃいけなくなるでしょ？

別におばあちゃんちがきらいってわけじゃないんだよ。テレビも見せてくれるし、お菓子も食べさせてくれる。おばあちゃんだってひまなときは遊んでくれるんだから。おねえちゃんがうちにいるときは、おねえちゃんが遊んでくれるけど、いつもは大きな学校に行ってるみたいだった。それに、大きくなってから、わたしも幼稚園に行くようになったんだ。三時くらいまで幼稚園にいて、それからおばあちゃんちに行くんだ。パパとママがいっしょに迎えに来てくれたこともあったけど、普段はパパが一人で迎えに来てくれた。ママはいつも忙しいみたいで、迎えに来られないみたいだったけど、それでも幼稚園に行くのは好きだったんだ。だって、ホントに学校で勉強してるみたいな気がしたから。だから、風邪をひいたなんて、ぜったいに言いたくなかった。わたしがせきをしなければ、鼻水を流さなければ、ごはんがのどを通らないって言わなければ、ママだってわたしが風邪をひいたことに気づかないでしょ。昔はよく風邪をひいて、だからパパに、風邪をひくってどういうこと？　ってきいたんだ。するとパパは、風邪っていうのは、いまのお前の様子を見ればわかるだろって。青はなをたらして、ごほごほせきこんでる、いまのその様子が風邪ってやつだって。風邪はいつまでたっても治らなかったけど、お医者さんのところに行くのもいやだった。ホントはそこまでいやでもないんだけど、注射がきらいなだけ。でも昔みたいに、注射が終わってから、パパがサイダーを買ってくれるなら行ってもいいかな。だっておばあちゃんちにはサイダーがなかったんだもん。それに、ママが毎日お仕事に出かけるのもいやだった。ママがお仕事に出かけなきゃいけないくらいなら、病院に行かないほうがマシだった。

でも結局、ママは病院に行くよって。朝早く起きて、二人で歩いて病院に行くことになったの。そういえば、もうずいぶん外出してなかったし、だれもおうちに訪ねてこなくなってた。だからかも。たまにはパパのことがとっても恋しくなる。どうしてこんなにも長い間、パパと会えないのって思うと、涙がとまらなくなるんだ。ママがおじさんって呼びなさいっていう人がおうちに来ることがあるんだけど、昔見たおじさんたちの中に、その人はいなかった気がする。ここに引越してきて、初めてできたおじさんだった。そのおじさんがいったい何をするためにおうちに来るのかよくわからなかったけど、しょっちゅう来るわけじゃなくて、引越してきたばかりのころに何回か来たくらい。ママはそのおじさんとお話しをして、おじさんは、わたしをギユッと抱きしめてくれた。それからわたしをかわいいとか何とか言って、他のおじさんたちがするみたいにわたしのほっぺたをつねって、身体中をこちょこちょしてきた。わたしはおじさんのこちょこちょが大好きで、ずっと笑いころげてた。笑いおわると、こんどはおもちゃを使って遊んでくれた。わたしのおもちゃ箱には子犬に子猫、それからお皿やつみきがたくさん入ってて、おじさんはママが料理のときに使うようなおもちゃのお鍋をプレゼントしてくれたんだけど、それはちょっと使いにくかった。いちばん好きなのはボール遊びで、おじさんが投げたボールをいっしょうけんめい追いかけるの。ぽんぽん飛びはねるボールで、おじさんもママも、わたしがまるで猫みたいだって、きっと子猫と長くいっしょにいすぎたせいで、わたしも子猫になっちゃったんじゃないかって言って笑ってた。でも、まねをしたのはわたしじゃなくて、子猫のほうなんだから。お休みの時間になっても、おじさんがまだおうちにいるようなときは、おじさんはいったいいつ自分のおうちに帰るんだろうなんて思ったりもしたけど、不思議と目がさめるといなくなってた。真夜中に目がさめちゃったこともあったけど、そんなとき、そばにいるのはいつもママ一人だった。

ママとふたり、初めて歩いて病院に行ったから、どのくらい遠いのかわからなかった。むかしはパパが車に乗せて行ってくれたんだけど、ママとこんなふうに歩くのも悪くなかった。ちょっとつかれるし、車がたくさん走ってて歩きにくかったけど、とちゅうでケーキ屋さんを見つけて、そこでしまじろうのケーキを売っているのに気づいたんだ。


「むかし、しまじろうのケーキ食べたよね」とわたしが言った。

「そうね。たしか、去年の誕生日にしまじろうのケーキを買ったかな」とママが言った。

「こんどの誕生日も、しまじろうのケーキを食べたいな」とわたしが言った。

「だったら今度、ここにケーキを買いに来ようか。ここならおうちからそんなに遠くないから」とママが言った。

へんだなって思ったんだ。ここは前に住んでいたおうちじゃなかったけど、ママはこれからはここがわたしたちのおうちなんだって言ったから。「パパもここで暮らす?」わたしがきいた。「しばらく経ったらそうなるんじゃないかな。パパはいま忙しいから、まず私たちだけで引越ししないといけないの」とママが言った。引越しする前の日、パパにバイバイするのを忘れちゃった。だって、わたしはいつも早く寝ちゃうからしかたないんだ。ママは八時になると、わたしといっしょにおふとんに入るんだけど、お仕事をしてたころはこんなに早くおふとんに入るなんてことはなかった。だからやっぱり、いまの生活のほうが好き。

*

……どうしてあなたは私にそんな感覚を抱かせてくれなかったわけ? どんな感覚って、面子《めんつ》をかなぐり捨てて、あなたのために何かしてあげたいってそんな感覚。それどころか、あなたが口を開けば、私はすぐに反論したくてうずうずしちゃう。ねえ、知ってる? 私あの女の顔を直視できないの。劣等感? かもね。私が壊れた食器やらディスカウントショップでもらったようないらないコップを捨てに行ったときに、あの女は地面にうずくまった格好で言ったんだ。「これホントに全部捨てちゃうの? もったいない」。いまの私はこんな女に対しても引け目を感じてて、自分の人生には幸福の「コ」の字もないんだって感じてる。それに比べて私を見つめるあの女の目はどこまでも無垢で、ううん、そもそもあいつは私のことなんてこれっぽっちも知らないし、印象にすら残ってないはず。私みたいな幸福を摑みそこなった人間なんて、そもそもあいつの眼中にはないんだろうし、記憶に留める価値さえないんだから。だからあの女の中で私の顔はぼんやりしてて、他の社区《コミュニティ》の住人とさして変わらない、その他大勢の一人なんだ。でもあなたはそんなことまるで気にしないどころか、あの二人の仕事ぶりに満足してるんでしょ。あの警備員はとんでもないワルで、そんな人間が何を楽しみにしてるかって考えたことある？　私はやっぱりあの男に対して嫌悪感しか抱けない。それは表情云々って問題だけじゃなく、あいつがただジッと相手を見つめるだけで何もしない人間だから。しかもそれだってずいぶんひねくれてて、自分の人生は空っぽで、ここにはただバイトで仕方なく来てるだけなんだって態度でいるから、悪いことだってろくすっぽできやしない。別に人さまに怖がられるようにワルぶれって言ってるわけじゃないけど、少なくとも獲物を定めて、その標的を傷つけることくらいはできなきゃ意味ないじゃない。本物のワルになるにはそんなふうに他人を傷つけて、仕事中に鼻の下なんか伸ばしてないで、勤務が終わればすぐ帰宅して、いい夫やいい父親に戻るくらいじゃないと。だけどしばらくして、そいつはこのマンションに姿を見せなくなった。別に私があの男のことを告げ口したってわけじゃなく、私自身どうしてあいつがこの社区に来なくなったのかわからなかった。あるいはこの仕事を続けるだけの情熱がなくなっただけなのかもしれない。ここの警備員の入れ替わりが激しいことは日常茶飯事で、そこに理由や告知の類は一切なかった。警備員の入れ替わりはさながら蛍光灯を交換するようなもので、それは私が最後にやったチラシ配りやビラ貼りの仕事に似てた……

＊

しまじろうのケーキがある店を通りすぎた後に、ちょっと変わった人を見たんだ。ママがその人を見たのかどうかわかんない。最近のママは、いくら呼んでもわたしの声がぜんぜん聞こえないみたいで、だからわたしは何度も何度も子豚みたいにぶうぶうぶう叫ばなくちゃいけないんだ。たとえば豆乳がほしいときだって、ママはわたしの声がぜんぜん聞こえないみたい。何だかいつもほかのことを考えて気が散ってる感じで、わたしのことがまるで目に入らないみたい。わたしがおもちゃで遊んでて、ママの言葉が聞こえないようなとき、ママはわたしの気が散ってるんだって言うんだよ。だから、おもちゃで遊びながらしまじろうの番組を見るのはダメだって。じゃないと気が散っちゃって、気が散っちゃうと両方とも集中できないんだって。でもママだって同じなんだ。おじさんがおうちに来るときはいつも気が散ってて、わたしが何を言ってもまるで聞こえないんだ。だけど、不思議とおじさんの言葉だけはちゃんと聞こえるみたいで、そんなときはママよりおじさんといっしょに遊びたくなっちゃうんだけど、おじさんもおじさんで何だか気が散ってるみたいなんだ。パン屋さんの前を通ったけど、ちっともパンを食べたいって思わなかった。きっと風邪をひいたせい。パパが言ってたんだけど、風邪をひいたときは食欲がなくなって、いまみたいに何も食べられなくなるんだって。なのに最近のママったら、よくパンを買ってきてわたしに食べさせようとするんだよ。ほら、白くて一枚一枚切って、トーストしてジャムをぬるようなパンがあるでしょ。イチゴ味とブドウ味のジャムをつけるパン。わたしはイチゴ味が好きなんだけど、二ついっしょにぬるのも好き。でも、昔ならパパがジャムをぬってくれてたんだ。食べ終わるとわたしをおばあちゃんちに送って、それからお仕事に行くんだ。ママはうちで寝てることもあるんだけど、パパがジャムをぬってくれたその前の日は家にいなかった。ママは朝から出かけることもあったから。

＊

弟が死んでしばらく経った。あの子は私の代わりに海外留学って夢を叶えたわけだけど、私の夢なんてホントはたいしたものじゃなくて、お父さんとお母さんだって、もともと私の留学には賛成してくれなかった。確かに留学したいって気持ちはあったけど、それだってそこまで積極的な夢ってわけでもなかったんだ。留学のために英語の試験も受けたけど、成績はよくも悪くもなくて、国費留学も申請したけど、もちろん合格しなかった。私みたいな人間なんてそれこそ星の数ほどいて、優秀な人間だってごまんといた。合格するためにそこまで努力したわけでもなかったし、それに自分が思ってたほど努力していなかったのかもしれない。

お父さんとお母さんが、私を真面目すぎる人間だって思ってることは知ってた。でもそんな真面目さや勉強にかける集中力なんてのも、たぶん大学時代に全部使い果たしちゃったんじゃないかな。私って人間は自分をとことん追い込まないと勉強できない性格《たち》か、それとも昔みたいに簡単ではっきりした目標ってやつがないと、苦労をいとわずに勉強に打ち込むってことができないのかも。留学試験の準備をしてても正直そこまで真剣じゃなかったし、心の中では遊びに行くことばかり考えて、いつも口実を見つけては補習塾をサボってた。大学院に通ってる友だちを誘っては、夜遊びや郊外へハイキングに出かけて、クラブに踊りに行くことだってあった。そんな遊びは正直、性《しょう》に合ってなかったけど、そうやって遊んでるうちにお酒だってずいぶん飲めるようになった。飲んでると、今度は自分がけっこういける口だってことにも気づいた。小さめの瓶に入ってるウィスキーくらいなら簡単に空けることだってできたし、それでもほろ酔いくらいにしかならなかった。テキーラだって塩を舐めながら友だちと何度も乾杯を繰り返して、レモンを噛んで連続で五、六杯飲んだってどうってことなかった。真面目に準備してないんだから、試験にだって受かるはずないよね。正直言えば、以前ほど試験の結果も気にしなくなっていた。きっとあの頃の私は、過去の自分から抜け出そうとしてたんだ。誰からも愛されなかったあの頃の自分と、何とか決別しようとしてたんだ。

　でもお父さんとお母さんだって、私が海外に出ることに反対だったじゃない。私に公務員か教師になってほしいって思ってたんでしょ。学費の高い私立大学で、しかも誰も入りたがらないような学部に入った私が頭痛の種だったんじゃない。もちろん私にも言い分はある。昔からずっと、お父さんもお母さんもあの子をえこひいきばっかりしてたじゃない。弟は私よりも六つも小さくて、あの子が生まれたときは、さぞうれしかったんでしょうね。あの子には海外へ留学してほしいって、ずっと思ってたみたいだし。あの子とそこまで仲がよかったってわけじゃないけど、それでも家に帰って家族みんなで集まれば、姉弟《きょうだい》二人で何でも話し合えた。あの子は自分が志望していた高校に受かって、大学も国立に合格した。あの子だって両親が自分にかけている期待くらいわかってたはずで、ずっと真面目に勉強してきたんだ。ちょっと遊び好きなところもあったけど、物静かで礼儀正しい子だった。それにお父さんやお母さんの期待にも十分応えてきたんじゃない。大学に合格したあの子はそのままアメリカに留学した。国費留学の試験には私と同じように合格しなかったけど、お父さんもお母さんもそのことには触れず、まるでそれに触れると留学自体できなくなっちゃうみたいだったでしょ。博士課程に上がった頃、あの子はアメリカで結婚した。いまの時代そこまでたいしたことでもないけど、あのときにはわざわざ一家そろってアメリカまで結婚式に出かけたよね。アメリカで結婚しちゃうってことはつまり、自分たちと一緒にいられる時間が少なくなっちゃうってことだって、ホントはお父さんもお母さんもわかってたはずなのに、二人とも結局そのことについては何も言わずじまいだったじゃない。

それからあの子は急病に罹《かか》って、結婚したばかりの新妻と両親を残してあっさり死んじゃった。まるでぱちんと指を鳴らすみたいに、それ以降、家の雰囲気は一変した。あなたたちが将来を期待してた息子は死んじゃって、あの子が博士号を取得しようとしてたまさにその瞬間、舞い上がった期待は地に落ちゃったってわけ。そんなことで私は唯一あなたたちを慰められる立場になっちゃったけど、実際はそうでもなかった。だって仮に私って人間が百人いたところで、あの子に取って代われるわけじゃなかったから。しかもちょうどその頃、私は二人目の子どもを妊娠してた。二人目の子どもは阿任の子で、小娟は最初の子じゃなかった。ううん、二人目の子どもって言うのも変かな。だってその子は、そのとき流産しちゃったから。そんな状態だったのに、お父さんもお母さんも少しも私のことを心配してくれなかったよね。あの子が死んじゃって、それどころじゃなかったのはわかるけど。それとも、昔私が堕《おろ》した一人目の赤ん坊のことを知ってたから心配してくれなかったのかな。きっとお父さんもお母さんも、私や自分自身の人生に対してとっくに絶望してたんだよ。

＊

別にあの子を愛してないわけじゃないんです。当たり前でしょう？　弟が亡くなって、私とあの子の父親は死ぬほど傷ついたんですから。私たちが一生かけて培ってきた努力はいったい何だったんだって。でも、それがそのままあの子を愛さない理由になんてならないじゃないですか。

私たちがとりわけ頭の固い両親だったってわけじゃないんです。保守的だったことは認めますよ。でも、保守的である権利すら私たちにはないのでしょうか？　私たちがあの子に要求したことはごく簡単《シンプル》でした。他の人たちが要求するのと同じように立ち振舞いをきちんとすること、人さまに礼儀正しくあること、人前でげらげら笑わないこと、笑うときは口もとを隠すこと、アヒルみたいに笑わないこと、ジーパンばかりはかないこと、座るときは股を広げたり足を組んだりしないこと、話をするときはバカ正直に全部話さず婉曲的に話すこと、たったこれだけですよ。男の子ならそれでもいいですけど。それに、あの子は男の子に混じって遊ぶのが大好きでした。私たちがあの子よりも弟の方を愛していたんじゃないかって？　ええ、たぶんそうでしょう。私とあの子の父親は保守的な家庭で育ったから、男の子をえこひいきしてもちっとも不思議じゃないかもしれません。弟はあの子と比べて六つも小さいんですから、あの子だって弟によくしてあげて当然でしょう。でも誓って言いますけど、あの子には弟と同じだけのものを与えてきたんです。大学にも行かせてあげたし、国費留学の試験だって受けさせてやった。不満がないと言えば嘘になりますけど、いちいち口出ししたりはしませんでした。それに、試験に落ちたのはあの子自身の責任じゃないですか。

あの子には公務員か教師になってほしかった。会社での社交なんて弟に任せておけばよかったんです。どうせあの子には無理なんですから。別にあの子が女で、そのうち他家《よそ》に嫁いでしまうからってわけじゃないんですよ。私だってそこまでおせっかいじゃありません。あの子は自立心も強いから、結婚するしないというのも本人に任せていたし、私たちも結婚を強制したことなんてありません。確かにあの子のためにお見合いをセッティングしたことはありました。でもそれは古い友人が仲人の仕事をしていて、何度も何度も聞かれて断りきれなくなってそうしただけなんです。だけど、結果的によかったたって思いません？　夫になった阿任は収入の安定した公務員で、あの子の面倒をしっかり見てくれていました。お見合いで出会った相手でしたけど、とってもいい子で、わかりやすいタイプの人間でした。あの子にお金持ちの相手を選んであげられず、阿任も技術系の短大を卒業しただけでしたけど、それでも歳はあの子よりも若くて、それに三十過ぎて嫁の貰い手がなかったあの子を貰ってくれたんですよ。頭が固いと言われればそれまでですが、女は何といっても早くに自分の家を持つべきなんです。

高校のときに、あの子は同じ学校の先輩を好きになったことがあったんです。その先輩は家まであの子を迎えに来て、一緒に学校に行ったりしてました。相手は有名進学校に通っている男の子で、私たちはあの子にやめるように言いました。だってまだ高校生なんですよ。大学受験だって控えてるわけじゃないですか？　何もあの子が女だから真面目に受験勉強しろって言ってるわけじゃないんです。私もあの子の父親も忙しいから、長女のあの子には自分の面倒くらい自分で見てほしかったんです。私たちみたいな輸出入品を取り扱う小さな会社は、そうでなくてもやっていくのがいっぱいいっぱいで、若い頃は特に大変でした。会社といっても私とあの子の父親を含めて五人しかいない小さなもので、その仕事だって砕いた小石とガラスを敷きつめた痩せた土壌に水を加えたみたいなもので、それをどうにか摑んで形にしようとしても、結局その手は血まみれになってしまうだけでした。私自身も長女で、三人の弟妹を育てあげて結婚までさせました。それに比べて、美君はただ自分の学業に専念すればよかったんです。それの何が不満だって言うんですか？

後から知ったんですが、大学生の頃、あの子にも好きな男性がいたそうなんです。でもどういうわけか、そういう関係にはならなかったみたいでした。私たちが邪魔したんじゃないですよ。私だってあの子の好きな男性がどんな人間か見てみたかったから、直接家に連れてきてもいいって言ってあげたんです。でもあの子は彼はただのクラスメートで、恋人とかそんなんじゃないって言うんですよ。家に連れて帰ったりしたら、彼にひかれちゃうって。それに向こうは自分のことを好きかどうかまだわからないなんて言うんです。だから言ってやりたかったんですよ。そんな男のどこがいいんだって。田舎からやって来た公務員の倅《せがれ》のくせに、人さまの娘を値踏みするなんていったいどういう了見なんだって。こんなふうに考える私たちって、やっぱり保守的な人間じゃないですよね？

もしかして、私たちがお見合いさせたことを根にもってるとか？　私たちはただ二人を会わせてやっただけなんですよ。人から紹介されたもので、私たちもその場にいました。阿任の父親はすでに亡くなっていましたが、それにしてはよくここまで立派に育ったものだと感心しました。もちろん、双方の親類や友人もその場にいました。伝統的なお見合いと言われればそうかもしれません。そこは湖南料理のレストランで、市内でも有名な老舗の店でした。あの子の父親は寡黙な人間で少し偉ぶるところがありましたが、こうした古いムードのある場所が好きな人でもありました。このレストランは彼のような中小企業の人間が会社の接待によく使う場所で、美君がまだ小さな頃に何度か連れてきたことがありました。まさかそれが原因であの子はこのお見合いを公務みたいに考えたんじゃないですよね？　私たちにそんなつもりはありませんでしたが、あの子はいったいどう思ってたんでしょうか？　私たちがあのレストランを選んだのはただ勝手を知っているからであって、あの子の父親もその方が何かと便利だと思ったからです。当日は万事滞りなく進みました。阿任の側にはお姉さんが付き添っていて、それはまあ器量のいい女性でした。聞けば広報の会社で企画総監督を務めているそうで、その肩書きを聞くだけでずいぶん立派な人間なんだとわかりました。でもちょっとおしゃれすぎるというか、私はどうも苦手でした。まあ、あれが弟のお見合いじゃなくてよかったと思います。

美君は真っ白な洋服に膝丈のスカートをはいて、十分フォーマルな格好でした。阿任はスーツを着ていましたが、何だかどこかの営業マンみたいで、とても建設局で働いている公務員には見えませんでした。お互い自己紹介がはじまると、彼は自分が末っ子で、学校ではデザインを勉強していたこと、元々兵役が終われば海外に出てデザインの大学に入りたかったけど、両親が一年を経たず相次いで亡くなってしまったせいで、残った兄姉と疎遠になることがいやで家を離れる気持ちがなくなってしまったことなんかを話してくれました。お見合いのあったあの日、私もあの子の父親も特に二人のことに口を挟むこともありませんでした。ただ一つだけ、生活は苦しくないのかと聞いたくらいです。だけど公務員なんだから、きっとそれなりの生活は送っているはずです。二人の間の会話も弾んでいたようですし、若い者同士がこうやって顔を合わせてお喋りするのも悪くないだろうって、本当にそれだけのことだったんですよ。誓って言えます。

だから、あの子が妊娠したって聞いたときは心からうれしく思いました。でもまさか流産するなんて。向こうの親戚たちは、妊娠してからも出産ぎりぎりまで必死で働く美君をどうにも理解できないようでしたが、後から耳にしたあの子に関する心ない噂は、本当に耳を塞ぎたくなるようなものばかりでした。それに当時、阿任の意志を伝えてきた仲人《なこうど》は以前私たちの会社で働いていた従業員の一人で、だからこそ余計に噂話に尾ひれがついたんだと思います。私だって別に娘をバカにしてるわけじゃないんですよ。あの子が独身《ひとりみ》を貫いたって構わないって思ってるくらいなんです。ただ帰る場所があるのはあの子にとっても決して悪くないって、そう思ったんです。だけど私もあの子の父親も、世間さまがうちの娘が貰い手が見つからなくて仕方なく昔の従業員の知り合いから若い後輩をあてがったなんて思われるのがいやだったんです。いまでは人さまの噂話のいいネタになって、私もあの子の父親もいったいどの面下げて世間さまに顔向けできると思いますか。相手に申し訳ないうえに、すっかり他人に泣きどころを押さえられてしまったわけじゃないですか。

本当にそんな理由で、あの子は私たちと距離を取るようになったんでしょうか？　私たちがあの子と阿任をくっつけたから？　私はこう見えても普段忙しいので、あの子の父親に理由を尋ねたことがあったんですよ。だけどあの子の父親も、あれから二人は交際を続けたんじゃないのかって言ってました。だけどどうにも進展があるようには思えなくて、ちょうど別の親戚からお見合いの話が来たから、そっちを紹介しようとしたんです。そしたら必要ないって。どうしてだって尋ねたら、あれから阿任と連絡を取ってるから新しいお見合いは必要ないって。それならよかったと思ったんですが、そう言ったときのあの子の顔には何の表情も浮かんでいませんでした。

そのときはそこまで深くは考えなかったんです。だから後になって、弟に阿任とのことはどうなったのか聞いてみたんですよ。するとあの子は、姉ちゃんが感情的な問題を自分に相談したことなんて一度もないって答えました。大学を卒業してからの美君は、あまり家にも寄りつかなくなりました。あの頃、あの子はお正月に実家へ数日間滞在することさえいやがって、口を開けば用事があるからと大晦日を過ぎればすぐに北部へ帰っていきました。いったい何が原因なのか尋ねてみても一向に喋らないし、もしかしてあの頃に新しい恋人がいたのかもしれません。あの子は、自分の口からそういうことをまるで話しませんでした。やっぱり、私たちがお見合いを勧めたことを恨んでたんじゃないでしょうか？　でもそんなことまで私たちにわかると思います？　だって本人は何も言わないんですから。それからですよ。弟の口からあの信じられない出来事を聞いたのは。

＊

子どもを堕ろしたことは、そこまで悲しいことでもなかった。確かに私の人生にとって一つの汚点にはなったけど、心の中ではただもやもや不快な気持ちだけが広がっていた。何といっても、生命《いのち》をひとつ堕ろしてしまったわけなんだから。でも、その秘密を知っているのがもしも私一人だけなら、他人を煩わす必要もなく、自分の性格を考えれば堪えられないほどでもなかった。でもお父さんとお母さんにとっては、きっと一大事だったんでしょ。口には出さなかったけど、私を見る目がそれまでと明らかに違ってたから。きっと私みたいに男勝りでがさつな人間が言っても信じてくれないだろうけど、実は私は高校の時点ですでに処女じゃなかったんだ。相手は私たちの学校にある奉仕クラブに指導に来てた大学生だった。

それが誰かなんてどうでもいいじゃない。いま私の脳裏をよぎっているのは、阿任でも阿南でもなく、ましてや堕ろした子どもの父親でもない、もっともっと小さい頃の出来事。なぜってあの頃出会ったあなたたちだけが、私と過去を共有できる唯一の存在だから。でも、どうして私って昔からこんな感じなんだろう？　こんなことをあなたたちに訊いたって仕方ないか。

昔の私は将来自分がこんなふうになっちゃうなんて思っていたのかな？　昔作文の授業ってあったじゃない。そこでよく「私の夢」みたいなことを書かされなかった？　いくら思い返してみても、自分があのときに何を書いたかまるで思い出せないんだ。自分が思い描いてた未来を忘れちゃったってことはつまり、あとはただ死が待ってるだけってことなのかな？

小学生の頃は、複雑な物事や急いで片づけないといけないような仕事なんて何もなかった。こんな昔のことを思い出すなんて、もしかしてもうすぐ死んじゃうのかな？　でもそんな自覚なんてまるでなくて、というのもそんな先のことなんてこれまで考えたこともなかったから。私が考えられるのはせいぜい今日か明日に起こることとくらい。阿任は私に未来がない人間なんだって言う。もちろん何てことを言うのって怒ったけど、いま思えば当たらずとも遠からずって感じじゃない。遠い未来のことを考えるのは苦手なんだけど、それは別に私がどんな人間になりたいかってことに関心がないのとはちょっと違ってる。将来に対して私は私なりの考えを持ってるんだけど、阿任からすれば、きっとそんなものは考えてるうちに入らないんだろうね。

小学校ってさ、どんな感じで始まったんだっけ？

始業式の朝は、先生が生徒の名前を一人一人黒板に書いていくことから始まった。一・二年生、三・四年生、五・六年生は同じクラスで、クラス分けが行なわれる年は、いったいどのクラスに振り分けられたのかドキドキしながら、黒板に自分の名前が書かれているかどうか教室を確認してまわった。私もみんなと同じように廊下を行ったり来たりしてた。先生たちが黒板に名前を書くスピードはばらばらで、早くから学校に来てとっくに名前を書き終わっていた先生もいれば、遅れて学校にやって来て、私たちが廊下でうろちょろしているときにまだ黒板に名前を書いているような先生もいた。クラスメートの何人かは自分の名前を見つけるとさっさと教室に入っていって、適当に自分の席を見つけて椅子に座っていった。まわりを見回せば、知っている子もいれば知らない子もいた。みんな昨年まで着てた制服に身を包んで、その中にはポケットに学級委員長を意味する二本の赤い布が縫いつけられてる生徒もいて、クラスによっては何人もの学級委員長が一緒に座ってるような教室もあった。私は一度も学級委員長になったことがなかった。あの頃は女子が学級委員長になることなんてほとんどなくて、せいぜい赤い布一本を縫いつけた副委員長になれるのが関の山だった。でも私は副委員長にもなれず、風紀委員長にしかなれなかった。きっと見た目が怖かったせいだと思うけど、とにかく風紀委員長を一学期だけ担当したことがあった。

＊

へんな人を見たんだ。大声でママを呼んだんだけど、ママはわたしにはまるでかまってくれないでずっと病院の場所をさがしてた。ママも病院の場所を知らなかったんだ。でもその人ってホントに変わってたんだよ。女の人の服を着ていて、わたしと同じくらい髪を長くのばしてた。背はママより少し低くてやせてたけど、頭が片っぽうにひん曲がってるんだ。ううん、ひん曲がってるんじゃなくて、首が右に向かって折れ曲がってるって感じ。頭をこうやって、肩の上にのせてるんだ。ううん、それも違うかな。頭全体をぐるっと一回転させて、それから少しだけ肩を曲げてるって感じ。わたしがそんなことをしたら、ママは猫背はやめなさいってきっと言うよ。でもその人の頭と肩は切りはなすことができないみたいで、まるで何かの塊がのっかってるみたいだった。どうしてこんな人間がいるんだろう。これまで見てきた人の中にこんな人はいなかったのに。何だかお化けみたいだなって思ったんだ。その人はまっすぐ歩いて、だれもその人とお話ししなかったし、笑ったりもしなかった。そばを通りすぎるときに、その人をジッと見つめてみたの。その人がわたしを見ていたかどうかわかんないけど、ううん、きっと見てたはず。だって、その人の目はわたしの方向しか見れなかったから。そうじゃないなら、わたしが小さすぎて目に入らなかったのかも。ママがその人を見たかどうかまではわかんなかったけど、ママにほらあの人を見てって言いつづけたんだ。でもママは空に浮かんでる看板から最後まで目をはなしてくれなかった。その人がわたしたちのそばを通りすぎてからようやく、「邪魔しないで。病院が見つからないじゃない」って言った。でもわたしはあの人何かへんだよ、おかしいよって言いつづけたんだ。そのときになって、ママはようやく視線を空から下ろした。「あれは障害者って言うの。大きな声で叫ばないで。本人が聞いたら悲しむでしょ」。わたしだって障害者くらい見たことあるし、パパに教えてもらったこともある。でも、その人はわたしが見たことがある障害者とはまるで違ってた。通りすぎるときにその顔を見たんだけど、何だか顔を反対側に引っ張ってるって感じで、人間の顔じゃなく、ふきんをしぼったみたいだった。だけどよく見ればやっぱり人間の顔にも見えて、お風呂に入ってるときにパパが顔にあててもみもみしたタオルにも似てた。いまは毎日ママがいっしょにお風呂に入ってくれてるけど、以前はパパがいっしょに入ってくれてたんだ。パパのほうが早くお仕事が終わっておうちに帰ってきたし、ママはお休みの日だけいっしょにお風呂に入ってくれたけど、ほとんどお休みなんてなかったから。

＊

親父もおふくろも、最近の姉ちゃんの様子について正直に話すように迫ってくる。これは姉ちゃんのためなんだってあんまりにもしつこく迫ってくるから、仕方なく姉ちゃんが堕胎の手術を受けたことを言っちゃったんだ。ちょうどお見合いをやらされていた頃のことだったかな。その頃に自分が妊娠してるってことに気づいたらしいんだけど、姉ちゃんはそのことを相手には伝えなかったらしい。たぶん、この世界で俺と姉ちゃんだけがこのことを知ってるんだと思う。台北に遊びに行って姉ちゃんの部屋に泊まったとき、突然明日堕胎の手術に行くんだって言われたんだ。そりゃ驚いたさ。で、すぐ誰の子なんだって訊いたんだけど、姉ちゃんは何も言わずに、どうして俺にこのことを言うことにしたのか自分でもわからないってぼやきだしたんだ。だって、当事者の相手にすら教えていなかったんだ。実際、姉ちゃんも前の日に堕ろすことを決めたばかりで、しかもそれまで自分の生理が来ないことにさえ鈍感だったんだから。「私も情にほだされるようなときがあるんだね。まさかあんな男に中出しさせるなんて」って実の姉の口から飛び出すそんな言葉、マジで聞きたくなかったよ。

そんなことを口にする姉ちゃんは、俺が知ってる以前の姉ちゃんとはまったく別人だった。以前は何ていうか、透明な水晶みたいな存在だった。確かに心の中にはいろんな屈折が飛び交ってるんだけど、その目的はシンプルだった。もちろん本人の性格はシンプルなんてもんじゃなくて、心の中ではいつだって自分の将来への不安が渦巻いてた。ただ比較的わかりやすかったのは、学校の課題や仕事上での目標みたいなもので、姉ちゃんはこういったことについてはほとんど俺に話すことはなかった。何といっても俺たちの間には六歳以上もの歳の差があって、姉ちゃんが高校生になったときに俺はまだ小学三年生で、姉ちゃんが大学を卒業する頃に俺はまだ高校一年生でしかなかったんだから。でもあの日の晩、姉ちゃんはそのことを俺に告げたんだ。相手の男が誰だか知らなかったし、姉ちゃんも感情を交えることなく淡々とそのことを話した。いま思えばバカなことを言ったって思うんだけど、俺は「どうして相手の男にそのことを言わないんだよ。そいつに責任を取らせればいいだろ」って言ったんだ。その言葉を聞いた姉ちゃんは思わず笑い出して、俺がまだガキなんだって笑った。そんな男に中出しさせるくらいバカな姉だったけど、そいつに真実《ホントのこと》を告げれば、いまよりもっと遠くに逃げてしまうことくらいはわかってたみたいだった。

「そいつはもう結婚してるとか？」

「あんたもずいぶん想像力があるんだね。このことを教えたのは、ただあんたに覚えておいてほしかったから。だってもしこのことを私しか知らなかったら、それって誰の記憶にも残らないってことでしょ。つまり、誰もそのことを証明してくれない。関係者は三人だけ。彼には永遠にこのことを告げる気はないし、お腹の子は明日死んじゃうでしょ。残ったのは私一人だけ。でも一度堕ろしちゃえば、他人にいくらこのことを言っても誰も信じちゃくれない。誰も信じてくれないってことは、存在しないのと同じことなんだ。この子は独りぼっちでこの世界から消されちゃう。だから私には、この子のことを覚えていてくれる誰かが必要なの」

姉ちゃんは俺に診断書を渡して見終わったのを確認すると、泣きながらそれを破り捨てた。その泣き声があんまりにも大きかったから、隣の住人に聞こえるんじゃないかって心配になった。隣に住んでるやつは、間違いなく俺が姉ちゃんに何かしでかしたと思ったはずだよ。姉ちゃんは診断書を綿の実みたいに細かく千切ると、それをベッドの上に撒き散らした。俺はその手をとって、もういいだろ、やめろよって言ったんだ。その泣き顔ときたらマジでブサイクで、そもそもデブの泣き顔なんて見れたもんじゃないだろ。普段はそこまで姉ちゃんをブサイクだって思わなかったけど、まあぶっちゃけて言えば、そもそも姉の容貌なんて気にしたことなんてなかったんだけど、今回ばかりはジッと姉ちゃんの顔を見つめてそれを記憶に留めることにしたんだ。だって、それが姉ちゃんの願いだったから。そのとき、姉ちゃんが診断書を破り捨てながら何やらつぶやいている声を聞いたんだ。「どうして誰某《だれそれ》じゃなかったの……」。その誰某がいったい誰なのかはっきりとは聞き取れなかった。「もしも誰某が相手なら結婚できたんだ。私だって結婚したかったんだから。でも彼は、一度も私にキスしてくれなかった。いまは遠くに離れちゃったけど、もしも彼が側にいれば、たとえつき合ってなくても、こんなことは起きなかったはずなんだ。ずいぶん疎遠になっちゃったけど、もし彼がまだ私のことが好きだったら、大学のときみたいにどれだけ遠くにいてもどれだけつまらなくても私を車で会社まで送ってくれて、それから家に帰ったはずなんだ。彼だって私にキスしたかったし、私の手を繋ぎたかったはずじゃない？　よく覚えてないけど。あ、そうだ」、姉ちゃんが言葉を続けた。「湖畔の側に一緒に座って五時間くらいお喋りしたことがあったんだ。おかげで私の足は蚊の餌食だったけど、彼は私の手を触ってきて、もしもあのとき大人しく触らせておけば、きっと勢いにまかせて私の唇を奪ったに違いないんだ。でもあの人はそこまで自分に自信がなかったから」。姉ちゃんの泣き声はとにかくすさまじかった。がっぽりと空いた鼻の穴からは、手入れしていない鼻毛まで見えていた。

＊

……私たちはプラカードを持ってる人たちとは別のグループに振り分けられた。プラカードのグループは、たとえ台風が来ようと雨が降ろうと一日中立ちっぱなしで大変そうだったけど、これといった専門的な技術もいらず、ただそこに立っていればよかった。他の二つのグループ、広告ビラと機動部隊のグループはその点やや専門的だった。広告ビラのグループは地下鉄の出入口や大型スーパーマーケット、デパートに貿易センタービルの外なんかでビラを配っていた。表情と態度だけを頼りに通行人の進行方向を少しだけ塞ぎ、かといって相手にそれを悟られない程度の方法でサッと彼らにビラを手渡していく。スマートにビラを手渡す者もいれば、突然ビラを相手の手の中に押し付けてウザがられる者、慌しげに配る者もいれば、相手が必要かどうかを見極めて渡すようなのんびりした性格の者もいた。また頭を下げつつ相手の同情を引いて、まるでビラを受け取ることが一種の功徳のように思わせる者もいれば、力強くお辞儀を繰り返す者、相手がビラを受け取ろうが受け取るまいが関係ないといった醒めた者など、そのタイプは様々だった。さながら特定の場所で托鉢するようにビラを配る彼らを、私たちは陰で和尚や比丘尼《びくに》と呼んでいた。プラカードのグループと違って、彼らは積極的でコミュニケーション力も必要とされていたけど、最も専門的で技術を要するのは何といっても、機動部隊のグループに振り分けられた者たちだった……

＊

全員が自分たちの教室を見つけた後（リストから名前が漏れたか、自分の名前を探し出せない子たちは、寂しげに教室の外で先生に拾ってもらうのを待っていた）、先生は生徒たちの名前を一人一人読み上げていった。すると、黒板に書かれていた意味のある名前も意味のない名前も、突然生命を吹き込まれていった。自分の知っている名前が呼ばれれば周囲を見回し、その相手を見つければ目で挨拶を送り合った。その中には当然友だちもいて、「あなたもこのクラスだったんだ！」って気分よく挨拶を交わしてた。あの頃、一クラスの生徒の数はだいたい三、四十人ほどいた。みんながわあわあ騒いで、先生が点呼をするのも楽じゃなかった。うるさすぎて、名前を呼ばれても聞こえないなんてこともよくあった。そこで点呼が聞こえたクラスメートが「ほら、いま呼ばれてるよ」って教えてくれて、ようやく「はいはいはい、ここにいます」って答えるくらいだった。先生は静かにして、お喋りしちゃダメよって叫ぶんだけど、みんな興奮して、それどころじゃなかった。きっと環境が変わって、騒いでないと緊張しちゃうからじゃないかな。私？　私はあんまり他人とお喋りするような性格じゃなかったし、男の子たちはみんな汗臭いって思ってたから。もともとうるさいクラスだったんだけど、クラスメートたちが先生の話を聞かないことに耐えられなかったんだ。だって面倒じゃない。同じことを何度も繰り返して聞かないといけないなんて。先生の話は黙って聞いてればいいのに。だから他のクラスメートと挨拶するときは、悪い子だって思われたくなかったから小さな声でしてた。

私はとっても真面目な生徒で、学級委員長の仕事が大好きだった。クラスメートたちが私を学級委員長に選んでくれたらよかったんだけど。その年はどうしても学級委員長に選ばれたかったんだ。以前の成績はあんまりよくなかったから、風紀委員長に選ばれただけでも御の字だと思ってた。だけど今学期はしっかりと勉強して、学級委員長になろうって思ったんだ。周囲を見渡せば、三人の元学級委員長に四人の副委員長がいた。彼らの胸元に縫いつけられた、一目でその地位がわかる赤い布がうらやましくて仕方なかった。私は学級委員長になりたかった。もしも学級委員長になれれば、きっと誰よりもいい仕事をしてみせるのに。しかもその中の何人かは成績の悪かったクラス出身で、成績がいいクラスの学級委員長じゃなかった。別に私だって一番いい成績のクラスの人間じゃなかったけど、ドッジボールの上手い子たちだけを集めてつくられたクラスなんかよりはいいはずだった。それはドッジボール大会で優勝するためにつくられたクラスで、専門的なトレーニングを積んで、学校代表チームをつくってた。不良っぽい感じの生徒が多くて、何だか怖かったのを覚えてる。

うちの学校は男女共にドッジボールの代表チームが全国チャンピオンに輝くくらい強くて、成績のいいクラスも悪いクラスもドッジボールで遊ぶのが大好きだった。校内で行なわれるクラス対抗のドッジボール大会に出るための練習も厳しかったけど、私はあんまり好きじゃなかった。だってボールをぶつけられたら痛いし、風紀委員長をやってた頃は、クラスメートたちは特に私にボールをぶつけてくることが多かったから。力が弱くて、ボールを拾っても投げさせてくれずに、コートの中の私はいつもサンドバックみたいになってた。なぜかわからないけど、男の子たちはボールを拾うと必ず私に向かって投げつけてきた。たぶん、風紀委員長をやってたせいじゃない？　風紀委員長はクラスで三番目に偉くて、もし学級委員長と副委員長がいない場合、自動的に私が一番偉くなった。でも私って、彼らが昼寝をしてると団扇《うちわ》で扇いであげるくらいクラスメートたちのために尽くしてきたんだよ。なのに私をきらうなんて、道理に合わないじゃない？

たぶん、ペナルティを犯したクラスメートの名前をいちいち記録していたからかな。それとも、うるさいって注意したことが原因なのかも。一度学級委員長からもいちいちクラスメートの名前を記録するなって言われたんだけど、でもそれが私の仕事なわけで、先生だって私にそうするように言ってるんだから仕方ないじゃない。最初の頃、私は整理・整頓委員だった。何の権限もない委員だけど、とにかく一年生のときに整理・整頓委員になった。授業の初日に先生が誰かやりたい人はいないかって尋ねてきたから、幼稚園のときにテーブルリーダーをやっていた私はやりたいですって手をあげたんだ。すると、先生は私にその役をやらせることを決めて、みんなも私を好きになってくれた。クラスメートたちのために教科書をしまってあげて、下校のときに椅子をしまうのを忘れてる子がいればそれを机の中にしまってあげて、とにかくみんなのためにできることは全部やってあげたんだ。先生からはずいぶん好かれたけど、結局クラスメートたちからはきらわれた。風紀委員長は整理・整頓委員に毎日一人、お喋りをしていた生徒の名前を提出するように言って、私はちゃんとそれを決められた期日に提出したけど、他の委員たちはなぜか提出しなかった。なのに、ちゃんと提出していた私がきらわれるなんておかしくない？

もちろん、いまなら誰の名前を書いてもきらわれちゃうことくらいわかる。でも風紀委員長をやってた頃は、他の整理・整頓委員たちにペナルティの名簿を出すように言ったんだ。学級委員長だって、自分が記した名前以外にも、私と副委員長に名簿を提出するように言って、私はちゃんと決められた期限内にそれを提出した。彼が学級委員長に向いているとは思わなかった。ただ成績がいいだけで、他のことはてんでダメ、毎日特定のクラスメートたちと一緒にお喋りしてるだけで、他のクラスメートたちが何を必要としているかなんて考えたこともないみたいだった。それでも彼は先生たちから好かれてた。彼は小学校の一年からずっと学級委員長をやってて、それは高校一年まで続いた。どうしてそんなこと知ってるかって？　きっとあの頃から、彼のことが好きだったんだと思う。クラス分けのとき、私は自分の名前を見つけたらついでに彼の名前も探すようにしてた。同じクラスに振り分けられていないか、名前を見つけるといつもテンションが上がって、同じクラスになるだけで不思議な安心感があった。ずっと学級委員長をやってること以外に、彼に欠点らしい欠点はなかった。一学期だけでもいいから学級委員長を譲ってほしかったけど。テストで勝つことはできないってわかってたから、彼に手紙を書いたこともあった。あなたはハンサムで、宿題だって完璧にこなす、中学に上がっても引き続き学級委員長になれることを願ってるよって、確かそんな内容。もちろん、中学に上がれば彼と同じクラスになれないことはわかってた。彼みたいに頭のいい生徒はきっと、市内の進学校に進むってわかってたから。私はといえば、近所にある中学に進むしかなかった。

*

弟が口にした信じられない話に、私たちは身が震えるような思いでした。堕胎の場に立ち会ったのかと弟に聞いたところ、オペ室には入らなかったけど、手術にあたってサインが必要だったから、彼氏のふりをしてサインをしたとのことでした。あるいはサインしてくれる男性を病院まで連れて行くために、あの子は弟にこのことを告げたのかもしれません。美君は何か誤解してるんじゃないでしょうか。弟はあの子に自分がすでに私たち両親にあの子が堕胎したことを伝えたと言ったようですが、そのことがあって、あの子は私たちが用意したお見合いを断ったんじゃないでしょうか。でも、そのときには私たちは何も知らなかったんです。そのことを知ってからも、あの子の前でそれを持ち出したことなんてありませんでした。あの子の父親はもちろんひどく怒りました。あの子が自分から言い出さないつもりなら、私たちだってわざわざそれを持ち出すつもりはありませんでした。しかしそうは言っても、最終的にはやはり口に出さずにはいられませんでした。きっとあの頃からじゃないでしょうか。あの子が私たちに何も話さなくなったのは。あの子の父親が悪しざまにあの子を罵倒しました。「大学まで行って、いったい何の役に立った？　自分で自分を大事にしないやつを誰が大事にしてくれるって言うんだ」。もちろん、私はあの子を大事にしてきたつもりです。それにあのことが起こってから、もうすでにずいぶん時間が経っていました。相手の男が誰だったかなんて正直どうでもよかった。私たちだって、そんな人間に婿になってほしくはなかったですから。

するると、美君はしくしく泣き出したんです。いい子を演じてるんですよ。でもそれが演技だってことは私たちにもわかってて、あの子はただ私たちに見せるためだけにそうしてたんです。あの子ももう三十路《みそじ》を過ぎて、昔みたいに単純な性格じゃなく、自分を隠す術も昔よりもずいぶんうまくなっていました。私と父親の反応をあの子は当然だと考えていたようですが、自分を売った弟だけは許すことができないと考えてるようでした。だから、あの子に言ったんですよ。これは私たちが無理やり言わせたことなんだって。「知ってると思うけど、あなたの弟はずっと聞き分けのいい子だったでしょ。何より最近のあなたはどこかおかしかったじゃない?」、「おかしくなんてない」。あの子は突然口を開いて言った。「それに私、阿任と結婚することにしたから。それってお母さんたちが望んだ結果でしょ?」

「無理しなくていいんだからね。もしも阿任のことが気に入らないなら、無理に結婚しなくてもいいから」と私は言った。

「無理って?　彼は優しいいし、私がこうして結婚したいって言ってるのに、今度は結婚させてくれないってわけ?」と美君が言った。

もしかして、私たちは美君のことを誤解してたんじゃないでしょうか？　あの子のことを複雑で暗い人間だとずっと思ってきましたが、実際のところ、あの子は他人が思うよりもずっと無邪気で、可愛げのある子だったんじゃないかって。だから、大学時代の相手をずっと思い続けてきたのかしら？　それからしばらくして、あの子の弟も亡くなった。でもきっと、自分とは無関係の出来事だって思っているんでしょうね。そうした無関心に、私やあの子の父親も含まれてるんですよ。あの子にはきっと、愛する人も憎むべき相手もいないんです。

*

……このグループは二つのチームに分かれてて、そのうちの一つが道路に沿って広告ビラをビルやマンションの郵便箱に詰め込んでいく仕事だった。袋から適当な大きさに折ったビラを摑み出すのだが、事前に軽く折っておけば、素早く袋から取り出して郵便箱に詰め込んでいくことができた。郵便箱をカタカタと音を鳴らして風のごとく、あるいは無人の野を行くがごとく、そこに美的センスなんてものは必要じゃなくて、正確に郵便箱にビラを詰め込んでいく技術だけが必要とされた。空きがあろうとなかろうと、郵便箱一つにつき一回はビラを詰め込んでいくのが鉄則で、さもないと時間をロスしてしまう。だからビラを配るときは力強く正確に、カタンと郵便箱を開いてカタンと閉めていく。適当な力のさじ加減が必要で、力を入れすぎると体力を奪われすぎるけど、かといって弱すぎればぐずぐずとビラを入れ直さなくちゃいけなくて、これもまた時間の無駄になってしまった。仕事柄、最も気をつけなければいけないのは、紙や郵便箱の角で指を切ってしまうことだった。ただ世の中には頭のおかしい変態もいて、郵便箱の内側に剃刀を貼り付けてるなんてやつもいた。そんなときに郵便箱へ不用意に手を突っ込んでしまえば指先がぱっくり切れるか、コーヒーメーカーに指を突っ込んだみたいに肉がずたずたに引っ掻き回されるのがおちだった。結局、私はこの広告ビラを貼っていくグループに入れられた……

*

普段ドッジボールで遊ぶときはすぐにやられちゃったけど、クラスメートたちは時折、なかなか私をコートの外には追い出さないことがあった。まだたくさんの選手たちがいるのに、彼らは対角線上にパスを繰り返しながら私をコートの隅から隅へ走らせて喜んでいた。私に向かってボールをぶつけたい男子たちだけじゃなく、女子も含めて、まるで見世物でも見るように誰もが私がコートの中で追い回される様子を眺めていた。どうして私には女子の友だちもできなかったのかな？　きっと風紀委員長をやってたせいだ。私は相手が女子だからってペナルティの報告を怠ったり、お喋りしないように注意することをやめたりしなかった。女子の中には男子よりもお喋りな子もいたけど、私は相手が同じ女子だから特別こっそり言ってあげたんだ。

「お喋りやめてくれない？　じゃないと、あなたのことを先生に報告しなくちゃいけないから」。相手が男子のときはそんなことはしなかったんだよ。

たとえ私と友だちになっても、お喋りすれば容赦なくペナルティを先生に報告するから、あの子たちは私と仲良くなっても意味がないって思ったんじゃない？　でも、私はただフェアであろうとしただけ。風紀委員長はもともとペナルティを報告する義務があったし、しかも毎週どのクラスが一番清潔でお利口だったかを競うコンテストもあったから。全校で一番成績優秀だったクラスは片面だけ柄の入った旗を送られて、クラスのプレートの下に掛けられることになってた。それってクラス全体にとって名誉なことでしょ？　うちのクラスはしょっちゅうダブル受賞してたから、掛けられる旗も両面両柄だった。私は風紀委員長としてクラスの秩序をしっかり守って、先生も喜んでた。赤色に縁取られた旗には金色の文字と波の模様が描かれて、私はその旗が大好きだった。一月に一度総評の時間があって、もしも一位を連続受賞すれば、金色に赤い文字が描かれた月間優勝旗が送られ、同じ大きさだけど一ヶ月の間ずっと教室の前に掛けておくことができた。あるとき、三週間連続で一位をキープしてたのに、月間チャンピオンになれなかったことがあった。私は頭にきて、きっとズルした人がいるはずだってその場で泣き出したんだ。誰も私が泣いてる理由がわからなかったみたいだけど、たとえわかったとしてもきっと誰も私を慰めてはくれなかったんじゃないかな。学級委員長と副委員長ですら、ジッと冷たい視線を私に投げかけていた。

他のクラスメートたちはコートの隅っこに集まって、私がボールに追い立てられているのをただジッと眺めていた。緊張はしてたけど、別に恥ずかしいとは思わなかった。私は痛いのがいやなだけで、別に傷ついたりはしなかった。それはただ子どもの遊びに過ぎなかったわけだけど、いま思い返せば確かにちょっと傷つくかも。それってつまり、私って人間が生まれてこの方、ずっと人さまから嫌われてたってことじゃない。小さい頃から太ってた私がコート上で必死に駆け回る様子は、きっと他人から見ればずいぶん見物だったんだと思う。太った子がなす術もなくコートの中でおろおろする姿なんてウケるでしょ？　その場に転んでも彼らはわざとボールをぶつけず、立ち上がって逃げ続けるように言った。なんで誰も止めてくれなかったのかな。彼らは私が動けなくなるまでその遊びを続けた。「どっちみち私にボールをぶつけるつもりなんでしょ。だったら走り回る必要なんてないじゃない」。そんなこと、口が裂けても言えなかった。私はただ本能的にコートの中を駆け回った。誰かが「おい、いいかげんやっちまえよ」と言って、最後に強烈なボールが飛んでくる。それが頭にしろ腹にしろ背中にしろ、ボールが私にあたった瞬間にクラスメートたちは声を立てて笑い出すのだ。学級委員長も笑ってた。でも彼は悪くない。だってそのときの私はホントに不様で、笑えたはずだから。他人がこんなふうにコートの中で逃げ回って最終的にボールをぶつけられたら、私だってげらげら笑ったはず。私が本当に傷ついたのは、その後に起こった出来事だった。

ボールをぶつけられた私はそのままコートの外に出されて、ライン外に出たボールが転がっていかないように見張っていなくちゃいけなかった。もちろん、彼らは外に出たボールを私に触らせてはくれなかった。私は太ってたけど力が弱くて、背の小さい学級委員長も同じように力が弱かったから、コートの外で球拾いをさせられてた。それにしても、私ってなんでまた背の低い男がこんなに好きなんだろう？　コートの外に放り出されると、急に手持ち無沙汰になった。コートの中ではそれまで通りゲームが進められ、選手たちは両陣営を行き交うボールを必死になって避けていた。気がつくと、自陣の選手が相手チームの選手をまた一人倒した。ルールに従えば、コートの外にいる誰かが再び復活できることになっていたけど、いったい誰が入るべき？　もしも試合が拮抗しているなら、コートに入るのはもちろん、うまくボールをかわせる人間か、あるいはキャッチできる人間が入るべきだった。特に本番の試合なんかではそうするべきだったけど、友だち同士の遊びの際には誰が入っても構わなかった。コートにいるクラスメートたちはお互いに視線を絡ませた。みんなもうすぐ終了のチャイムが鳴ることに気づいているみたいだった。彼らは視線を学級委員長に向けると、今度はその視線を再び私の方に向けた。学級委員長は何やら少し戸惑った様子だったけど、彼らは彼に向かって同意を求めてるようだった。そこで学級委員長は私に向かって口を開いた。「入れよ」

その言葉を聞いた私は何だかうれしくなった。やっぱり風紀委員長の私が怖かったんだ。ふと達成感のようなものが湧き上がってくるのがわかった。私と彼らは違う人間で、目指しているものも違うんだ。私は普通の人間よりも賢くて、才能にも溢れてて、しかも清潔で秩序正しい人間だった。だから彼らだって、学級委員長の同意を得ないと私をコートに戻すことができなかったし、私を再び虐めることもできなかったんだ。私は首をふりながら言った。「私はいいから、別の人を入れてあげてよ」。その言葉を聞いた学級委員長は私が自分の命令に反抗したと思ったらしく、突然大きな声をあげた。「入れって言ったのが聞こえなかったのか？」仕方なくコートに戻ると、先ほどまでの光景がそのまま再現され、私はコートの中で再び追い立てられた。ドッジボールで遊ぶときにはルールがあって、終了のチャイムが鳴ると必ず最後の一球を投げなければいけなかった。誰が投げるにせよ、彼らはそのチャイムが鳴るのを待っていて、獲物を仕留めるのに絶好のポジションに私を追い込もうと、一番力の強い選手の近くに獲物を誘導していった。絶望的な思いで学級委員長を見つめたけど、彼は他のクラスメートの側に立って、私には何の関心もない様子だった。それでも私は学級委員長が好きだった。だって彼はただ他のクラスメートたちの機嫌を取ろうとしただけで、別に私のことがきらいなわけじゃないんだから。私はそう思った。いまでもそう思ってる。だって彼は私に対して、ホントにひどいことはしなかったから。ほとんど口をきいてくれなかったけど、口を開けばとても礼儀正しくて、どこか私に頼っているようなところがあった。と言うのも、彼はクラスメートのペナルティを報告するのが苦手で、どうしても私にそれをやってもらいたがっていて、私はそんな彼のためにその仕事をやってもいいと思ってた。

とにかく、一刻も早く終了のチャイムが鳴ってほしいって願ってた。ゲームを長くやりすぎたせいで疲れが頂点に達して、もうこれ以上動けそうになかった。彼らは簡単に私をアウトにすることができた。非力な学級委員長でもクラスの女子でも誰でもいいから、早く私にボールをぶつけてほしかった。でも、誰もそうしようとしなかった。誰もが私を殺すためのチャイムが鳴るのを待っていた。微笑を顔面に貼り付けて逃げ回る私は、傍目《はため》には他のクラスメートと同じ立場に立っているように見えたに違いない。クラス全員で共通のゲームを遊んでいて、そこで私は一番重要な役割を演じているのだ。私はクラスの中心人物で、みんなが私を中心にこのゲームを楽しんでいる。そう考えると何だか急に誇らしく思えてきて、コートの外で寂しげに立っている学級委員長がかわいそうに思えてきた。こんなにみんなを楽しませることができるんだから、次の選挙では絶対私が学級委員長に選ばれるはずよね。

チャイムが鳴った。だけど私は疲れて、その場から一歩も動けずにいた。電池が切れたようなその姿はきっとマヌケだったと思う。彼らはわざとボールを高く投げては、ゆっくりとお互いの間でパス回しをしてた。私は猫じゃらしで遊ばれる猫みたいに、無意識に頭上を行き交うボールに手を伸ばした。最後の力をふりしぼって何とかこのゲームを終えたかった。飛んでいるあのボールを摑むことさえできれば、反撃や時間稼ぎをすることができた。チャイムが鳴ったちょうどそのとき、ボールを受け取った選手はそれを側にいた学級委員長にパスした。私はホッと胸を撫で下ろした。彼は非力で、ボールをぶつけられてもそれほど痛くはないと思ったからだ。私はその場に立ち尽くして、彼に殺されるのを待つことにした。実際冷静だったし、バカらしくさえ感じてた。早くやってよ、チャイムはもう鳴ったでしょ。十分後には授業がはじまって、私はまたクラスの秩序を守らなくちゃいけないんだから。運動場から教室までは少し距離があって、ボールをぶつけられた後は、みんながきらいで、だけど権力を持った風紀委員長に戻らなきゃいけなかった。早くみんなを教室に帰さないと。「ほらほら、早く教室に戻って。授業がはじまるよ」。まるでさっきのゲームが意味もなく完全に消えてしまい、あらゆる記憶も後遺症も残さなかったみたいに表情と心を切り替えるんだ。

妄想がプツリと途切れ、再び現実が現れる。もしもクラスの秩序を守らないと、学級委員長だって先生から怒られるんだよ。うちの担任はクラス間の競争をとっても大切にしてた。ボールを受け取った学級委員長はひどくうろたえているようで、受け取ったそれをどう処理していいかわからないみたいだった。きっと自分の力に自信がなかったんだと思う。彼の投げるボールは女の子みたいに弱々しかった。やっちゃえよと誰かが言った。彼は私をやっつけるポーズを取ってみせたけど、私とはだいぶ距離があって、しかもオフェンスの選手の後ろにいたから、そこから走ってくるわけにもいかなかった。ボールを投げても私まで届かないから、彼はそれがラインアウトしないように手元にキープするしかなかったのだ。早くやっちゃえと叫ぶ者がいたが、おそらく私と同じように彼が恥をかくところを見てみたいと思ったのかもしれない。だから彼の前まで進み出て行って、こう言ってやりたかった。「ほら、私を殺していいから」。

だけど、そんなことすればあまりにあからさま過ぎた。

彼は一瞬躊躇して、私の一番近くにいた、クラスで一番力の強いオフェンスの選手にボールを渡した。いかにも熟慮を重ねた結果といった態度でボールをパスする彼は、どこか偉ぶっているように見えた。ボールを受け取った選手はすぐさま反応した。私のちょうど目の前に立っていた彼は、私の顔面目がけてボールを投げつけると、そのまま何も言わず走り去っていった。終わった、終わったと叫ぶ者に、早くボールを準備室に返さなきゃと叫ぶ者がいた。顔がじんじん痛んだけど、私はすぐに我に返って言った。「ほらほら、早く教室に戻って。授業がはじまるでしょ」。体育委員長が私に向かって、あの子とこの子を連れて準備室にボールを返しに行かないといけないと言った。体育委員もクラス委員の一員だったから、私は遠慮がちに答えて言った。「早く帰ってきてね。じゃないと、ペナルティの管理をやってる後輩から罰を受けることになっちゃうから」

周囲を見回すと、先生に名前を呼ばれたクラスメートたちが順番に手をあげていた。その中の何人かはついさっき私を虐めていた選手たちで、別にその子たちとは友だちってわけでもなかったけど、私を見るその顔には何ら感情らしいものは浮かんでいなかった。でも内心ではきっとドキドキしてるはず。私は心の中で笑みを浮かべた。昔からのクラスメートが多ければ多いほど、私を学級委員長に推す人間は増えるはずだった。私の知る限り、クラス内で学級委員長の人気はそこまで高くなかった。ただ担任から特別目をかけられているおかげで、投票になると担任が必ず彼を委員長に選ぶように暗に呼びかけていた。でも、成績はホントにずば抜けてよかった。クラスで一番だなんてケチなレベルじゃなくて、全校でも必ず五本の指に入ったし、いろんなコンテストで賞も獲っていた。たとえば美術コンテストに辞書引きコンテスト、読解コンテストに作文コンテスト、出場したコンテストでは必ず何らかの成果をあげていた。他にも数学競技の代表チームにも選ばれていて、だから他のクラスの学生も先生たちも、みんな彼のことを知っていた。だけど、彼みたいに才能に恵まれていない私のことなんて誰も知らなかった。それでもドッジボールを持って私を追いまわしていたクラスメートたちに比べれば、私の方がはるかに優秀だった。実をいえば、私も美術コンテストと辞書引きコンテストで入賞したことがあって、辞書引きコンテストでは学級委員長は六位だったけど、私は三位だったんだ。三位だよ。私がいままで獲った賞の中で、たぶんあれが最高だった。気がつけばもう五年生になっていて、どうしても学級委員長になりたかった私は、授業が終わってから直接彼に今学期も学級委員長をやりたいのか尋ねてみたんだ。すると彼は首をふりながら、「別にやりたくてやってるわけじゃないよ。もしやりたいならお前に一票入れてやる」って言ったんだ。「ホント？　約束だよ」と私は言った。彼への気持ちが一番高まったのは、きっとこの瞬間だったんじゃないかな。彼が私のために一票を投じてくれる。もともと彼のことが好きだったけど、個人的なことを抜きにしても彼はすすんで私を手助けしてしてくれた。当時はそんなふうに思ってた。

次の時間、学級委員長を選ぶことになって、担任の教師は思った通り彼に立候補するように促して、直接副委員長を指名するように言った。私はてっきり彼が自分を副委員長に指名するものだとばかり思った。心の中ではもしも彼が自分を指名すれば、きっと私のことが好きなんだとわかってうれしかったけど、でも同時に指名してほしくない気持ちもあった。だって私は学級委員長に立候補したいのであって、もしも彼が私を副委員長に推薦したりすれば、それはきっと彼が私と学級委員長の座を争うのをビビッてるってことになるわけじゃない？　それにそうなっちゃえば、私に一票入れられなくなるでしょ？　結局彼は、以前他のクラスで学級委員長をやっていた女子を副委員長に指名した。そこで先生が言った。「誰か他に立候補したい人は？」私はさっと手を上げて言った。「私、立候補します」。てっきり昔のクラスメートが推薦してくれるものだとばかり思ってたけど、彼らはただ退屈そうな表情を浮かべてるだけだった。そこで他のクラスにいた生徒たちも、自分たちの元学級委員長を推薦することになった。結果は火を見るよりも明らかで、ほとんどのクラスメートたちは彼に投票した。まさに圧倒的な得票数だったけど、たとえ彼が私に何の好意を抱いてくれてなくても、私からの手紙にまったく返事を返してくれなくても、あるいは私の電話を無視していたとしても、それでも私は彼のことをずっと、ずっと、ずっと、ずっと、ずっと、ずっと好きでいられるって思った。だって彼は約束した通りに、私が学級委員長にふさわしいかって先生が言ったとき、クラスでただ一人手を上げてくれたから。

＊

ママはようやく病院を見つけることができた。もともと病院にいくのはこわかったけど、さっきあの男の人か女の人かよくわからない人を見てから、何だか急にそれまでのこわいって感じがなくなっちゃった。もしも自分があんなふうになっちゃったら、それこそ、こわいでしょ。わたしは自分で病院の扉をあけて中に入っていった。病院にはたくさんの子どもたちがいて、ママはおとなしく座っててと言って、整理券をとりにいった。ぐるりとまわりを見まわしてみた。ホントは病院の外にある観覧車にのってみたかった。もしダメなら、子ども用の小さな自動車でもよかったけど。

自動車には前にものったことがあって、夜市《ナイトマーケット》では敷地内をぐるぐるまわる汽車にものったことがあったんだ。夜市には観覧車もあったけど、パパはわたしがまだ小さすぎるからのらないほうがいいだろって。でも病院の外にあるのは一人のりの小さな観覧車だから、きっとわたしでものれるはず。お医者さんにみてもらった後、のりたいって言ってみようかな。なぜかママは受付でずいぶん長話をしてた。もしかして、お金がたりなかったのかな。ずっとお仕事にいってなかったから、わたしをお医者さんにみせるだけのお金がなかったのかも。わたしは他の子たちと同じように、待合室のいすにおとなしくすわってた。みんな観覧車の順番待ちをしてるみたいで、長い列ができてた。わたしも並んだほうがいいんじゃない。ねえ、わたしも並んでいいかな。ママに言いたかった。そうすればお医者さんにみてもらった後、そのまま待たずに観覧車にのれるよ。十元だけ渡してくれれば、順番になったらすぐ観覧車にのれるんだよ。

うるさい、邪魔しないで、とママは言った。わたしは観覧車がゆっくりとあがっていくのをジッと見つめてた。いちばん高いところまでいくと、おとなの身長よりも高くなった。低い位置から高い位置までぐるぐるまわる観覧車はかっこよかった。よくパパに高い高いをされてたから、別に高いところはこわくなかった。「ほら、飛行機にのってるみたいだろ」。パパの身長はこの観覧車よりも高くて、わたしはパパの頭の上から下をながめて自分が高くなったみたいな気がしたんだっけ。ほら、ちゃんとすわってなさいとママが言った。お医者さんにみてもらった後、あれにのりたいって言ってみた。ママはガラスの扉の向こうを見ながら言った。「ちゃんとお医者さんにみてもらったらね」。その言葉を聞いたわたしはおとなしく黙った。ずいぶん長い道を歩いてきたから、ちょっと疲れちゃって、突然眠くなってきた。ママが鼻をかんでくれた。鼻水をのみこむのはやめなさいってママは言うんだけど、口もとまで流れてきた鼻水をのみこむのがどうしてダメなんだろう。ねえ、しょっぱい。それを聞いたママは気持ち悪いって言ったけど、流れっぱなしのほうがよっぽど気持ち悪いと思うから、そのまま吸いこんだほうがいい気がするんだ。だって、こんなふうにママがずっと鼻をかんでくれると、ぜんぜん眠れないんだもん。

病院に着いたから、もうこれ以上がまんしなくていいんだ。おうちにお金があるかどうかちょっと心配だけど、ここまできちゃったら、もうそんな心配してもしょうがないじゃない。だから、もう鼻水もせきもがまんしなくていいんだ。お医者さんから注射をうってもらえばそれで大丈夫。でも、何度も病院に来るのはダメ。「そうなったら、お金がたくさん必要でしょ。もしもお金がたくさん必要なら、お医者さんにみせなくても平気だよ。ママがみてくれればそれでいいから」。わたしはそう言って、鼻水をすすってみせた。「ほらほら。こうやって鼻水をのんじゃえば大丈夫だから。こうすればおなかもすかないよ」。するとママが笑って言った。「病気になったら、お医者さんにみてもらうものよ。お金がない人だって病院にいくことはできるんだから。それに、気持ち悪いからそんなことやめなさい。あなたは女の子、そんなことしてたら、だれにも好かれなくなるでしょ」。ママが言っているのは幼稚園のことかな。幼稚園にはたくさんのおともだちがいて、そこではわたしも、せきをしたりしないで、もしせきが出そうになったら、大きく口をあけて、そのまませきをのみこむようにしてた。あくびをのみこむような感じって言えばいいかな。パパはそれを「眠気をのみこむ」って言ってたけど、いまのわたしは「病気をのみこ」んでるんじゃない。病気をぜんぶおなかの中にのみこんで、それからウンチといっしょに出しちゃえば、病気なんてしないでしょ。そうすれば、ママだってわざわざお金を払ってわたしを病院に連れてこなくても大丈夫。「あなたってホントにくだらないことを考えるのが好きね。早くよくならないと、いつまでたっても子猫と遊べないよ。わたしは外をうろちょろする子猫の面倒をみる余裕なんてないんだから、あなたが自分でしっかりと面倒みなさい」。ママには言わなかったけど、ホントは病院なんかこなくてもよかったんだ。でも一度でいいから、あの観覧車にのってみたかった。たぶん十元さえあればのれるはず。

＊

……広告ビラを配るのは難しい上にリスクも高く、罰金を払わされたり警察署に連れて行かれる可能性すらあった。そんな私たちはさながらアウトローそのものだった。引越しにトイレの詰まり、錠前屋といった特に何の美的感覚も必要とされない小さな広告を貼る仕事以外（ただ粘着性の強いのりをつくっておけばよかった）で最も高い技術を要求されたのは、不動産仲介業の広告を貼ることだった。まず広告の裏側に両面テープを貼り付けておいて、一枚一枚きれいに並べ、それを長方形の形をした肩掛けバッグにしまっておく。バッグはあくまで自然に掛けている形が望ましかった。私たちのグループが一番世間からきらわれる理由は、周囲を憚ることなく広告をベタベタ貼りまくることだったけど、実際にはそんなふうに適当に広告を貼るようなことはなく、きちんと事前に選んだ貼りやすくて目立つ場所にある電柱や壁に貼っていくのが常だった。私たちが仕事に取り掛かるのは、ほとんどが普通の人たちが仕事に出る日中だった……

＊

小娟を妊娠してからの美君は、どうもパニックになってるみたいだった。こんなときは、子どもの話題はできるだけ口にしないように気をつけてた。さもないと、延々と口げんかを続けるはめになるからだ。あいつはどうして自分が子どもを産まなくちゃいけないのかと言った。ただあいつ自身、そのことではずいぶん意見が揺れていたみたいだった。実をいえば、結婚する前に一度この件について話し合ったことがあったんだ。当初、美君は子どもを産みたくないって言ってた。俺自身子どもが好きだったし、男の兄弟もいなくて、両親はすでに他界してたけど、それでも保守的なところがあって、自分の代で家系を絶やしたくないって思いもあった。どうして子どもが欲しくないのか、あいつははっきりその理由を口にしたことがなかった。「自分たちを養うことで手一杯なのに、なんで子どもが欲しいだなんて思うわけ？」そんな一般論を振りかざしたりしてきたこともあった。それから急に怒り出して、まるで俺を脅迫するみたいな口調で、もしも絶対に子どもを産まなくちゃいけないと言うなら、結婚なんてできないって言い出したんだ。だから言ってやったんだ。それなら他の友だちはどう思ってるか訊いてみろって。そのときになって初めて、俺はあいつにそういうことを話せる友だちがいないってことに気づいたんだ。会社の同僚にも友人って言えるような人間はいなかったし、実際あいつの友だちをこれまで一度も見たことがなかった。まだ恋人としてつき合ってた頃、仕事が終わるとあいつを会社まで迎えに行ってたんだけど、一度だってあいつが誰かと一緒に会社から出てきたのを見たことがなかった。いつも一人っきりで、誰かと一緒にいたとしても丁寧に挨拶をしてから別れていた。もちろん、挨拶をしたその相手が必ずしもあいつに挨拶を返すってわけでもなかったけど。

結婚してしばらくしてようやく第一子を授かったけど、不幸にもそれは流産だった。悲しいことは悲しかったけど、正直、達観してた部分もあった。人間誰だって不幸な時期はあるもので、俺の友だちにも流産の経験はあったから。その赤ん坊は俺たちの家にやって来る運命じゃなかったと思うしかなかった。美君にも俺の親戚がどう思ってるかなんてことをいちいち気にしなくていいって言ってやったんだ。あいつのことをいろいろ噂する人間のことを俺は相手にしなかったし、やつらは俺の両親が亡くなったことにかこつけて、年長者としてあれこれ指図したかっただけなんだから。だから、美君にも言ったんだ。「子どもなんて産まなくていいさ。もともと産むつもりなんてなかったんだから」。すると、あいつは突然激しい口調でこう言い返してきた。「私は絶対にいい母親になる。それに私って保守的な人間だから、あなたの家族もきっと同じ考え方だと思うけど、子どもを産まないなんて選択はありえない。好意はありがたく受け取るけど、あんまり私をバカにしないで」。あいつは突然異常なまでに頑なになって、絶対子どもを産むんだって聞かなくなったんだ。かえって俺はどうでもよくなって、子どもを産まなくてもいいって当初の考えはまったく聞き入れてくれなくなってしまってた。「わかった、わかったよ。俺だって子どもは好きなんだ。できれば一人くらい欲しいさ。でも、もしお前が欲しくないって言うなら、俺だって一人で子どもを産むわけにはいかないだろ」。冗談っぽく言ったつもりだったけど、あいつはそれにニコリともしなかった。「もしあなたがそんなふうに考えてるなら、きっとまだ何か心にわだかまりがある証拠なんだ。将来何度もこのことを思い出して、誰かがそのことを持ち出す度に、あなたは私を責めるんでしょ」。俺は言ったんだ。「両親だってもう死んでるんだよ。誰がこのことをいちいち持ち出すってんだ？　たとえ誰かがそれを持ち出したとしたって、そんなものはアカの他人でしかないじゃないか」

当時の俺は当たり前だけど、将来がどうなるかなんてわからなかったし、ましてや美君があんなふうになるなんて思いもよらなかった。俺が産室に入ると、あいつはちょうど赤ん坊を胸に抱いていた。赤ん坊はわんわん声を上げて泣いていて、看護婦はすでに必要な処置を終えて、赤ん坊を清潔で病院の印がついた真っ白なタオルに包んでた。美君は何だか焦点が合わないみたいで、胸に抱いているのが赤ん坊じゃなくて、どう処分していいかわからない、使い古した靴みたいな感じがした。それを見た俺も新たな生命を授かったんだって感じがせず、何だかひどくつまらなく、陳腐な感じすらした。でもすぐに、ただ疲れてるだけなんだって思うことにしたんだ。赤ん坊を産むために、四十時間以上病院に缶詰状態だったんだ。たとえ疲れていなかったにしろ、きっと退屈でたまらなかったはずだろ。出産の間、誰もあいつの側に付き添ってくれるような人間もいなかった。間の悪いことに、俺も残業が入ってて一緒にいてやることができなかった。近くまで歩み寄ると、あいつはようやく我に返ったみたいに口を開いた。

「ほら、ちゃんと産んだでしょ。さっきまで泣いてたんだけど、いまはうんともすんとも言わない。眠っちゃったんだね」

ほんの一秒前までとは打って変わって、あいつの顔は突然慈悲深い母親の表情に変わってぃた。近くにいた看護婦があと少ししたら新生児室に連れて行きますよと言った。「俺も抱いてみたい」。美君はすぐさま赤ん坊を俺に手渡そうとした。と言っても、ベッドに横になってぃた美君に赤ん坊を手渡せるだけの力はなかった。看護婦が後ろから抱いて立たせて見せてあげたらどうですと言ったけど、あいつは結構ですと言って赤ん坊をそのまま看護婦に預けて言った。「ちょっと寝る」。それも仕方ないかと思った俺は、余計なことは一切考えないことにした。十数時間も産みの苦しみを体験したんだ。きっと死ぬほど疲れたに違いない。看護婦から赤ん坊を手渡された俺は、赤ん坊を胸の中に抱いてみた。産まれたばかりの赤ん坊はどこか鼠みたいに不細工だった。「何か問題はありましたか?」、「いいえ。黄疸《おうだん》が少しあるのと、心臓に雑音があったくらいで、その点は再検査が必要かもしれませんが、他はいたって健康ですよ」。そう言い終わると、看護婦は赤ん坊を抱いて新生児室へ戻ってしまった。美君はすでに眠りに落ちていた。

俺は毎日のように病院に足を運んだ。子どもを産んだあいつはずいぶんと満足げな様子で、その点は俺も変わらなかった。ただ自分の感情をうまく抑えることができないだけで、あいつだって子どもがきらいなわけじゃないんだ。美君はずっと同じベッドで横になった状態のまま、何もすることができずにいた。俺の同僚で子どもを産んだやつは、出産の翌日には病室の中をまるでテニスでもするみたいにうろうろしていたらしいけど、美君の場合はまるで勝手が違ってた。あいつはたっぷり一週間病室のベッドで横になって、見るからに弱々しそうだった。正直俺にはその理由がわからなかった。だって、あいつは別に病弱な人間ってわけじゃなかったから。

*

出産後に母親が利用できる産後ケアセンターは、想像していたよりもずいぶんと豪華だった。まるでサービスの充実したモーテルみたいで、いくらするのかわからなかったけど、きっと安くはないはずだった。でも、そんなことはどうでもよかった。そのくらいのお金なら、私も阿任もさして気にはならなかった。ホントのことを言えば、別に産後ケアセンターなんて利用せずにそのまま家に帰ってもよかったんだけど、家に帰っても産褥《さんじょく》の期間はどうせ誰も私には付き添ってくれないから、ケアセンターに入居するのも仕方ないって思ったんだ。ケアセンターがどれだけ高かろうが、心の中は不安でいっぱいだった。それは別に費用の問題とか、あなたのせいだとかそういう問題じゃなかった。実際、仕事が終わるとあなたはすぐ会いに来てくれた。私はおっぱいが出なかったけど、別に身体に異常があるってわけでもなかった。看護婦も医者も私の身体に異常はないって言ってくれた。じゃ、いったい何が問題だったんだろう？

あなたに謝らなくちゃいけない。なぜって、もしかしたら私はこの子を自分で育てたくないのかもしれないから。妊娠期間中だって、つわりや他の妊婦たちの身体に起こったような変化、たとえば情緒不安定になるだとか、特別なものが食べたくなるだとかそんなことはほとんど起こらなかったから。お腹だっていつまで経っても大きくならず、妊娠六ヶ月になっても傍目からは妊婦に見られなかった。医者だって、超音波で検査しないと妊娠してるかどうかわからないって笑ってたんだ。自分の身体の中に本当に子どもがいるのかまるで自覚がなくて、そしてそれをどうやって産めばいいのかもわからなかった。最終的にあなたとあなたの両親に子どもを産む約束をしたけど、とにかくよくわからないの。頭がおかしくなっちゃったのかな。子どもを産みさえすれば、後はどうしたって育てられるわけじゃない。おっぱいが出るか出ないかなんて重要じゃない。だって、この世におっぱいが出ない母親なんていくらでもいるんだから。でも、私の場合は身体が健康なのに、子どものために何かをしてあげるってことを拒否してるんだ。だから自分の栄養を子どもに分けてあげることができないでいるのかな。

いずれにしても、粉ミルクを飲んだって赤ん坊は別に死にはしないわけじゃない。こんなことになったのは、きっと心理的な問題。たとえ医者や看護婦がホテルの従業員みたいに毎日私にサービスして、産後妊婦用の食事を外から運んできてくれても、それでもやっぱり私はこの場所は地獄だって思う。彼らは毎日赤ん坊を抱いて私の部屋までやって来るけど、私にとってはそれは毎日が油を引いた鍋の上で転がるか、針の山を登らされてるみたいな感覚だった。赤ん坊にとってフェアじゃないってことも十分わかってる。彼らは何とかして私の胸からおっぱいを絞り出そうと、赤ん坊の口に私のお乳を含ませようとしてた。赤ん坊は目一杯おっぱいを吸ってたけど、きっとどうしてまた石っころを口に含まされているんだろうと困惑してたんじゃないかな。看護婦は同情に満ちた視線を私たち母子に送ってたけど、それが私に向けられたものなのか、それとも赤ん坊に向けられた視線だったのかまではわからなかった。母親としての責任を果たすことができずにいた私か、それともその母親から本来得られるはずの栄養を得ることができずにいる、愛を知らない赤ん坊に向けられた視線だったのか。あるいはそれは、ただ他人行儀な母子に向けられた視線に過ぎなかったのかもしれない。

あの人たちの視線がきらいだった。だってそんな態度を目にしちゃえば、彼らを慰めてやるか、あるいはそんなこと全然気にしてませんよって心の広いふりをしなくちゃいけないじゃない。ちょっとでもがっかりした様子を見せれば、彼らは私に産後鬱の気《け》があるんだって言った。産後鬱の検査もしたけど、結局何の問題もなかったし、そんな人間に見られるのもいやだった。実際私は特別落ちこんでもいなかったし、自分の調子は十分すぎるほどわかってた。それに、他の母親たちがどんなふうに私の陰口を叩いているのかも全部知っていた。「ほら見てあの人よ。あんなに太ってて、おっぱいだって大きいのに、お乳が出ないんですって」。自分でも子どもを産む前よりおっぱいが大きく張ってることはわかってた。もしもこの中に入っているのが母乳じゃないなら、いったい何が詰まっているんだろう。この胸を真っ二つに割いてみたいって心から思った。きっと砂でも入ってるんだ。心の中では自分と赤ん坊がこれ以上深い関係にならないようにしようと思ってたのに、いま自分の身体に起こっているこの生理現象はいったい何を意味してるんだろう。看護婦もリラックスして緊張をほぐしておけば、特に何かをしなくてもおっぱいは自然と湧き出してくるものなんですよって言ってた。ほら、何々ちゃんのお母さんだってそうだったんですから。でも、何々ちゃんのお母さんなんて人をそもそも私は知らないのよ。

＊

……ラッシュアワーが終わると、この社区《コミュニティ》には老人と子ども、それから女性たちだけが家の中に残っていた。広告ビラの販売店は店を閉めることがなく、正式な開店時間は朝七時だったけど、通用門は二十四時間開いていた。ショバ代を徴収にきたヤクザやら、裏金関係者なんかは必ずこの通用門を使ってた。夜にはそこに年増の女性が一人座ってて、彼女に何か意見するような者は誰もいなかった。ただ遠慮がちに頭を下げてさえいれば、欲しいものはだいたい用意してくれた。お金を借りてもやかましいことは何も言わず、誰もその経歴を知る者はいなかった。もしかしたら、社長と何か関わりがある人間だったのかもしれない。女性は朝七時になればそこから姿を消して、代わりに見慣れた社長と社長夫人の親戚が鎮座した。私は広告ビラを受け取って、その日の契約書にサインした。デスクの下にはいつくばった私は、両面テープをハサミで二センチほどの正方形に切って、それをビラに貼っていった。夜明けや黄昏後みたいな微妙な時間にする仕事が好きだった。街を行き交う人々が徐々に増えはじめるけど、仕事の支障になる程でもないそんな時間帯。ベテランたちもまた、穏やかな気温になるこの時間帯が好きみたいだった。広告ビラを貼る前のこの時間帯が……

＊

産後ケアセンターにいる間、誰もお見舞いに来てくれなかった。誰一人として。私に友だちなんていないんだから、こうなることはわかってた。個人的にどうってことはなかった。お母さんはお見舞いに来るって言ってたけど、仕事の方が忙しくて手が離せないんだって。言い訳かどうかなんて知りたくなかったし、別にお見舞いに来てほしいとも思わなかった。仮に来てくれたとしても、また弟の昔話をぶつぶつ蒸し返すだけで、お父さんが死んでからそれはひどくなったような気がする。弟が死んでからもうずいぶん経ったことさえ忘れちゃってるんじゃないかと思うことすらある。まるでつい先週に起こったことみたいに、ひどく熱のこもった話し方で弟の話を終えると、さも忙しげな口調で「ああ、仕事があるから帰らなくちゃ」、なんて言って、すぐさま車を飛ばして南部の実家までUターンしてた。仕事なんてどこにあるわけ？　会社はとっくに買収されたけど、買収したのが昔肩を並べて一緒に仕事をしてた古い友人で、お父さんの起こした事業を全部盗ってしまうのはさすがに気がとがめたのか、それまで保有していて大暴落した株をいくらかお母さんに渡して、ほとんどいくらも残っていないけど、それでも毎月日常生活を送るには十分な金額が送られてきた。それなのに、自分にはまだ発言権があるんだって勘違いしてるみたいで、ひまさえあれば会社まで出かけて行って、昔の同僚の努力不足を指摘しては、あんたは商売ってものがわかってないんだみたいなことを言っては、自分の肩書きとデスクを用意させていた。一日中何をするわけでもなく、たまに古い顧客からの電話を取って（電話を取った従業員はすぐお母さんに電話をまわすようにしていた）お喋りするくらい。それなのに、自分はさも人さまのために役に立っているんだって勘違いしてる。

確かあなたの会社の同僚も何人かお見舞いに来たっけ。そこにある硬い緑のソファに腰を下ろしてさも楽しげにお喋りしていたけど、実際は退屈でしかたなかったんじゃない。お見舞いが終われば、みんなで一緒にご飯に出かけるんでしょ。私のお見舞いは単なる口実で、そのあと焼肉にビールで一杯やるつもりだった。それに、唐揚げに寄せ鍋も。でも仕方ないか。この辺はよく知ってる場所で、昔よく一緒に夕飯を食べに来た場所だもんね。あなたたちが行こうとしてた店も、昔一緒に行ったことがあったでしょ。今回はさすがに一緒に行けなくてあなたたちを見送るしかなかったけど、産後かどうかにかかわらず、別にあの人たちと食事に行きたいとも思わなかった。だけどあなたがいかにも申し訳なさそうに、彼らに向かって私が食事に行けない理由について話しているのを聞いたとき、私は初めて頭に血がのぼっていくのを感じたんだ。あなたは私が病院で一週間近く横になっていて、起き上がることもできなかったんだって彼らに説明してた。確かにあの頃は心身ともに疲れ果てて、医者だってその理由はわからなかったけど、私自身は別に自分の身体に何か問題があるとは思わなかったし、ただゆっくり休みたかっただけなんだ。だけどゆっくり休みたいって思った途端、なぜだか立ち上がれなくなっちゃって、立ち上がったところで何をするのって気になっただけ。産後の安静期なんだから、どのみちやることなんてなかったし。それから、二日前に生まれてはじめて子宮の異常出血があった。子どもを産んでしばらく経ってて、もともとゆっくり休んで運動らしい運動もしてなかったけど、ある日立ち上がって歩こうとしたら、突然下半身から大量の血が流れ出して、そのまま気を失っちゃったんだ。それが結局、あなたが私と一緒に彼らと食事に行くのを断る「遠まわしな」理由になったってわけ。別にわざとじゃなかったんでしょ。でも何だって、私のプライバシーをそんなふうにアカの他人にぶちまけないといけないわけ？　それを聞いた彼らが私のことをどう思うか考えた？「こんなデブの下半身から出血したんだ。きっとそこら中、血だらけで床が汚れたんだろうな」。きっとそんなふうに思われたはずでしょ。

悔しかった。気を失ったとき、どうしてこんなふうに他人に迷惑をかけなくちゃいけないのかって。毎日部屋にやって来る清掃のおばさんはどう思うかな。この先、あのおばさんとどんな顔して会えばいいわけ。私が倒れたときに駆けつけてくれた看護婦さんからは、発見が早かったからよかったけど、遅かったら危なかったですよなんて言われた。地面には血の跡に泡、白い滓《かす》なんかが広がってて、倒れたときにその中に頭を突っ込んだせいか、最初は温かくて、やがて冷たく感じた。身体中どこもベタベタで、きっと私を血溜りから引っ張り出してきて、一生懸命洗ってくれたに違いなかった。それに床の掃除も。子どもを産むなんて個人的なことなのに、どうしてこんなふうに他人に迷惑をかけないといけないんだろう。私がこうやって恨み言を言ってると、あなたは考えすぎだって、こっちは金を払ってるんだから向こうがサービスするのは当然だと言うんだけど、私が恥ずかしくて顔向けできないと思ってるあの清掃のおばさんなんて、私の汚物を片づけたからって別に特別手当をもらえるわけじゃないじゃない。何の権利があって私は人さまに迷惑をかけていいわけ？　それに、私が一番怒ってるのはあなたがこの件について話してるとき、意識してるかどうか知らないけど、アナタハソノ場ニイナカッタってこと。もしもあなたがあの場にいて私を助けてくれてさえいれば、他人の手を煩わすこともなかったんじゃない。だから言ったんだ。「そんなに私のプライバシーを他人にぶちまけたいなら、いっそ次の生理がいつ来るかも報告してあげれば？」あなたはまるで何かに耐えているんだって表情《かお》を浮かべて、黙って首を横にふった。別に私と言い争うつもりなんて毛頭ないんだと言わんばかりに。

＊

おうちをはなれるとき、ママは旅行に行くよって言ったんだ。どうしてパパはいっしょじゃないのってきくと、パパは用事があっていっしょに行けないけど、先に準備しておいて、準備が終わったあとにもしもパパの都合がつけば、いっしょに旅行へ行けるよって言ったんだ。これは秘密だから、パパにばれないようにこっそり準備しなくちゃいけないんだ。だから、おうちを出る前の日から旅行の準備をはじめたんだ。ママはもうずいぶんお仕事に行ってなかったから、いつもわたしといっしょにいてくれた。だからおばあちゃんのおうちにも行かなくてよかった。わたしたちは丸一日旅行の準備をして、パパが仕事に出かけて行ったすきに、こっそりおうちを出たんだ。でも、旅行って何のことかよくわからなかった。旅行っていうのは、おばあちゃんのおうちにいる大きなおにいちゃんがそうするみたいに、時間がくれば学校の人がおうちまでやってきて、車にのって遠くまで遊びに行くことよ。ママはそう言ってたけど、一日だけならわたしにもわかる。パパもママも、休みになればわたしを遠くまで遊びに連れて行ってくれたから。バイクに乗ることもあれば、自動車に乗ることもあった。長いあいだ車に揺られて、海で砂遊びや水遊びすることもあれば、デパートをぶらぶらすることもあった。おうちの近くの公園を散歩することもあって、だれかが犬をつれて歩くのを見るのが好きだった。ちょっとだけこわかったけど。

＊

美君には親友と呼べるような人間はいなかった。同僚との間にもつき合いはなく、飲み会なんかに参加することもほとんどなかった。俺の方は大学時代に仲良くなった友だちが何人かいて、少なくとも月に一回くらいは一緒に飯を食ったり、運動したりしてた。卓球センターで汗を流して、彼らの身内が遊びに来るのも大歓迎だった。あいつは俺の前では特別人づき合いが悪いタイプには見えなかった。むしろ活発なうえに話し好きで、俺の友だちの奥さんや恋人たちともうまくつき合ってたから、人づき合いが悪いだなんて思いもしなかった。ただ俺が見てきたのは全部、俺自身の友人関係であって、あいつの友だちを見たことは一度もなかった。そのことを尋ねてみたことがあったんだ。するとあいつは微笑みを浮かべてこう言った。「恋人ができてから、友だちとはつき合いを絶つことにしたんだ」

あいつが言いたかったのは、つまり俺とつき合いはじめてから、友だちとはほとんど連絡を取らなくなったってことなんだろうけど、それだってどうも眉唾だった。どうしてあいつに友だちがいないのか不思議でならなかった。だってあいつは一緒にいて楽しいタイプの人間だったし、楽観的な性格で何だってポジティブに考えるやつだったから。あいつが自分で得意だと思ってる仕事だって、実はあいつの性格にそれほど向いてなくて、むしろ広報関係の仕事をやらせた方がもっといい業績を上げられるんじゃないかって思ってたくらいなんだ。だけどあいつ自身は、そんな仕事にはまるで興味がなくて、静かで落ち着いた仕事が好きだった。あるいは、それこそがあいつが子どもを産もうって意固地になってた原因なのかもしれない。他人の中、もしくは俺自身の中に、何かを見て取ってしまったのかもしれない。一緒に卓球に行こうかって誘うと、あいつはいつもちゃんと化粧やお洒落をして、いかにも楽しげな表情を浮かべてた。大学時代に少しかじったことがあるらしくて、だからこそ一緒に卓球するのは楽しかった。それに、友だちの奥さん連中とも楽しげに話してたんだ。だから言ったんだよ。「うちのやつと一緒に出かけたらどうですか?」って。友だちの奥さんたちがよく連れ立ってお茶を飲みに出かけてるのを知ってたから。でも友だちの話によれば、奥さん連中は何度か美君を誘ってみたけど、いつも家事や仕事を理由に断られたらしい。けどそんな毎回家事や仕事があるわけないし、あいつだって遊びに誘われたことを俺には一度だって言わなかった。

俺が鈍すぎただけなのかな。もしかしたら、あいつはいやいや参加していたのかも。だけどあいつが子どもを産みたいって言ったとき、俺はただただうれしかったんだ。たとえ本心からそれを言ってなかったとしても、子どもさえ産まれれば、きっと母性ってやつも自然に芽生えてくるわけだろ? あいつは自分をうまく隠してて、俺もすっかりそれに騙されてたんだ。それは外見なんかじゃなくて、内面そのものなんだ。あいつの考える幸福ってやつは全部ニセモノで、いままでずっとそうやって生きてきた。それだけが唯一、あいつが理解できる幸せを手に入れられる方法なんだ。つまり、自分が幸せだって偽ってるんだよ。じゃないと、幸せなんてものは永遠にやって来ないって思ってるから。

＊

一番辛かったのは、ここで暮らさなくちゃいけないことだった。他人の手を煩わせず、自分の家で一人で生活したかった。しかも、産後のケアセンターで横になっている間は本当に何もできなくて、あの社区《コミュニティ》にあるアパートで大人しくいた方がましだと思えるくらいだった。

阿任。私には「子どもを産んだから、これからは自分のやりたいことをやるんだ」って感覚も、「子どもを産んでから、自分の人生は大きく変わった」なんて感じもまるでなかった。つまり子どもを産もうが産むまいが、私の人生には何の影響もなかったってわけ。子どもを産む前はさ、子宮の中にある厄介者を処理した後は自分の行きたい場所に行って、やりたい運動をして、あるいは妊娠中できなかったことをやりたいって思ってたんだけど、実際に妊娠してみると、痛みも何かを奪われてる感覚もなにもなかった。母親の中には、出産は人生で大きな時間を占めてるから、本来自分がやりたいことを制限してしまうって考えてる人がいるんじゃない？　そしてそれは、出産後も子どもを育てるために多くの時間を割かなくちゃいけないという点では変わりなくて、何にせよあの人たちは出産によって自分のやりたいことができなくなっちゃうんだと考えてるんだろうね。でも私は違ってた。絶対やりたいっていうことなんて、何にも思いつかなかったんだ。心と身体のバランスが崩れちゃって、ベッドの上で子宮の異常出血を起こしたときも、あの子が自分をこんなふうに追い込んだとはこれっぽっちも思わなかった。むしろ、あの子をきらう理由を思い浮かべることができなかったくらい。でもそれは何も私に母性ってやつがあるからじゃなくて、ただあの子が確かに存在してるんだって感じることができなかったから。

読みたい本もなかったし、行きたい場所もなかった。産休も育児休暇も取ってたから仕事に行く必要もなかったけど、担当してた仕事はすぐ他人に取って代わられちゃった。子どもを産んでから、あなたとの関係が以前《まえ》より親密になったなんてこともなかった。もちろん、二人の間に問題があるわけじゃなかったけど。私たちはごくごく普通の夫婦で、子どもができたからって何かが劇的に変わるなんてこともなかった。私はベッドに横になって、五〇インチの巨大液晶画面を眺めながら、大好きなドラマをかかさず見てた。たとえ見逃しても次の日には必ず二回以上再放送があって、食べたいものだって食べたいように食べ続けたけど、何か新しいものが欲しくなるようなこともなかった。

再放送の番組ばかり流すテレビを見ていると、この世界には失うものなんてなんにもなくて、永遠に失われるものすらないような気がしてきた。私は永遠に同じ場所で足踏みをしてた。ふと出産前と出産後で唯一変わった仕事のことを思い出した。一生懸命打ち込んできた仕事は失ったけど、かといって特別名残惜しいわけでもなかった。名残惜しくないと言ったら変に聞こえるかもしれないけど、私にとっては別に仕事が人生の目標だったたってわけじゃなくて、むしろ出世することが目的だった。だから若い子たちと同じような仕事をやるなんて真っ平だった。かといって、子どもを産む前の世界が仕事によって変わるってこともなかった。

苦しかったもう一つの原因は、ここが老人ホームとさして変わらないことだった。小さい頃、長い間老人ホームで暮らしている母方の祖母に会いに行ったことがあったけど、その頃には祖母はだいぶボケていた。いったいどのくらい一緒にいたのかはっきりと覚えてないけど、たぶんあれは六階の部屋だったと思う。狭い場所で、お役所に見せるためだけにつくられた設備は写真うつりだけはよかった。友情ホールと名づけられた部屋には机二つと椅子一つだけが置かれていて、見るに足るようなものといえばガラスでつくられた戸棚に置かれた、夜市《ナイトマーケット》で買ってきた装飾品とUFOキャッチャーでとった人形だけだった。写真に写せばそれなりに見栄えがしたけど、実際には見劣りする人生みたいなもので、何だかホームで暮らす老人たち自身の縮図のように思えた。一番悲惨だったのは、もともと老人ホームに入ることを拒絶していた祖母が、そこで暮らすことに喜びを見出し、家に帰りたがらなくなったことだった。寝たきりの祖母のルームメートは話すこともできず、鼻に繋がれたチューブから食事を取るしかなかったけど、それでも祖母は家に帰るよりもホームに残ることを選んだ。年末の大晦日には家に戻って年越しの晩餐をすることが許されていたけど、祖母はそれを食べ終わると慌てた様子で、お母さんにホームに連れて帰って欲しいと言っていた。

その老人ホームでは、外国人介護師たちが階段と廊下の間にある小さな踊り場で自分たちの晩ご飯をつくっていて、そこには小さなガスコンロに白い鍋、それから食器が置いてあった。確かに私は豪華な産後ケアセンターで暮らしていたけど、その本質は老人ホームと何一つ変わらなくて、私は自分の家じゃない場所に捨てられたんだ。あるいは、もう一生家に戻ることはできないのかも。だって、ここは老人ホームと同じ匂いがしてたから。赤ん坊と老人、前者は生に近く、後者は死に近い存在だけど、どちらも粉っぽくて甘い匂いがした。どうして人生のこの二つの段階において人は同じ匂いを発するのか、溢れ出す疑問を抑えられなかった。私にとって、二つの相反する事象は似たような束縛を意味していた。一方は生のための束縛で、一方は死のための束縛。どちらにせよ自由を失うことだけは確かで、結局はそれに慣れるしかなく、最後には人生そのものを束縛されてしまうんだ。そして祖母がそうだったように、私自身もある日自分の家に戻りたくなくなってしまう日が来るのかもしれなかった。

*

……袋の中に手を伸ばして、両面テープの片側を剝がす。テープを剝がせば、あとは貼り付けるだけ。でもそれは連続した動きじゃなくて、テープを剝がしてからの行動はさながらピストルの安全弁を外すみたいに、まだ射撃の段階にはいかないけど、自分はこれから場所を選んでビラを貼り付けるんだぞって心持ちを表すもので、多少の緊張感を伴っていた。それはこれから誰かを傷つける感覚にも似ていて、照準を絞って動物を撃ち殺す所作にも似てた。袋の中にある手は軽く剝きだしになったテープを摑み、袋の内側にへばり付かないようにしている。私は新米で、まだ素早く仕事をこなすことができなかった。この仕事はいつだって片手で片づけなくちゃいけなくて、つまり右利きの人間は右手だけで仕事をやり遂げる必要があった。その際左手はいつもお休み中で、頭を搔いていようがあごや耳たぶを触っていようが構わなかった。阿任、あなたがよくやるみたいにね。緊張したときや集中して何かをやろうとするとき、あなたは決まって頰をぽりぽり搔いてたじゃない。ベテラン作業員たちの動きは、ホントに稲妻が落ちるみたいに素早かった……

＊

美君は昔と変わらず明るいままだったけど、赤ん坊を見るその目はがらんどうみたいだった。子どもを産んでからの美君はまるで元気がなかった。いったいどういうことか医者に訊いてみると、おそらく産後鬱の症状で、一、二週間も経てばよくなりますが、あるいは産後ケアセンターで補習授業を受けてみるのもいいかもしれませんということだった。でも医者が言うように、美君が俺に癇癪を起こしたり、あるいは恨み言をぶちまけたりするような産後鬱だったらどれだけいいかと思った。こっそり看護婦に尋ねてみたこともあったんだ。俺がいない間に、病院の人間に癇癪を起こしたり、泣き叫んだりしていないかって。ところが看護婦たちはそんなことありません、産後鬱の検査でも異常は一切ありませんでしたって。それどころか、美君は病院ではいつもにこにこしてて、とってもつき合いやすいお母さんですよ、だって。ただおっぱいがほとんど出ないのだけが問題らしかった。普通の母親なら多少はおっぱいが出るものだったけど、美君の場合は可哀想なほどに何も出なかった。俺は栄養補助食品を買ってきてあいつに食べさせてやって、医者も薬を出してくれたけど、ほとんど効果らしい効果は上がらなかった。看護婦は美君のおっぱいはきつく絞めあげられた蛇口にほんの少し裂け目があるみたいなもので、おっぱいが出にくいのだと言っていた。気分は悪くないかって聞いてみたけど、あいつは何ともないって答えただけだった。

おっぱいが出ないと胸が張るらしく、ただそれは波が寄せてくるみたいなもので、去ってしまえば無理に絞り出すこともできなかった。ある日、子どもが部屋から出された後、俺たち二人だけが部屋に残されたことがあった。俺はベッドに横になっているあいつをジッと見つめていた。出産した後も特に太った様子はなく、胸も以前と同じように大きかった。俺は冗談めかした口調で言ったんだ。「なんなら俺が吸ってみようか？　もしかしたらおっぱいが出るかもしれないだろ」。おっぱいが出る出ないって話題をこれ以上重いものにしたくなかったんだ。母親のおっぱいを飲まなくても子どもは幸せになるし、まともに育つものなんだから。でも、まさかあいつがあんなふうに答えるなんて思わなかった。「いいよ。吸ってみて」。美君は自分からパジャマを脱いでみせた。あいつは肌の色と同じで特徴のない、まるで軍隊から配給されたようなブラジャーを外して、それをベッドの側に放り投げた。妊娠前より乳首は黒く変色してた。黒く大きなそれを両手で持ち上げてみた。確かに以前より少しばかり重量を増して、垂れ下がっているようにも見えた。

「前と違う?」あいつが言った。
「いや。同じように大きいままだよ」と俺が言った。
「じゃ、吸って。どこが違うか確かめてよ」とあいつが言った。

唇を近づけると、冷たい感じがした。俺は力いっぱいあいつのおっぱいを吸ってみた。てっきり母乳が流れ込んでくるものだとばかり思っていたのに、口の中には何も流れ込んでこなかった。乳首も硬くならず、何だかお前は性的魅力の欠けた男なんだって言われたような気がした。こっそりあいつの顔を覗き見たけど何の変化もなく、両目を閉じた表情はひどく疲れているみたいだった。右胸の乳首を吸い終わると今度は左胸の乳首を吸ってみたけど、やっぱり何の違いもなかった。以前は右胸の方が大きかったけど、いまでは左右対照の大きさになってた。ってことはつまり、この中には何かが蓄積されているはずだった。よくわからなかったけど、確かにそれも変化と言えた。あいつの乳首を吸いながら、自分の下半身が硬くなってることに気づいた。昔、妊婦とエッチするAVを見たことがあって、ずっと試してみたかった。それは、妊婦が母乳を飛ばしながらするような内容だった。けど、そんなことはとてもじゃないけどあいつには言えなかった。俺は左胸の乳首を吸いながら、もう片方の手であいつの右胸を揉んでみた。こうすればあいつだって興奮しないとは限らないだろ。

ずいぶん長い間身体をまさぐっていたけど、あいつは俺を止めることなく、かといってあえぎ声を出すこともなかった。まるで俺がまさぐっているのは自分とは無関係のものだって言わんばかりだった。あそこから硬さが消えていくのがわかったけど、俺は諦めきれずにいた。妊娠がわかってからこの方、ずっとあいつの身体に触れてなかった。あいつとやりたかったから、興奮が引いたことも口にせずにその身体をまさぐり続けたんだ。下着の中に指を入れると、あそこは何だかねばねばしてた。正直言って、この時期にセックスできるのかどうかわからなかった。「いまは無理」。あいつが言った。俺はすぐさま手を止めたけど、それ以上何も言わなかった。何ていうか、まるで俺って人間がどれだけ厚顔無恥になれるかをジッと観察しているみたいな気がした。

＊

おなかすいた。でも、ママに何て言えばいいのかわからなかった。クッキーをひとくち、キャンディを一つだけでもいいのにな。昔、ママが小さくちぎったおかしを食べさせてくれたことがあったんだ。ぜんぶ麦芽でつくったやつだよ。キャンディはとってもおいしかったけど、いまそんなことはとても言えなかった。わたしってよくばりなのかな。だって、いつもと同じくらいおなかがすいてるだけなのに、なんでおかしを食べたいなんて思うんだろう。食べるならまずごはんじゃない。わたし、小食なの。すこし食べれば、それで満足できるんだ。でもママは、食べるものがないのはわたしたちのせいじゃなくて、パパのせいなんだって。パパがわたしたちを迎えにこないのが悪いんだって。でもパパはぜったいにくる。わたし、ママがこっそりパパと電話してるってこと知ってるんだから。だからパパは、わたしたちがどこにいるか知ってるはず。パパがやってきたときにわたしたちを見つけられるように、おなかがすいてももうすこしだけならがまんできる。でもちょっとだけでも食べちゃダメ？　ホントはね、パパのほうがわたしをかわいがってくれてたんだ。パパとママがいっしょに家にいることは少なかったけど、毎日おばあちゃんのおうちまでわたしを迎えにくるのはいつもパパで、おばあちゃんも毎日迎えにきてくれるパパはやさしいねって言ってたんだ。パパはいつも時間通りにお仕事が終わったけど、ママはそうじゃなかった。ママよりもパパのほうが好きだったんだから、パパはぜったいわたしを迎えにきてくれるはずなんだ。

きもち悪くて吐きたくなったけど、いっしょうけんめい眠らないようにしてた。ママもわたしに眠らないでって言った。眠たくなると、なんだかムカムカしてきた。いっしょに眠ってくれないとき、わたしはいつもパパにイライラしたんだ。とても一日じゃ話しきれないような話をつづけて、子猫みたいにそこいらじゅうのものをひっくり返していった。ほら、ママが言ってた通りでしょ。わたしって子猫そっくりなんだから。机にあるものをぜんぶ地面に落としてくんだ。なぜって眠りたいけど眠りたくないから。抱っこされて遊びたいよ。わたしは半分眠って、半分目が覚めてる状態でふとんから起き出した。ベッドのそばにはさえぎるものが何もなくて、食卓のあるところまで歩いていったわたしはようやく様子がおかしいことに気づいたんだ。おうちにいるはずのママがいなかった。しばらくして、浴室の扉が閉まっていることに気がついた。ああ、お風呂に入ってたんだ。わたしはしくしく泣きだした。大声でママって叫びだしたかったけど、長いあいだつづいた風邪はわたしからすっかり声を奪っちゃってた。叫ぼうとするとのどに痛みが走って、ママにまでわたしの声は届かなかった。わたしが起きたことを伝えたかった。これまでずっと、目がさめればパパやママに起きたんだよってことを伝えてたから。まだ言葉を話せないくらい小さいころ、ママはわたしが目をさますと、いつも子猫みたいな声をあげてたんだよって言ってた。言葉をおぼえてから、ようやく目がさめたよって言えるようになったんだって。パパとママにちゃんと起きたんだよって伝えたかった。もしも二人がそれを聞いてくれないと思うとゾッとした。だってそれって、なんだかわたしがいらない人間だって言われてるみたいな気がしたから。

＊

あの子を愛していないわけないじゃない。でも、同じくらい憎んでる。こうやって恨めしそうな目であの子を見つめてる自分がいる。前の家を離れるときに何を持っていこうかずいぶん悩んでたんだけど、あなたは風鈴を持っていってもいいかって訊いてきて、ずいぶん私を怒らせたでしょ。いまがどういう状況かわかってる？　そんな何の役にも立たないようなものを持ってどうするつもりだって。殺気をはらんだ私の視線に、あなたは思わず口を閉じた。でもいまになって思えば、この風鈴こそが私の人生で一番大切なものだって気がしてきた。だって、ほんの短い間だけど、こうやって現実から逃避できるわけじゃない。だからあなたには感謝してるんだ。ベランダにも部屋の中にも、掛けっぱなしの服がプラスチックの洗濯ばさみに挟まれていて、ハンガーにはただ私とあなたの服だけがかけられてた。

服を取り込むのが面倒だった。取り込んでからきれいに折りたたんで、それからまたたんすの中に入れるなんて、考えただけで面倒くさかった。外に干しておいたって、別にいいじゃない。数日間干しっぱなしになっている服は、きっと埃《ほこり》だらけになっているはずだった。埃だけじゃなくて、お化けの類もついてるんじゃないかな？　小娟、覚えておいて。取り込まれずにいた服がそのまま夜を明かすと、どこにも行き場のないお化けたちが服に憑りつくって、昔年寄りたちが言ってたんだ。一晩越えればお化けが一匹、干しっぱなしにすればするほどその数は増えていく。お化けたちは、部屋の中やたんすの中に取り込まれるのをジッと待っているんだ。まるでもともとこの部屋にあった家具や家族の一員みたいに、新たな住処で生活をはじめるんだよ。乾いていても取り込んだ服が重くなるのはそういうわけなんだ。

　今日はお日さまが顔をのぞかせてるけど、数日前までは厚い雲がかかってて、ぱらぱら小雨が降ってた。乾いてた服もみんな濡れちゃって、腐った酸菜《スアンツァイ》みたいに物干し竿にべっちゃりと寄りかかってた。で、このお天気でしょ。服は完全に乾いたわけじゃなくて、半乾きってところで、かび臭い匂いがした。どうして雨が降ったときにさっさと取り込まなかったんだっけ？　あのとき何してたか覚えてる？　私は洗濯するのが好きで、なぜって洗濯さえしてれば頭の中を空っぽにできて、とっても落ち着けたから。料理はダメ。そこらじゅう油まみれになる感じが好きじゃないんだ。自分の不得意な分野で起こる予想外の出来事って何だか緊張するじゃない。私はもともと仕事一筋だったわけで、とてもじゃないけど料理にまで気が回らなかった。仕事をやってた頃、私はあなたのパパよりもずっーと忙しくて、休みの日だって仕事が山積みだったんだから。だからあなたはいつもパパがつくったものを食べてたでしょ。どっちみち、掃除はハウスキーパーを呼んでやってもらってたから。家事をやるのもいやだった。でも若い頃と同じで、誰も掃除しないと当然部屋は自然と汚れていく。若い頃は部屋を片づけたことがなくて、服も本もそこらじゅうに散らかしてた。こっちにぽいっ、あっちにぽいって感じでどんどん積みあがっていくんだ。それは生命《いのち》を持ってるみたいに、大きな空間をめざしてどんどん広がっていった。光のある方向じゃなくて酸素のある場所に広がっていくから、生活するにはさして不便はなかったけど。

自殺を考えたことがあるかって？　もちろんある。死んじゃえばすべておしまいだから。あなたのことが気がかりじゃないか？　そりゃ気にはなるけど、それ以上に苦しいから。いざとなればパパのところに連れて行ってあげる。その点に関してはきちんと理性を保ってるつもり。自殺って何かに似てるって思わない？　それは霧と微粒子が浮かぶ、広くて青い海みたいなものなのよ。私と一緒にここまで来ちゃったこと、後悔してるって言ってもいいんだからね。

そのちょうど真ん中あたりにブイみたいな赤い点々が見えるでしょ。波にもさらわれず、同じ場所で浮き沈みしてるあれ。ウソじゃない。自殺ってあの赤い点々に向かって進んでいくみたいなものなんだ。じゃないと、目標がなくなっちゃうでしょ。何かの指示みたいなものでさ、広くて深い真っ青な海面に浮かぶ、あれこそが最終目的地ってわけ。近すぎても遠すぎてもダメで。自殺ってどこか遠い場所に行くわけじゃなくて、ただここじゃないどこかに行くだけなんだ。

もしもわざわざ口に出さなければ、死ぬのに最適な場所なんてこの世界のどこにもないわけだけど、それは人が死んだように思える場所なんてどこにもないように見えるのと同じことなのかもしれない。何の痕跡も残さなければ、この場所で昔どれだけの人間が死んだかなんて誰にもわからないじゃない？　どんな場所だって同じようにきれいにされてて、日が当たったり汚れていたりしてるだけだから。それっていまつき合ってる恋人に、昔の恋人と過ごした思い出の場所を悟られたくない気持ちに少し似ているのかも。

*

……目にも止まらぬ速さで貼り終わった。広告ビラを壁や電柱の隅、それに他の広告の上に正確に貼っていっては、そのまま何事もなかったように去っていく。貼り付ける際には足を止めずに作業を続けていく。袋を背負った私たちは通りをぶらぶらしてて、誰も私たちがいつビラを貼り出すのかわからない。新人は誰かに見られてるんじゃないかとびくびくしてたけど、ベテランたちはそんなことまるで気にすることなく、たとえそばに誰かがいても、彼らに気づかれることなく広告ビラを貼り付けていった。そばにいた人間は、それがもともとそこにあったのかどうかすら気づかなかった。私たちのグループにとって一番のリスクは、街の清掃隊に捕まって袋叩きに遭うか、警察に検挙されるかのどちらかだった。上の人間はすでに話をつけているはずだったけど、それはあくまで上の人間たちを守るためのもので、私たち下っ端を守ってくれるわけじゃなかった。でもだからこそ報酬はよかった。私と一緒に行動していたベテランたちは、プラカードのグループをひどく見下していて、自分たちみたいにリスクを負って高い技術と美的センスが要求される仕事をしていない彼らは、専門技術も持たずに働く食いしん坊の怠け者、貧乏人のクズどもだって言ってた。自分たちこそがこの会社を引っ張っていくエース社員で、黙々と働く本物の男だって信じてるみたいだった。結局、私は二週間でこの仕事を辞めることになった……

＊

このパーマ、ホントにやだな。きっとあのときはどうかしてて、だからこんな頭にしちゃったんだ。いったい誰に言われてこんな頭にしたんだっけ？　こんなときでさえ、パーマをかけたいと思うなんて、案外いまの状況がまだまだ続くって思ってるのかも。パーマをかけたのは先月で、街で目にしたモデルの看板があんまりにもいい感じだったから、やってみるのも悪くないって思ったんだ。あるいは人生には転機が必要だって思ってたから、パーマをかけることで何かが変わるかもしれないって思ったのかもしれない。でも、その転機がどこにあるのかまではわからなかった。

阿任。もしも私が整形したら、いまよりもっとましになるかな？　たとえばもう少し目を大きくするとか、顔も大きすぎるから脂肪吸引して、ボトックスで筋肉も引き締めてみるんだ。それからレーザーでシミを取って、レーザーフェイシャルで角質も取って毛穴の補修をする。骨を削ることだって考えたんだよ。私の顔って大きすぎるでしょ。手術すれば以前よりもっと素敵になるし、きれいになれるはずじゃない。どうしてこんないい方法、これまで思いつかなかったのかな。

以前なら、整形する女のことなんてバカにしてたけど、いまこうしてあなたと別れて生活する中で、生まれ変わりたいっていう思いがどんどん強くなっていったんだ。仕事を辞めて次の仕事をはじめる前に、別人になって新しいことに向き合いたいと思ったわけ。だって、彼らは過去の私を知らないわけじゃない。だからホントにやっちゃったんだ。プチ整形、どれもほんの数時間で終わったけど、骨は削らなかった。私の顔に浮かぶ傷跡をジッと見つめる小娟に向かって、ママきれいになってきたよって言ったんだ。あの子だってきれいなママがいた方がいいけど、確かにそんな台詞っていかにも私が言いそうにないかな。いったいどうしちゃったんだろ。でも、自分をきれいにしたっていうよりも、人生の新たな一歩を踏み出したって言った方がいいかもしれない。どうしてこれまで整形しなかったのかな。前の家にいる頃にやっていれば、あなたはきっと驚いたでしょ。でも、悪いのはあなた。だって、ちゃんと私を大事にしなかったから。整形は将来私を愛してくれる人に見せるためで、きっとあなたより素敵な相手を見つけてみせるんだ。その人だけが、新しく生まれ変わった私のすべてを手に入れることができるんだから。

小娟は新しく生まれ変わった私をめずらしそうに見つめてきた。「何だかママじゃないみたい。でも、ホントきれいになったね」。確かにきれいになった。だけど、整形するために家から持ち出したお金は全部使っちゃった。もちろん、それまでだって生活して日用品を購入するために、お金はたくさん使ってきた。しばらくの間バイトにも行ってなかったから、もともと給料を振り込んでた口座からも引き出せるお金は全部引き出してしまっていた。若い時分一生懸命働いていた頃、半年ほど失業しても生活できるように別の口座を開いていたけど、結婚してからはその口座を新たに更新することもなかった。だって、そんな必要だってなかったわけじゃない？　ちょっと前になってようやく、緊急用の口座にはここ数年まったくお金を振り込んでいなかったってことに気づいたんだ。いまじゃ全部使いこんじゃって、家から離れた途端、こんなにお金が必要になるだなんて思いもしなかった。郵便局には税金を払い戻したお金がいくらかあったはずだけど、郵便手帳とカードを家から持ってくるのを忘れちゃった。いまさら取りにも戻れないし、あなたに頭を下げるのだっていやだった。それに私の家みたいに片づけられてるけど、ここはもともと他人の部屋。あなたはここの住所を知ってるはずなのに一度も会いに来てくれない。私はあなたから離れる決心を見せながら、同時に自分がどこにいるのかあなたに教えてるのに。ここに来ればあなただってきっと驚くはず。私も小娟も楽しく暮らしてて、しかも昔よりきれいになってるんだから。あなたは後悔して、私に家に帰ってきてくれって頭を下げるはずなんだ。

「パパがもうすぐ迎えに来るからね」。私が言った。「パパは私たちがどこにいるか知ってるんだから。なぜって、離婚協定書にしっかりとここの住所を書き込んでおいたから。それを見れば、パパは私たちがどこにいるかきっとわかるはず」

「おなかすいた」と小娟が言った。

「もうちょっと我慢できる？　パパが迎えに来たときにおうちにいなかったら、私たちを見つけられないでしょ。携帯だって通じないし、お金もないからおうちから出られないのよ。もしもおうちから出たら、外にいる人たちに騙されちゃうし。最後のお金まで取られちゃうんだから」と私が言った。

「ママ、おなかすいた。さむいよ」と小娟が言った。

「熱が出てるのね。でも、お医者さんは私たちのお金が欲しいだけで、みんな嘘つきばっかり。それにパパのいない子どもをバカにして、幸せじゃない人もバカにして、私たちを病院の中に閉じ込めようとしてるのよ。だから、これ以上無駄話はやめて。おうちの外に出れば、私たちは消えてなくなっちゃうんだから。おうちから出るのはダメ。おうちから出ちゃえば、パパはきっと私たちを見つけられない。だから、おうちにいないと。お腹がすいたのは知ってるけど、もうちょっと我慢して。今日じゃなければ明日、もしかしたら午後には来てくれるかも。パパはあなたのことが大好きだから、たぶんもう地下鉄に乗ってる頃かも。きっと地下鉄で事故があったのね。何日か前にもあったでしょ？　誰かがバスケットボールをレールの上に置いて、地下鉄が故障したってあれ。きっとそうだ。パパは地下鉄でやきもきしながら、電車が再開するのを待ってるんだよ。前に地下鉄に乗ったことがあるでしょ？　そのときに車両調整のために一時停車いたします、もうしばらくお待ち下さいって、アナウンスが流れてたじゃない。そんなアナウンスを聞くと確かにイライラするけど、結局待つしかないものね。まさか、飛び降りるわけにもいかないから。パパだって電車から飛び降りて、レールの上を走るわけにはいかないから。急いでるのは知ってるけど、やっぱり安全第一じゃない？　パパはもうすぐ来る。今日じゃなければ明日。パパはきっとおうちのリビングに座って、こう思ってるはず。『どうして明日はまだ来ないんだ？　明日になれば可愛い小娟に会いに行くことができるのに』。そうに違いないよ。だって、他に考えることなんてないじゃない。お腹がすいてることは知ってるけど、私たちにはお金がないの。もしかしたら、預金通帳の中にいくらか入ってるかもしれないけど、外に買い物に行くのはいや。だって他人に会いたくないから。あの人たちは私たちをちっとも理解してくれないうえに、あんな目で私たちを見つめてくるんだから。別にあの人たちに何か借りがあるわけでもないし、私たちはただ自分の生活を考えてるだけなのに。あの人たちはみんなアカの他人で、心の中では私たちをバカにしてるんだ。だから、私の方からあいつらをバカにしてやる。でも他人さまに迷惑をかけるのはダメよ。あなたも他人に迷惑をかけちゃダメ。それはとっても恥ずかしいことなんだから」。私が言った。

＊

まだ幼稚園に行きたかったけど、ママはもう卒園したから行かなくてもいいって。でも、わたしはほかの子たちみたいに卒園式にでてないのにへんじゃない？　幼稚園に行くのが大好きだったから、毎日ちゃんと準備してたのに。毎朝六時に起きて、自分で歯をみがいて、洗面器でちゃんと顔をあらったふりをするんだけど、へへへ、ホントはママがあとでもう一度ちゃんとあらうのを手伝ってくれるんだ。それから服を着るんだけど、服は前の日にママが布団のうえに置いておいてくれる。ママはきっと、わたしがこんなふうに何でもひとりでできる子だって知らないんだ。ママは自分がそうだったみたいに、小さいころから自分のことは自分でしなさいって言ってたから。服を着ると、わたしはベッドのそばに座って、ジッとママが起きるのを待ってたんだ。待ちきれなくなるまで待って、ようやくママを起こしに行く(わたしの動きって、とっても速いんだから)。そこでママにきこえるように、からだをつかってバンって扉をあけるんだ。ママはわたしが子猫みたいにわがままねって言ってた。ちっともママの話をきかない子だって。

幼稚園に行くのは好きだった。さっきも言ったかもしれないけど、何度でも言うんだから。毎日ほかの子たちとおしゃべりしたくてたまらなかった。ほかの子たちに、わたしの新しいお洋服やカラーペン、それに消しゴムを見せてあげるんだ。ママは毎日わたしに大きさのちがういろんな新しいものを持たせてくれた。べつにクリップでもなんでもいい。とにかく、そうすれば毎日ほかの子たちとおしゃべりする理由ができた。「ほかの子たちには、わたしはママとおんなじで幸せだって言うのよ」。ママはいつもわたしにそう言ってた。

ほんとうは、幸せって何なのかわたしにはよくわからなかった。でも、そう言ってるときのママはとっても真剣な目でわたしを見つめてくるから、なんだかこっちが恥ずかしくなちゃった。ママの言うとおりにしていればわたしは幸せ。だから、ベッドのそばに座って幼稚園に行くのを待ってるとき、心の中でこんなふうに思ってるんだ。「今日学校に行ったら、みんなに教えてあげよう。わたしにはとっても素敵なママがいて、だからわたしは幸せな子どもなんだ」。ママはわたしが忘れてしまわないように、小さいころからくりかえし、こんなことを言った。「まず幸せなふりをしなさい。そうすればホントに幸せになれるから。忘れないで。最初に笑っておけば、そのうち楽しく感じてくるでしょ」。どうしてってきくわたしに向かって、ママが言った。「笑うときに使う筋肉が神経反応を引き起こすでしょ。それが喜びの神経を司《つかさど》る部分を刺激して、快楽物質を分泌するからよ」。ちょっとむずかしすぎて、よくわかんなかった。でも、もしもこれから何か楽しくないことに出会ったら、両手の指でじぶんの口を横にひっぱって、笑ってるふりをするんだ。そうすれば、ホントに少しだけ気分が楽になったから。

＊

……結局、最後の給料は受け取らないまま終わった。だってあんまりにも立つ瀬がなかったから。てっきり自分にはできるものだとばかり思ってたけど、実際は要領も悪くて、不器用なうえに何一つうまくいかなかった。とにかく、人に見られるのが怖かった。阿任や阿南、あなたたちに見られてるんじゃないかって怖くて仕方なかったんだ。街を歩いても、普段とどこが違うかなんてことまで考える余裕はなかった。でも事前に調べておいたから、そこがどんな場所かってことはわかってたんだ。ベテランたちは経験豊富なネパールのシェルパ族みたいに、次々とベースキャンプを建設していって、十二時間にも及ぶ労働時間の中で、街のどこに追い出されることなく休める場所があるのか、どこにリラックスできる場所があるのか、とにかく何でも知っていた。たとえばそれは日を遮れる場所だとか、夜市《ナイトマーケット》でまだお客さんが使っていないテーブルに腰を下ろして、魔法瓶の中にある水を一杯飲めるような、一番目立たずに人さまからうとまれないような場所だった。怪しい人間だと思われない、泥棒と間違えられない場所って言ってもいい。ただで水を飲ませてくれたり、安く弁当を売ってくれるような場所なんてどこにもなかった。ゆっくり座って一碗六十元の焼きそばを食べたり、贅沢にコーヒーを飲んで休めるような露店なんてものはどこにもなかった。広告ビラを貼れるような場所は、明るく清潔な豪邸やビルなんかじゃなく、そういう場所にはたいてい警備員がいて、私たちのような人間を追い払おうとしてた……

*

結婚したばかりの頃は、美君の起こす癇癪にもまだ我慢できたんだ。あいつを愛していたし、突然偉ぶった態度で癇癪を起こすあの癖だって我慢できた。けど、年をとって、ちゃんと自分らしい生き方をしたいって思ったときに、何だってあいつに頭を下げなくちゃいけないんだって思うようになったんだ。俺だって自分のやりたいことをやって生きていきたいって思ったんだよ。どのみち、あっちのことにはもうそこまで興味もないわけで……って言うのはウソ、興味ないわけないさ。だけどあれがしたいからってあいつに頭を下げて卑屈になるってのもどうかと思うわけで、俺は俺に従順で優しい、何よりも俺のことを第一に考えてくれる相手が必要だったんだ。世間が俺にそんなふうに優しくないってことくらいもちろんわかってるけどさ、それでも俺はそんな女が欲しかったんだ。毎日美君のために生活して、あいつの機嫌を取って、せっかくの休みを無駄にしないために怒りを呑み込むなんてことにはもう飽き飽きしてたんだ。以前は二人で旅行するのが好きだったけど、あいつがあんなに面倒で身勝手な人間だったなんて思わなかった。あいつと一緒に旅行するなんて二度とごめんだったし、何を考えてるのかいちいち忖度《そんたく》してやるのだって真っ平だった。

俺が悪いんだってことはわかってるよ。去年、俺は小薇《シャオウェイ》と浮気した。もちろん、美君はこのことを知らない。小薇は専門学校時代の後輩で、宣伝会社で働いてた。毎日実体のあるものかららないものまで、様々なカードのキャッチコピーを書くのが仕事らしかった。小薇とのあれは、何だか未成年の子を相手にしてるような感じがした。華奢な体つきをしていて、俺よりも十歳以上も若かった。か細い叫び声と緊張した様子は子どもみたいで、何度やってもまるではじめてみたいな反応を見せてくれた。誰かに見られるのをひどく怖がってるようで、とにかく痛いのを怖がってた。相手を拒むようでいて、その反面俺がしたいことは何でも受け入れてくれる。あれを口に入れたときだって、それを咥《くわ》えて舐《な》めてくれた。セックスしてるときはそんな感じだったけど、一旦それが終わればまるで人が変わったみたいに可愛らしくて、いたずらっぽい様子に戻って俺とじゃれあうんだ。ついさっきまで、ダッチワイフみたいにいろんな姿勢でむちゃくちゃにされていたのは自分じゃない別の誰かって感じでさ。カーニバルやお通夜が一瞬で日常生活に戻ったみたいで、その中間にあるはずの緩衝地帯ってやつがまるでないんだよ。華奢な身体と釣り合わないのがその大きな唇だった。唇を開けば下半身から取り出したあれをほとんど全部突っ込むことさえできた。口いっぱいに頬張るそれを見てると、あの子の小顔と大きな唇がずいぶん不釣合いに思えてきて、顔全体が唇になっちゃったんじゃないかって錯覚すらした。

とにかくお喋り好きで、きっとそのせいもあったのかもしれないけど、あの子は口でするのが得意だった。彼氏のことも俺はよく知っていた。以前美術関係の仕事をしてたやつで、俺はあの子としょっちゅうエッチできるそいつが羨ましくて仕方なかった。あの子はもともとこういったことは得意じゃなくて、それに熱心ってわけでもなかったけど、俺とつき合うようになってから痴女にされたんだって言ってた。何だってやってくれる痴女だよ。あの子は確かに痩せてたんだけど、均等が取れたプロポーションをしてて、Tシャツにスカートをはいてるときなんかは秋の葉っぱにも似た美しさがあった。話をしてると自然と俺の身体に寄りかかってくるんだけど、それは別に俺に対して特別そうしてるってわけじゃなくて、親しい人間に対してはみんなそうしてるみたいだった。そんなふうに話してるうちに、またじゃれ合って抱き合うようになるんだ。小薇はそもそもそういう性格の子で、そこに自身の感情や欲望を暗示するようなことはついぞなかった。ただそこに欲望の暗示はなくても、あんなふうに身体を擦り寄って来られれば、自然とあそこは硬くなってあの子を抱きたくなった。

あんまりにも華奢なもんだから、俺はあの子を押しつぶしてしまうんじゃないかと心配で仕方なかった。あの細い骨格に小さな乳房、指二三本使ってあの子の身体を玩んだ後、甘瓢箪《ひょうたん》を口に含むようにしてあれを唇の中に突っ込むんだ。口の中では舌があれを玩んでた。あの子の乳首はまるで黒砂糖みたいに凝固して甘く、いくら時間をかけても吸い尽くせないような気がした。乳首も小ぶりで少し凹んでいて、オーガズムのときでさえ、申し訳程度に突き出るくらいだった。

だけどあの子は極度の心配性で、いつだって周囲の人間や自分のことを心配してた。たとえば俺としている最中、あの子は喜びの声を上げながら、同時に涙を流しながらこんなことを尋ねてきた。「ねえ、もし私たちのことがあの人たちにバレたらどうする?」あの人たちっていうのは、彼氏と二人の共通の友人たちのことだった。

そうなるとセックスは恨み言のオンパレードになっていった。あの子はひどく緊張した面持ちで言葉を続けた。「こんなことしてていいのかな? こんなに幸せでいいのかな?」

「幸せでいけないのか?」俺が言った。

「そんなことない。私だって、あなたから今日はどうだったって聞かれるのが好きだよ」。そう言って、さらに大きな泣き声を上げながら、「でももしバレたら? もしバレたら、すっごい面倒じゃない」

あの子が何をそんなに悲しんでいるのか、俺にはいまいちピンとこなかった。あるいは俺はあの子の心を摑むだけで、肉体関係まで持つべきじゃなかったのかもしれない。けどあの子だってずいぶん気があるみたいだったし、身体の相性だってばっちりで、それはきっと向こうも同じように考えてるはずだった。もちろん、面倒だってことはわかってる。だからこそバレないように注意してるんじゃないか。俺はあの子をベッドの上でひっくり返してみた。身長が一八〇センチある俺にとっちゃ、一四八センチで華奢なからだつきのあの子の身体をどうにかするのなんて、小鳥をひっくり返すのとさして変わらなかった。

「年の差が十歳以上あるんだよ。マジでうまくやっていけるって思う? あぁあ、ヤバイイキそう。うん、こうやって時間があるときに一緒にいられるだけで十分。あなたと一緒にいられる時間ってほとんどないでしょ。だってほら、私は自分の家で彼と住んでるから。でも一緒にいない時間が長いと、私のことといらなくなるんじゃない?」「別にあいつと別れろなんて言わないさ。俺たちはこのままでいいんだ……」。俺はあの子を自分の身体の中に投げ込み、その華奢な身体をぎりぎりとひき砕くように言った。「考えすぎなくていいんだ」。俺はその耳元に顔を近づけてささやいた。美君みたいに、何でも考えすぎる必要なんてないんだ。

*

……きれいで清潔な空間に広告を貼っていると、何だか自分がひどく恥ずかしい人間みたいに感じちゃうけど、私はそんな場所に自分を誇示するみたいに広告を貼っていくベテランたちを心から敬服していた。彼らだってそんなことしたって意味がないってことは知ってるし、会社が私たちにそこまで求めてないってことも十分承知してる。でも、彼らは普段の溜まりに溜まった鬱憤を晴らすみたいに、自分たちは他人に束縛されたりルールに縛られたりすることなんてないんだってことを自分たちの武器、つまりこの広告ビラを貼っていくことで、あの不公正で道理に外れた明るく清潔な空間に一撃を加えてるんだ。無駄だってことはわかってるんだけど、その考え方はひどく爽快で、自分本位ではあるけど白黒はっきりしてた。どうして落書きはアートだって思われるのに、私たちがこの整然と清潔な社会にこうして広告ビラを貼り付けることはアートだって思われないんだろ？　まあいいや。そんなふうに思うのも、きっと私一人だけだろうから。私たちが広告ビラを貼る場所は大抵が人口が密集してるビルや古いアパートが中心で、他には建てられたばかりでまだ売り出されてないビル、それか転売されるのを待ってるような場所だけだった。外壁はどこも汚れていて、ぼろぼろになった鉄格子付きの窓に、部屋の外に備え付けられた室外機、水道管に有線チャンネルの回線、変圧器に電線、それから何度も貼り直された広告ビラに、黒く悪臭を放つ乾いた膠液《にかわえき》、きちんと剝がされなかった紙くず、それらはすべて先達たちが残した戦果で、点々と滴る血の跡とも言うべきものだったけど、新人の私には新たな戦場を見つけ出すだけの力はなかった……

＊

むかし、テレビでバッドマンの映画を見たことがあって、そのなかに、こわいかっこうをしたジョーカーが出てきてた。ママに、どうしてジョーカーはずっと笑ってるのってきいたんだ。するとママは、前に話してくれたのと同じような話をしてくれた。ジョーカーは両親に捨てられた子どもで、パパとママのいない孤児なんだって。じつはバッドマンも孤児なんだけど、彼はいつもブスッとした顔で毎日楽しくなさそうじゃない。だから、バッドマンの人生は悲惨なんだ。でもジョーカーは毎日自分が幸せなんだって言いきかせてて、だからこそあのゴッサムシティを支配できたんだ。彼はいつだって笑顔をたやさないようにして、笑顔が消えてしまわないように、ナイフで自分の口もとをさいて、永遠に笑顔をつくれるようにしたんだって。そうすれば一生幸せで、他人を支配できる力を手にいれられるはずだから。もちろん、ママもそこまではっきりとは言わなかったから、そこにはわたしの考えも入ってる。でも、ママが言ってたみたいに、幸せなふりをしていれば、幸せはホントにそのうちやってくるんだと思う。だから、映画の中のジョーカーがわたしと似てるとは思わないんだ。もちろんジョーカーは好き。だってバッドマンはコウモリの化身だし、黒くて汚いうえに、こわいんだもん。キャットウーマンはきれいだけど。なんでって、わたしって猫が好きじゃない。

バッドマンってかわいそう。全身黒ずくめで、たったひとり山の中に住んでるんだもん。それに自分の正体をだれにも言っちゃいけないんだよ。その点、ジョーカーはいつもきれいな服をきて、好きなときにサーカスみたいな生活ができてステキだって思わない？　きれいにかがやく光に軽快な音楽、飛行機に動物、アニメがえがかれた風船、それから離れわざを披露するパフォーマーたち、どれをとっても楽しいでしょ。しかも、わたしと同じで、たくさんのおもちゃを隠しもってて、それを友だちと分けあうことまでできるんだ。ジョーカーは子どもにやさしくて、彼が子どもを傷つけているのは見たことない。おとなにはひどいことするけど、それはおとなたちの間の出来事で、わたしたちには関係ないから。あのころ、わたしはよくパパとママにジョーカーのおもちゃを買ってほしいってねだってたんだ。ジョーカーなら何でもいいってわけじゃなくて、バッドマンに出てくるあのジョーカーがよかった。たとえばそれはジョーカーのお面だったりしたんだけど、わたしはそれを大はしゃぎでかぶってた。パパもママも、きっとへんな子だって思ったんじゃない？　女の子のくせにバッドマンが好きで、しかもそこに出てくる悪役が大好きだなんて。

私だって別にただ指をくわえて死を待ってたわけじゃなくて、あれから一生懸命働いたんだよ。阿任、私だってやってみたんだよ。近所にあった小汚い寄せ鍋屋でバイトしてたんだ。毎日開店前に一人で倉庫を開けに行くのが好きで、材料を準備してるときに、どこから忍び込んできたのか人懐っこい野良猫が一匹いた。きっと倉庫に穴でも空いてたんだろうけど、大量のダンボールやら雑誌やらに遮られて、誰も野良猫が入ってきたことには気づかなかった。

＊

猫を脇に抱えてテーブルの下に放り込まないといけなかったんだけど、その猫はいくら放り投げてもすぐにテーブルの上に飛び上がってきた。百回千回一万回と同じ動作を繰り返しているうちに、最後には動かない骸《むくろ》みたいになっちゃった。すごく敏感な猫で、ちょっとした音にもすぐに驚いてた。物音を立てればすぐに警戒されたけど、宇宙の存在が何なのかわからないのと同じように、子猫が実際に何を考えているのかまではわからなかった。倉庫の隅に積み上げられたダンボール箱は子猫に噛みつかれて穴だらけになって、中に入っている服やタオルも引っ張り出されちゃってた。それを片づけるのがイヤだったから、別のダンボール箱でそれを塞いで他の職員に見つからないようにしたんだ。

子猫はずいぶん長い間嘔吐を繰り返してた。しょっちゅう吐いてる子猫を見た私は、きっと空腹のせいでプラスチックロープか輪ゴム、それともナイロン袋かダンボールを食べ過ぎたせいだって思った。子猫は自分の毛も食べた。何を口に入れようが好きにさせておいたけど、片づけておいたゴミ袋を噛み切られたときはさすがに頭にきて、子猫を追いかけていって打《ぶ》ったんだ。嘔吐するときはひどく苦しげで、まるで電流に打たれたみたいに身体を丸めて、高周波の泣き声を上げた。ケホケホ咳きこんでから大きく口を開ける様子は、どこかあくびをする動作にも似てた。それから空に向かって喉《のど》を力いっぱい持ち上げるんだけど、最初は何も出てこなくて、ただ黄色っぽい粘液を吐き出すだけで、いったいどういう仕組みになってるのか無性に気になった。緊張と、ちょっとした快感を覚えた私は、ふと子猫が嘔吐する様子を真似したくなって、喉の奥に指を突っ込んでみた。だって、私みたいなデブが何かを吐き出せば、全身の肉が震えて見ものだと思わない？

「あのさ、俺さっき玉子と魚の餃子を取って来いって言わなかった？　もう二度目なんだけど、ちゃんと話聞いてる？」アルバイトのガキが口を開く。「早くしろよ。もう終わっちゃうだろ。ったく、何やってんだよ」。ふと、あの膨大で複雑な資料を分析していた日々を思い出した。まるでこの国の盛衰を握っているようなあの感覚。でも、ここでの私は単なる不器用な新人で、何ひとつ満足にできなかった。「ほら、こっちはもういいからさ、お前は向こうに行ってろよ」。私はいつもそんなふうに叱られていた。この小さく汚い、営業許可さえあるかどうかわからない寄せ鍋屋で、私は足手まとい以外の何者でもなかった。でも、何だって私はまたこんな所で寄せ鍋の残り物なんて包んでるんだろう。安売りの弁当を手に提げた男が、どうして私が自分の残り物を包まず、別の客を優先したんだって怒鳴ってた。それからくるりと私に背を向けて、そばにいた女性に自分が大学や大学院で打ち立てた偉業をぺらぺらとまくし立て始めた。まるでこの世界で自分一人だけが、そうした偉業を成し遂げたんだと言わんばかりだった。そばにいた女性はひどく真剣な表情でその話を聞いていたけど、あるいは男は彼女の上司か何かだったのかもしれない。自分を一匹の子羊だと思って我慢するしかなかった。でも以前の私は、どうしてこの子みたいに他人の話を黙って聞いてあげなかったんだろう？　そうしていれば、あるいは仕事上の人間関係だって少しはうまくいってたかもしれないのに。

ＤＶの件で警察が二度ほど職場を訪ねてきたけど、それを見た店長はいったい何事かとずいぶんビビってた。店長は何でも自分でやらないと気がすまないタイプだったけど、警察だけじゃなく、衛生局や国税局まで連れて来られたらたまらないと思ったのか、多少色のついた給料袋を渡して私をクビにした。

＊

こんなときになって初めて、自分が長い間メガネをかけていないことに気づいたんだ。いったいどこにしまったんだっけ？　別にメガネをかけなくても生活に不便はなかった。というのも、もうすっかり老眼が始まっていて、近眼用のメガネは必要じゃなくなってたから。でもそれもここ最近。毎月の家計簿をちょっと確認してみたくなったけど、そんなことに何か意味はあるかな。この一年間、小娟と家を離れてからずっと赤字の連続だった。家計簿は相変わらずつけていたけど、細かい項目までは記入してなかった。いま読み返せばおかしな点がいくつか見つかったけど、何を買ったのかまでは思い出せなかった。固定支出以外、こんなにもたくさんのお金をいったい何に使ったんだっけ。家計簿はどこにでもある普通のノートで、表紙にはアメリカ西部時代の郵便マークと、藍色の分割線がプリントされてた。阿南、あなたがプレゼントしてくれたんだよね。あなたって昔っからそんな人だった。大学時代と何にも変わらない。ノートだとかきれいな便箋だとか、観光地で買ってきたお守りだとか木彫りの小人だとか、いつも意味のないものをプレゼントしてくれた。それは私にとって日常との間にまったく接点が見つからない、飾っておくしかないようなものばかりだった。私って人間はすっごくリアリストなんだけど、あなたはそんな私の中にあるロマンチックな部分を引き出してくれた。でもそれは同時に時間の無駄でもあって、いろんなことがその犠牲になってたんだよ。

阿南。ずいぶん昔、地下鉄に乗って一緒に河辺まで出かけたのを覚えてる？　あの日は休日で、朝早いダイヤだったでしょ。始発駅から出発して、車内にはほとんど人もいなかった。あの頃の私たちはまだ大学生で、いずれ海外留学しようと思ってた。修士課程が終われば英国に行って、そのまま博士課程まで進むつもりだったでしょ。留学にそこまで積極的ってわけじゃなかったけど、それでもその頃はちょっとでも自分たちの青春をハッピーにしたいって思ってた。だから、計画がちょとくらい先延ばしになってもかまわないというような気持ちで、私は春先の河辺をあなたと一緒に歩いてたんだ。

そんな麗《うら》らかな春の日に、私はそれまで抱え込んできた緊張感や世間体ってものをほんの少しだけ机の中にしまいこんだ。あなたが側にいてくれたおかげで、そうした口実を見つけることができたんだよ。少なくとも、あなたと恋愛するって未来予想図は、息抜きするためのいい口実になった。春になれば河辺まで足を伸ばして、補習は午後にでも受ければよかった。まだ覚えているかどうかわからないけど、あの日は私にとって貴重な時間だったんだ。なぜって、私みたいな人間にも青春ってやつが確かに存在したんだって証拠になったから。

だけど、帰りはぎゅうぎゅう詰めの車両に乗ったじゃない？　寂しい空間が突如、汗と体温の地獄へ変わっちゃったみたいだった。以前の私なら、あなたと一緒にいればあんなふうに他人と接触することだってなんともなかった。でもいまは他人と接触することが怖くてしかたないんだ。他人に傷つけられるのが怖いとかじゃなく、他人に迷惑をかけちゃうことが怖い。自分の体臭が他人に迷惑かけるかもしれないって思うだけで怖くなるんだ。ううん、そうじゃなくて、彼らが迷惑だって感じて、私がそれに謝らなくちゃならないってことがいやなのかも。

誰かに謝罪するのなんていやだったし、そうなるとまた面倒だって思っちゃうじゃない。

それはそうと、この世界には本当は偶然なんてものはなくて、すべては意識的に起こるんじゃないかって思ってるんだ。一見無意識に思えるような出会いも同じで、そこには常に意識的な選択があるわけじゃない。目の前で携帯を使って話している彼らの会話だって全部ウソっぱちで、目的地までにはまだまだ距離があるくせに、電話口の相手に向かって、アアもうすぐ着くヨなんて言ってる。私がここで彼らとこうして出会ったのも偶然だって言えるかな？　そんなことどうでもいっか。毎回家を出る度に思うことは、早く家に帰りたいってことだけ。

＊

美君の家を出るときはさすがに気がとがめた。美君だけじゃなく、恋人に対してもそれは同じだった。だって心の中で、僕は美君をただのセフレとしか思っていないんだから。一からやり直すなんてことは到底無理な話で、僕たちはもうずいぶん疎遠になってしまってた。当然、恋人に対しても気がとがめた。恋人のことはホントに愛してたから。彼女の名前は秋津《チョウジン》、いまは一般企業や公共機関で雑誌刊行の代理編集をフリーでやっていて、僕と一緒になる前はネットではちょっと名の知られた文学美少女だった。詩を読むだけじゃなくて、自分でも詩を書いたりしてたけど、秋津の作品はその年のベストポエムに選ばれたこともあった。出版した詩集もベストセラーになって（たしか千五百冊完売したって）、中年のエロ詩人からは詩の書き方を教えてやるってメールが一日中送られてきてたらしい。

一方の僕はといえば、文化局の図書資料科に勤める平凡な公務員で、文学なんてもうずいぶん長いことご無沙汰してた。秋津のことが好きになったのは、簡単にいえば美人だったから。美君とは比べるまでもなく、おそらく周囲の友人たちの中で僕が普段出会えるような、あるいはこれまで出会ってきた恋人候補の女性たちの中で、いやいや一般的な女性全般と比べてみても飛びぬけてきれいだった。しかも、秋津は日がな一日Facebookに自己啓発的な文章を投稿しながら、プライベートではセックスに熱を上げるような女性だった。別にあの子を悪く言うつもりはないけど、僕とつき合う前の秋津にはたくさんの交際相手がいた。僕とつき合い始めた頃だって、他の男たちと曖昧な関係を続けていたんだ。もちろん、腹は立ったよ。でも僕だって、あの子にそこまでよくしてたわけじゃなかったから。正直にいえば、その曖昧な時期に僕も友だちの恋人とちょっとした火遊びをしてたんだ。だけどこう言っちゃえば変に聞こえるかもしれないけど、そんな関係を一年あまり続けると、僕も秋津もすっかり疲れちゃって、二人ともおとなしく家に帰ることにしたんだ。「ねえ、私たち一緒に暮らさない？」秋津の言葉に僕は二つ返事で了承した。そこで僕は部屋を探すことにした。建てられたばかりのビルの十三階、二十坪の部屋を借りて、一緒に暮らすことにしたんだ。

その頃からかな。二人が親密になっていったのは。僕たちは週に三、四回はエッチした。秋津の性欲は強くて、何でも試そうって感じだった。もちろん、僕だってそれは同じだったけど。あの子は自分の張りのある巨乳を僕にいじらせるのが好きだった。あっちのことだけじゃなくて、料理だってできた。フランス料理もマスターして、僕はあの子がつくるブイヤベースが大好きだった。あの子と一緒にいると、何だか天国に昇天《のぼ》るような気持ちになれた。仕事用の鞄の中にはあの子が前日はいていた下着が入ってて、携帯には無数の裸体写真が保存されて、ひまさえあればそれをクリックして眺めてた。他の男には撮らせたことないんだから、そんな女だって思わないでよ。秋津は恥ずかしそうに言ってたけど、その言葉が本当かどうかわからなかった。でも、どのみち僕はあの子のことを愛してるわけだし、その言葉を信じようと思った。

秋津は大学時代の美君とは正反対のタイプだった。美君は一度だって僕の手を繋いでくれたことはなかったけど、美君が果たしてこういった親密な関係ってやつが好きなのかどうか僕にはわからなかった。もしかしたら、美君はある種の不感症なのかもしれなかったけど、それはただ僕がその性を開拓できなかっただけなのかもしれない。以前つき合ってた恋人、ああ例の友だちの恋人のことなんだけど、その子もセックスがあんまり好きじゃなかった。だから、心の中で思ったんだ。何だってこんなにセックスがきらいな女が多いんだって。だって、セックスがきらいだなんて、人生を無駄にしてるとしか思えないじゃないか。僕自身はとりわけ面食いってわけじゃなくて、生理的に受け入れられない顔じゃない限りはだいたい問題なくことを運べた。それに、取るに足らない僕個人の経験から言わせてもらえれば、たとえ容姿がどうであれ、体臭さえきつくなければ、女性ってやつは誰でもみんな仙女さまみたいに男の身体を蕩《とろ》けさせてくれるもんなんだ。それは女性が先天的に持って生まれた長所であって、背の高さやら体重、容姿なんかとは関係なく、身体が自然と反応する様子は大海と同じで、それが穏やかなものであろうが激しいものであろうが、簡単に人の息の根を止めることができた。あるいは火山が爆発してしまえば、誰だって燃やし尽くされるのと同じ道理なんだ。

秋津はまさに男たちが心に描く理想の女性だった。人当たりがよくてグラマラス、そのうえセックスが大好きだなんて、ほとんど完璧だろ。でもどうしてそんな秋津が僕なんかを選んだのか、どうにもはっきりしなかった。あの子が昔つき合っていた男たちは、僕の一月分の給料でポンと贈り物をする大金持ちか、イケメンの先輩ってタイプが多かった。ああ、僕はつくづく先輩って人種がきらいなんだ。学歴だって身長だって、僕はあの子よりも断然低くて、秋津は車で送り迎えしてもらうのが好きだったけど、僕は車どころかオートバイ一台持ってなくて、外出するときは専ら徒歩か地下鉄専門だった。きっとあの子だって心に思うことが一つや二つくらいあったはずなんだ。秋津が一緒に暮らそうよって言ったとき、僕はいったいどういうつもりなんだって、周りの男たちとの関係はどうなったんだって訊けなかった。包丁で切ったレンコンがさ、こう糸を引いてつながりあってるみたいに、別れてからも元彼と連絡を取り合うタイプだった秋津が、どうして他の男たちときっぱり連絡を絶っちゃったのか。あるいは、僕が知らないだけで、まだこっそりと連絡を取っているのかもしれない。秋津は庭付きの家がほしいって言ってた。そこで犬を飼って子どもを育て、僕と二人で一緒に家で本を読んで暮らすんだって。そんなロマンチックな夢を紡ぐ女性がいるなんて信じられないだろう？ そんな女性がさ、学生たちに編集の仕事のノウハウを教えながら、ＬＩＮＥでは僕に向かってとんでもなくエロい話をしてくるんだよ。男にとってこれほど理想的な女は他にいないだろ？

秋津と一緒にいると、しょっちゅう自分はあの子に不釣合いなんじゃないかって思えてくる。そもそもそんなこと考える必要なんてないのかもしれないけどさ。あの子と一緒にいると、自分の文才ってやつが枯れた池にほんのわずかに映し出された空の欠片って感じがしてくるんだ。でも、あの子はまるでそんなことを気にしている様子はなかった。あの子が僕と一緒になろうと思った唯一の原因は、その詩的な眼差しをもって表現すれば、僕の「アンチョビみたいに集まって泳ぐ気ままな態度」に惹かれたからだそうだ。秋津によれば、あの子の人生にとって僕は理想的な相手らしかった。「あるいは、ゲッカビジンみたいなものかな。たった一瞬しか咲かない花だけど、どんな場所にだって咲くことができるじゃない」。秋津はそう言ってたけど、正直何を言っているのか僕にはさっぱりだった。

美君のもとへ行けば、甘い蜜を吸えるんだってことくらいわかってた。あの部屋を貸した頃から、そんな予感はしてたんだ。何って美君みたいにどこにもいくあてのない女性に何かを要求するとすれば、それはお金じゃなくて、身体くらいしかないってことをさ。そんなときふと、地下鉄の入口でおかしな姿をした女性を見かけたんだ。ごく普通の袖なしの青い洋服の上に黄色いTシャツを着たその女性は、薄底の革靴に白いソックスを履いていて、褐色の鞄を背負ってた。細身の身体はとってもしなやかで、そこだけ見れば普通の女性と何ら変わりはなかったけど、頭がある位置がずいぶん不自然だった。頭が右に大きく傾いているせいで、まるで頭部が直接肩の上に載っているみたいに首がなかったんだ。ほんの一瞬、僕はその顔を盗み見た。その容貌はまるで粘土を捏《こ》ねている際に鼻のあたりを力まかせに凹ませたみたいな感じで、五官が顔の上でばらばらに散らばっていた。平らな鼻に一つは高く、一つは低く隔たった小さな瞳がくっついていて、口は顎のあたりまで垂れ下がっていたけど、その顎もほとんど肩にくっついていた。

正面から見ると、その顔は小さくて、表情らしいものも見あたらなかったけど、あるいは僕にそれとわからないだけで、表情はちゃんとあったのかもしれない。仮に幾何学の円形であろうと、僕たち人間はそこに生命を感じられるような何らかの感情を投影できるわけだけど、その顔からはまったくそれを感じ取ることができなかった。いったいどんな感情を持ってるんだろう。一見した感じでは、痛みや恥ずかしさ、あるいは卑屈さみたいなものを感じてるわけでもなさそうだった。というのも、彼女はまるで自分を隠そうとはしていなかったから。最初はただまっすぐ歩けるのかどうか心配だったんだ。だって、両目が頭とは明後日の方向、左側に向かっていたから、まっすぐ歩けるかどうか心配になるじゃないか。彼女はゆっくりと歩いてた。別に障害を持った不自然な歩き方ってわけじゃなくて、ただゆっくりと歩いてたんだ。ふと僕は、その姿が比目魚《ひらめ》そっくりだって思った。その両目も比目魚と同じように、顔の片面だけについていた。

比目魚女はゆっくりと歩いてた。のんびりとした少女みたいに、ゆっくりと。歳はいくつくらいかどうにも判断がつきかねたが、着ている服から判断すれば二十歳くらいに違いなかった。好奇心を抑えることができなかった僕はその跡を追った。彼女はあたりをきょろきょろ見回すこともなく、かといってその場に立ち止まることもなく歩き続けた。そのそばを通り抜けていく人たちも、特にその顔を覗き見るような者はいなかった。だけど、彼女を見ているとなぜか胸が苦しくなってきた。というのも、その姿はどこか僕に美君を連想させたからだ。いったいこの比目魚女はどうやって幸せを手に入れるんだろう？　彼女を愛してくれる人間なんて果たしてこの世にいるんだろうか？　見た感じ、顔以外はいたって普通の子だったし、品位だってプロポーションだってそこそこで、歩く姿も他の人間と何ら変わらない。どんな学校に通ってるのかな。もしかして、家がお金持ちなのかもしれない。いやまさか。もしも普通の家の子なら、おそらく社会に出たばかりってところかな。って、これはもちろん全部僕の想像なわけだけど。でももしも普通の子なら、きっとごくごく自然に恋人がいたわけで、それは会社の同僚かあるいは合コンで出会った男の子、それとも同じクラスのクラスメートだったはずなんだ。

彼とはずいぶん長い間つき合って、大学時代は結婚なんかも考えた仲なんだけど、いざ社会に出てみれば忙しさにかまけて結婚はいつも後回し、いったいいつになったら結婚できるのかわからなくなってしまったに違いないんだ。

でもあんな顔をしているんだよ。普通の子なわけないじゃないか。誰があの子を愛してあげられる？　合コンのとき、あの顔を凝視せずにいられるやつなんているもんか。誰だって、君のその顔いったいどうしちゃったのって聞きたくなるはずだろ。あるいは、そんな気持ちをグッと押さえて、わざとその話題を避けることで、あたかも目の前にいるのが普通の子みたいにして振舞うんだ。きっと、地獄のような過去があったはずだから。彼女を守ってくれるのは他人が持つ礼儀や教養であって、それを聞いても失礼にあたるし、もちろん聞かなくても失礼にあたる。自分でも苦しんでるはずなんだ。他人と初めて顔を会わせるときに、いったいどんな反応をすれば、相手を傷つけずにすむかってことをいちいち考えなくちゃいけないんだよ。それとも、そんなことにはもうすっかり慣れっこになってるのかも。でも少なくとも、相手はそんなことに慣れていないわけで、僕なら『ノートルダムの鐘』に出てくるカジモドみたいに、一生鐘楼に閉じ込もってそこから出て行かないんじゃないかな。でも、北目魚女は僕なんかよりもはるかに勇敢で、普通の子がそうするみたいに、こうして公の場に姿をさらしている。でもそれって、愛を求めてるってことになるのかな？　本人だってわかってるはずだよ。たとえ全身全霊を傾けたって、本当に自分を心から愛してくれる人に出会える機会なんて絶対に来やしないんだってこと。あるいは、偽善者にすら出会えない可能性もあるんだ。

＊

……そこは普通の街にある道とは違った感じがする見慣れない場所だった。電柱に柱、壁に郵便ポスト、変電ボックス、目に映るすべてに見覚えがなかった。まるでこれまで一度も訪れたことも調査されたこともない森に足を踏み入れるか、あるいは滑り止めのアイゼンを靴に装着することなくエベレストの西南壁に登るみたいな気分だった。目に入るものすべてが私を傷つけようとしてるみたいで、実際に広告ビラも私の指先もこの街に傷つけられちゃったけど、そこに何かが貼り付けられたような形跡は残っていなかった。先人の足跡や彼らが残したゴミは見当たらなかった。何か真似できるような前例もなく、いったいどこから手をつけるべきかすっかり途方に暮れてしまった。清潔な空間を汚すことは怖かったけど、実際はこの狭い路地に清潔な場所なんてどこにもなくて、換気扇の油がいたるところに染み渡ってた。なのにそこに、両面テープの跡のようなものは見当たらなかった。ポスティング会社の女性はどうして私をここに派遣したんだろう。社長の指示か、それとも顧客に指定されたのか。もしかして、私を陥れるためにやったとか？　あるいは酸素ボンベなしで、私が本当にエベレスト登頂に成功できるって思ったのかな。だって、二人一組でチームを組む必要もなく、現場の地理や具体的なテクニックさえ必要じゃないって言うんだから。見慣れない風景を目の当たりにすると何だか怖くなった。もしかしたら、家に帰れなくなるんじゃないかって不安になってきた……

*

ママは毎日せいけつできれいなハンカチをわたしに持たせて幼稚園に送りだしてくれる。そして、幼稚園で着る前かけにそれをはさみながらこんなことを言うんだ。「こうしてると、幸せそうに見えるでしょ?」ママはわたしが心配そうな顔つきをするのがきらいだった。ママが怒ることはほとんどなかったけど、もしもクラスメートや先生からいじめられたら、わたしは頭にきて不機嫌そうな表情を浮かべた。するとママはすぐに、どうしてわたしが不機嫌そうな顔をしているのってきいてくる。でもホント言えば、ママはわたしがどうして不機嫌なのかなんてどうでもいいんだと思う。ママはただ面倒になる前にはやくそれを解決したいだけだから。たまには、ううん、ほとんどの場合、わたしは自分がどうして不機嫌なのかよくわかんないんだ。もちろん、だれかに不機嫌なきもちにさせられるときはあるよ。たとえば今日は阿雄《アーション》のせいでカンカンになったんだ。阿雄ったらね、今朝、ほかのともだちに向かって、わたしがウソっぽいって言ったんだよ。わたしのどこがウソっぽいわけ。今日はそれだけで終わったけど、明日またそのことで不機嫌になっちゃうじゃない。だからママにどうして不機嫌になってるのかを、だんだん言わなくなっちゃったんだ。だって、自分で直接相手に伝えればいいことだから。

もしだれかが悪口を言ってわたしを不快にさせたら、直接その人のところに行って、どうしてわたしの悪口を言うのかきいた後、その子にごめんなさいって言うんだ。だから、阿雄のところに行って、ごめんなさいって言ったんだ。ホントはごめんなさいだなんて思ってないけど。だって、何ていってもわたしはクラスで一番かわいいんだから。でも早く問題を解決するためには、それでもいいやと思ってるんだ。あやまらなきゃいけないなんてツイてないと思うけど、気にしないことにしてる。だって、自分がそんな人間じゃないってことさえわかっていればそれで十分でしょ？　悪いのはぜんぶ向こうなんだし。ママは大物には大きな器があって、小物には小さな器しかないんだからゆるしてあげればいいって言ってたけど、もしも阿雄がひとことでいいから「おれも悪かったよ」って言ってくれれば、わたしだってこんな不愉快なきもちになんてならないんだ。みんなわたしによくしてくれるなら、わたしだってみんなによくしたいって思うじゃない。でも阿雄ったら、「だってお前ウソくさいもん。ウソ姫だ」なんて言うんだよ。わたし、ホントに頭にきちゃって、思わず泣いちゃったんだ。でも、先生がわたしのかわりに阿雄を叱ってくれてよかった。だって、わたしは人の悪口なんて言えないもん。ママが迎えにきてくれる前に、くちびるを左右にちゃんと引っぱっておかないと。じゃないと、また不機嫌になっちゃうから。

＊

あなたの歳じゃ、まだ幸せって何かわからなくても仕方ないよね。幸せなふりをするってどういうことか、私だって小学校に上がる頃になってようやくその意味がわかったんだから。それはつまり、どうすれば幸せを手に入れられるかってこと。幼稚園に行ってる間、あなたはきれいな前掛けを持ってたでしょ。あれは私が五枚も買ってあげたから。そうすれば毎日違う前掛けを使えて、週末になればまとめて洗うことだってできた。きれいな前掛けに、同じようにきれいなハンカチを挟んであげてたでしょ。

ママが小さい頃はね、前掛けは全部自分で洗ってたんだから。あなたのおじいちゃんもおばあちゃんもそういうことにまるで無頓着な人だった。でも、私はクラスメートたちから、ちゃんとした人間に見られたくて、いつも頑張って前掛けを洗ってた。だけど、前掛けは一枚しかなかったから、汚すわけにはいかなかった。あと一枚前掛けがあればいいのに。それが幼稚園の頃に考えてた唯一の願いごとだった。でも、おじいちゃんもおばあちゃんも、私のそんな願いを聞いてくれなかった。たった一枚前掛けが欲しい。私の願いごとはこんなにもささやかだったのに。家だって特別貧乏だったわけじゃなかった。一枚どころか、三枚買ってくれてもいいくらいだったけど、あなたのおばあちゃんはこういうことにホントに無関心だったんだ。毎日仕事にかまけて、私が欲しいと思ってる幸せについて無関心だった。毎日自分が幸せなんだって思い込んでる子どもがどれだけ辛いのか、まるでわかっていなかったんだ。でもだからこそ、私は人一倍注意を払って、他人に自分の母親が私に無関心なんだってことを悟られないようにしてたんだ。

でも、いまのあなたはそんなことする必要ない。毎日ごく自然に幸せを感じられて、前掛けが汚れるんじゃないかってことなんて気にせずに、思いっきり幼稚園のお友だちと遊ぶことができる。自分がどれだけ幸せかわかる？　でも、同じくらいあなたは不幸な人間。だってあなたの幸せは、私が幸せなふりをするための道具でしかないんだから。

実はあなたに好きな男の子がいるってこと知ってるんだ。恥ずかしくて私には言えないんだろうけど、ちゃんと知ってるんだから。私も小学生の頃、クラスの学級委員長を好きになったことがあって、彼に手紙まで書いたんだよ。名前もまだはっきり覚えてるけど、クラスメートたちは、彼を天才って呼んでた。もともと頭がいいうえに、宿題なんかもきちんとやって、先生からも気に入られてたから。クラスで誰が一番かわいいか投票をするときだって、決まって一番に選ばれてた。でも、私は納得できなかった。だって、クラスで一番かわいいのは私だって思ってたから。もちろん、私の成績は彼ほどよくはなかったけど、何といっても私は女の子で、男の子の彼よりもかわいいのは当然じゃない？　二年間に何度も同じような投票をしたけど、自分で自分に投票した分を入れても、私にはいつも四、五票しか集まらなかった。でも、みんな私のことをかわいいって思ってるはずなんだよ。直接クラスメートに訊けば、みんな決まってかわいいよって言ってくれるんだから、当然私に投票するべきなのに、どうして得票数はあんなに低かったんだろう？

お喋りするときは一緒にお弁当を食べようとかトイレに行こうとか言うくせに、いざ投票する段になると、クラスメートたちは誰も私に投票してくれなかった。もしかして、私がかわいすぎるから嫉妬して、わざと投票しないようにしてるとか？ 仲良しだと思ってる女の子に聞いてみたことがあったんだ。「ねえねえ、私に投票してくれた？」って。どの子も私に投票したよって答えるんだけど、じゃあどうして私の得票数はあんなに低かったわけ？ 票を数え間違えてるんじゃないかと思った私は先生に開票役を志願して、先生もそれを許してくれた。私は何度も空っぽになった投票箱に手を突っ込んだ。みんながちゃんと投票したのかどうかもしっかり監視してたけど、私の得票数はやっぱり少なかった。たった一度だけ十票も入ったことがあって、その学期はずっと舞い上がってた。「こんなに大勢の人からかわいいって言われてよかったな」。学級委員長までそんなふうに言ってくれたんだ。その瞬間、私は彼のことを好きになった。

なんで先生は何度もこんな投票させたりしたんだろう。もしかすると、ちょうど民主化がはじまった頃で、民主主義の練習をやらせてるつもりだったのかも。もちろん、子どもたちはそれを誰かを傷つけるための方便なんかにはしなかったけど、先生自身はそこに何か悪意のようなものがあったのかもしれない。実際、クラスメートたちは教師が特定の生徒をえこひいきしていることや、私に冷たくあたるように一部の生徒に対しては時折感情をむき出しにするってことをよくわかってた。でも、その原因を私は自分が先生のお気に入りだった学級委員長よりもかわいくて、だから投票って手段を使って彼を引き立ててあげようとしてるんだとばかり思ってたんだ。私だって投票そのものに反対ってわけじゃなかった。だって個人の秘密が守られる投票なら、私のことをかわいいって思ってるけどなかなか口に出せない子たち（バレたら先生か学級委員長の怒りを買っちゃうじゃない）も安心して私に投票することができると思ったから。みんな、私が賢くてかわいいことに嫉妬して、クラス委員を選ぶときは私に投票してくれなかったけど、次にクラスで一番かわいい学生を決める投票では、きっと私が選ばれるはずなんだ。投票が行なわれる度に、私はそんなことを考えてた。

結果発表のときは緊張した。選ばれたときに何て言えばいいか、あるいは何てことないって顔をしてればいいか悩んだ。学級委員長はきっと私に投票してくれたはずで、前回は十票も入ったんだから今回はきっとそれよりも多くて、減ることはないはずだった。彼はきっと私のことが好きなんだ。あと、投票のときって自分に票を入れるべきなのかな？　でも、それだとあんまりにもずうずうしいかも。もしも筆跡かなんかで自分に投票したことがバレたらどうしよう。投票したい人の名前を直接紙に書くことになってたから、そんなことでバレちゃったらやっぱり恥ずかしいじゃない。でもやっぱり自分に投票しなくても大丈夫よね。だって、私はこんなにもかわいいんだから。でもそれなら誰に投票すればいいのかな。しばらく考え込んだ私は、やっぱり学級委員長に投票することにした。だって、彼にもいくらか票が入っててほしいって思ったから。実際彼は可愛くて、じゃないと私だってわざわざ手紙を書いたりしないもん。彼は返事を返してくれなかったけど、彼の家に手紙を送ったこともあったんだ。

それか、あの手紙は両親に没収されたのかも。毎日お弁当を学校まで届けにやって来る彼の母親を何度か見かけたことがあった。まるで日本人みたいな着こなしをした高慢ちきな感じで、お弁当を模様のついた大きな手ぬぐいに結んでさげてた。私たちの暮らしてた地区ではどの母親がつくるお弁当も粗末なもので、ダイコンの漬物何枚かに骨の多い白身魚の他には何も入っていなかった。なかには白ご飯さえ入っていないお弁当もあって、炙《あぶ》ったスルメイカが三杯入っているだけなんてこともあった。だけど、学級委員長のお弁当は四種類の野菜にフルーツまでついていて、油でピカピカ光ってた。クラスメートたちは毎日彼を取り囲んで、そのお弁当を誉めそやして、私もそばでこっそりその中身を覗いてた。私のお弁当はいつも学校の向かい側にある弁当屋で買ってきたものだった。あなたのおばあちゃんはお弁当をつくるひまなんてなくて、いつも野菜二種類に紅茶つきの二十元の弁当を持たせてそれでおしまいだった。ある日、私のお弁当の中に炒めた白身魚が入ってたことがあって、お弁当箱を開けるとちょうどその白身魚から真っ白な蛆《うじ》虫が身体をくねくねさせながら湧き出てきたんだ。驚いたけど大声で騒ぎ立てたり、他のクラスメートたちに恨み言を口走ったりもしなかった。だってこんな恥ずかしいこと、絶対口に出せないじゃない？　白身魚を摑んでお弁当箱の上に置いた私は、黙ってそのまま残りのお弁当をかきこんだ。

手紙はきっと母親に没収されたんだ。別に何か特別なことを書いたわけじゃなくて、ただあなたはとっても頭がよくて、みんながあなたを天才だって言うのもよくわかるし、私もそう思うよって書いただけ。それから今後も一緒に成績を競い合って、毎日楽しく過ごせるようにって、確かそんな内容。別に彼のことが好きだとかそんなことは一言も書かなかった。だって、私はそんなことを言う人間じゃなかったから。向こうが私のことを好きって言うなら話は別だけど。だからこそ、彼に手紙を書いたんだ。学級委員長が自分の口から私に好きだって言いやすくするために。

＊

きっとあの子には、それを隠すこともできなければ、何か他の解釈を打ち出すってこともできないはずなんだ。おそらく、整形も無駄なんじゃないかな。まともな顔があればそれで十分で、とりわけきれいである必要もなくて、たとえ不細工だと思われてもまともな顔さえあればそれでよかった。まともな顔さえあれば、優しくていい人にも性根が腐ったいやな人間にもなれたはずで、おしゃれで自分を変えることもできたはずなんだ。そうなれば、「あの子は確かに見た目はちょっとあれだけどさ、すっごくいい子なんだ」、みたいなことも言われて、誰かとつき合うことだってあったかもしれない。けど、あの顔じゃ無理だよ。まるで考慮の余地ってものがないんだから。男はそれを見た途端、思考停止になっちゃうだろ。いわゆる許容範囲ってやつを超えちゃってて、比較の対象がないくらいに理解不可能な存在なんだから。美君のことを思い出したのは、別に美君がその子に似てたってわけじゃなくて、あくまで美君は隣家の奥さんって感じの普通の容姿はしてるんだけど、あの極端に色恋沙汰を渇望する態度ってやつがどこか誰にも必要とされていない人間って感じがするからなんだ。この前、美君からこんなことを言われたんだ。「あなたって誰にでも優しいけど、私に対してだけは残酷だよね。私を好きだって言ってたくせに、私ほど好きな相手に出会ったことがないくせに、それなのに私をゴミみたいに捨てるんだ。それって私はいてもいなくてもいい存在だったってこと？　私のことが好きだったときは悲しむふりをして、きらいになったら理性を動員して捨てるっていったいどういう了見？　私があなたを引き止められなかったのは、結局私がバカだったったから？　それともデブだったから？　美人じゃなかったから、貧乏だったから、愛情が足りなかったから？　私は魅力の欠片もない人間で、何も手に入れることができない。あなたはそんな私をどんなふうに見てた？」きっと、他の男たちじゃ美君の相手をすることは不可能で、彼女が手に入れたがってる幸せってやつは全部この僕の身の上にあって、僕を失った途端にすべてを失ってしまったんだ。でも僕って男は完璧なゲス野郎で、それは美君への接し方を見ればわかってくれると思うけど、どうしたことか美君本人だけは最後までそのことをわかってくれなかったんだ。美君の捻じまがった心はきっとあの比目魚女が抱える身体的な奇形と同じで、幸福への追求ってやつに対して、ことさら自分を大胆にさせてしまったんだ。だって自分の力に頼らなくちゃ、何にも手にすることができないんだから。だからこそ、美君の幸せはどれも痛ましくて、僕がほんのちょっと相手にしないだけで、自分がきらってないってふりをしてるものを実は僕がきらってるんだって思っちゃうんだろうね。美君も比目魚女も、一見すればどっちもいい子に見えるけど、別にいい子が幸せであるとは限らないだろ。二人が抱える奇形は彼らをより深い恐怖に陥れたわけで、それはいい仕事に就いているだとか、いい大学を出てるだとか、あるいはいい家族に恵まれているだとか、そんなこととはまったく関係ない問題なんだ。

もちろん、これは全部僕個人の妄想にすぎないわけで、あるいは二人とも僕が思ってるような人間なんかじゃなくて、自信に満ちた朗らかな人間なのかもしれないよ。それでも僕は、美君と比目魚女を並べて考えてしまうんだ。比目魚女の跡をつけてるとき、僕は思わず涙を流したんだ。そばに駆け寄って言ってやりたかった。「俺たち一緒に暮らそうよ」って。それはどこか贖罪にも似た気持ちだった。美君があんなにも僕の愛情を求めていることを知りながら、それでも最終的に僕は彼女を深く傷つけてしまった。でもたとえもう一度やり直せるとしても、僕はやっぱり美君を愛することはできない。だからこそ、自分のそうした悪意について、美君に謝りたいって思ってるんだ。もしも僕が比目魚女とつき合えば、あるいはそれが美君に対するある種の罪滅ぼしになるかもしれないじゃないか。

＊

阿任。きっとこれがあなたと話す最後のチャンスかもしれない。話したいことがあるんだけど、きっとあなたにとってはくだらないことに聞こえるかも。以前リビングでいろいろお喋りしたけど、いまから言うことはこれまで誰にも話したことがないことなんだ。私自身もそれが自分の人生にとって重要かどうかよくわからないんだ（だぶんそうじゃないと思うんだけど）。自分が口うるさい人間だってことは認めるから、ずっと心にしまってたこの秘密を聞いてほしいの。もしも聞いてくれるなら、それを忘れないでほしい。私が確かにこの世界に生きてたってことを証明するためにも。ねえ、私がどんなふうに生きてたか、まだ覚えてる？

あなたと結婚する前、私は毎日一二〇番のバスに乗って出勤してた。バスはちょうど私が借りてたアパートの前を通って、ベッドタウンを突き抜けて、港の山裾にある事務所前で停車した。そこで乗客を下ろしたバスはそのまま車庫に入って行った（最近じゃ、その車庫も潰れちゃったらしい）。ある日、私は眠っちゃって直接車庫の中まで連れて行かれて、目が覚めると、自分がいったいどこにいるのかわからずに、ずいぶん焦ったことがあったんだ。それは平日の出勤日で、私はいつも通りの時間に一二〇番のバスに乗っていた。

そのベッドタウンに住む人たちは、港にある事務所に入ることを「中」に入るって言ってた。付近の道は狭いうえにそこら中に砂浜が広がっていて、とても港と呼べるような場所じゃなかったけど。そこには伝統的な小さな漁村があって、以前は定置網漁で賑わった場所だったから、ほんの少しの間だけたくさんの人間と漁網に照明器具、ブイなんかを軒先に掛けた小さな家がこの場所に集まってたことがあったんだ。彼らは浜辺から小舟を少し離れた海上まで漕いでいって、定置網を広げた大型船までピストン移動してから定置網を浜辺まで引っ張っていく。そして、それを牛車かディーゼル車に繋げてゆっくり岸上げして、台車に分乗させて魚市場まで運んでいくんだ。その様子はまるで巨大な地引網みたいで、漁村全体が網にかかったようにも見えた。

百年以上の歴史を持つその小さな漁村は、都市の発展の歴史においては決してその中心になることはなく、どちらかといえば遠洋漁業の外側に位置していて、それは日雇い労働たちにも似ていた。現在はその遠洋漁業すらフィリピンやベトナムにその十八番《おはこ》を奪われちゃって、日雇いで成り立っていた漁村もいまでは完全に衰退してしまっていた。残されたのは空っぽの殻だけで、それだけが往時の盛況さを留めているみたいだった。ふふ、どうしてそんなことまで知ってるのか驚いた？　実は同僚と一緒にこの地区における漁業人口の変遷について調査して、それを水産庁に報告したことがあったの。調査資料自体は退屈で悲しいものだったけど、そのとき嗅いだエビの殻だとか魚の骨だとかいった生臭い匂いはいまでもはっきり覚えてるんだ。

あそこに残された匂いは、もしかすると百年経っても消えることなく残り続けるのかもしれない。阿任、こんな話をしてると、まだまだ私って人間について知らないことがたくさんあるって気がしてこない？

日雇い労働が中心だからかな。すべてはいくら稼げるかってことにかかってた。稼げば稼ぐほど、気持ちよくお金を使えるわけじゃない。ほら、小さな頃に両親のためにクリスマスツリーの飾りつけの手伝いをして、お小遣いをもらったあの感じに似てるかな。当時の漁村にもそんな雰囲気があったんだ。大人たちはみんな遠洋漁業に従事してて、ひまを持て余している人間や退職してすっかり老けこんじゃった人たちが、この村でちょっとしたアルバイトをしてた。村を歩けば、地面に散らばっている漁業道具をいちいちどかさないと歩けないくらいだったんだよ。村は何もそこだけじゃなくて、似たような場所は海岸沿いにぽつぽつ続いてた。それぞれ名前があるみたいだったけど、それを知っている人間はもうほとんどいなくて、何とかバス停の停車場でその名前を確認できるくらいだった。どの村も似たようなもので、どこかで見たことがあるような、どうでもいいような場所ばかり。この都市は長い長いその砂浜で、このどうでもいいような村々をおっぱいが枯れ果てるまで育てていたんだ。くねくね延びる道を停まったり進んだり起きたり眠ったりして、私はこんなにも深く「中」まで入って行きながら、そんなことを考えてた。以前なら同僚がミニバンで私を運んでくれるはずだった。

いまとなっては漁村っていうのも名ばかりで、そこで働いている人もいなくて、ただわずかにその跡が見られるだけだった。百年来の時間がまるで一本のクジラの骨に何度も刻み込んだ跡みたいに積み重なってた。よくよく見れば停車場に書かれた村の名前、たとえば「水湧穴」とか「圍籃仔」とかいった名前から、その地名の意味を推しはかることができた。もう少し歩けば、オレンジ色の制服に黒い救命胴衣を着た海上保安庁の保安員たちがいかにも退屈そうに歩きながら、停泊している船を何度も登録している姿を目にできた。彼らは船乗りたちの名前から船についた傷に至るまで何でも暗記していて、あと何度か登録すれば船が自然に沈むんだって感じで繰り返しそれを登録してた。でも、ホントは彼らだけがその場所で更新される唯一の存在だった。更新される名前に制服、それに定刻通りに派遣されてくる保安員たち、村民たちの交流センターを建て直した新宿舎の壁には、それとわかるように赤と青のペンキが塗られていた。

私が毎日乗っていた路線は「中」までは入らず、「中」に入る手前にある「果貿新村」って名前のバス停で停まった。ここまで来れば車窓の景色は見慣れたものに変わって、ときにはふと思い立って少し歩くこともあった。一人きり、特に冬の暑くない日には長い間歩いて道ながら昼食を取ったりした。確かに私らしくないけど、ロマンチックだって思わない？ いつも陽春麺《具なし麺》に米糕《おこわ》、それに滷蛋《塩づけたまご》を頼んじゃうんだけど、たまにはスパゲティとか炭火焼サンドイッチに紅茶ミルクのセットみたいなものも頼みたくなる。でも、結局頼めずじまいになっちゃった。細長い道でバイクに通せんぼされた女性が口汚くバイクを罵ると、そばにいた老人が自転車を移動させて道をあけてやっていた。女性は雑巾みたいな帽子をかぶってて、道を走り抜けるとそれを脱いで老人に頭を下げていた。これは「中」に入る前にしばしば見られた光景だった。目的地まであと二駅ほどあったから、「中」に至るまでにはまだしばらく緩衝地帯が続くはずだった。そこは周縁ってわけじゃなかったけど、もしもそこが周縁って言うなら、ほんの一歩踏み出すだけでこの世界から隔絶された場所に足を踏み入れられる、そんな感覚があった。

少し関係のない話をしすぎた？　これから話すことが、実際私の身の上に起こった出来事。阿任、あなたも知ってると思うんだけどさ、私には悪い癖というか一種の強迫観念みたいなものがあって、何でも白黒はっきりつけて話さないと気がすまないんだ。他人に誤解されるのが怖くて、秘密めいたことを言うことができない性分《しょうぶん》だから。誤解されるのって、何だか他人からバカにされてるみたいでいやなんだ。だからどんなことでも詳しく説明したくなるんだけど、他人から見れば私が必要以上にプレッシャーを与えてるみたいに感じるのかも。でも、私からすればただ曖昧な物事を白黒はっきりさせたいだけなんだけどね。

その日、私は真っ白な洋服を着てた。後ろに立っている人が何だかぎょう虫みたいに身体をうねうね動かしてたんだけど、痴漢にあった多くの女性たちが車内の乗客が多すぎるせいで自分が触られてるってことに気づかないのと同じで、最初はまるで意識してなかったんだ。でも、乗客が乗り降りを繰り返す中で、ぎょう虫が蠢《うごめ》くような感覚だけはいつまで経ってもなくならなかった。振り向く勇気なんてなくて、いったい誰が自分を触っているのかもわからなかった。このバスの路線沿いには多くの学校が立ち並び、車内には若い学生がたくさん乗っていて、早朝のバスは彼らが放つ若く健康的で青白い香りに満ちてた。髭を剃ることを覚えたばかりの若い男の子たちの顔には白い剃り跡が残っていて、車内には他にも豆乳や揚げパンの油っぽい匂いやお粥の甘い香り、丼飯の爽やかで甘いソースみたいな朝食の匂いが満ちてたんだ。あの頃はまだ洋食の朝食店はメジャーじゃなかったでしょ。でも午後になれば、同じ学生たちがまるでお化けみたいに一変するんだ。全身から漂う強烈な汗臭さは吐きたくなるほどで、あの時間帯のバスには絶対乗りたくなかった。高校生たちは臭くて汚い上にやかましくて、まるで自分の部屋にでもいるみたいにやりたい放題、くだらない遊びを続けてた。「ここで降りなきゃ」「俺は降りない」「一緒に降りようぜ」「やだね」「そんなにいやなら勝手にしろよ」「ああ、勝手にするよ」。彼らはそんなふうに騒ぎ立てながら、まるで一刻も離れられない熱愛中の恋人同士みたいにバスから降りていく。あの頃はまだ同性愛なんて流行ってなかったから、きっとホントにバカな高校生だったんだと思う。

絶対おかしいって確信した。だって、バスの乗客は停車場ごとにどんどん少なくなっていって、車内の空間は十分にあるはずなのに、背後にいる男は私から離れようとしなかったから。男はどうも手を使って私の身体を触っているわけじゃなさそうで、おそらく両手は吊革にかけていたんだと思う。立ってる場所も微妙で、乗客に押し出されるように運転手の近くまで流されていった私は、最終的にバスの出口近くに立つ形になった。乗客があらかた降りちゃって、バスの真ん中あたりまで戻ろうと思ったんだけど、例の男に付きまとわれて結局戻ることができなかった。男も私を元の場所に戻すつもりはないみたいだった。運転手はおかしいと思わなかったのかな。それか、そもそも乗客になんて興味がなかったのかも。私はひとりぼっちで、誰からも相手にされない場所に取り残された。そこはバスを降りる乗客たちが硬貨を入れるために必ず通り過ぎる場所だったけど、誰一人として私を助けてくれなかった。または誰も私が苦しんでいるのに気づかなかったのかも。乗客は一人また一人と硬貨を入れて降りていったけど、はっきりしない何か不吉なものか、犬の死骸でも避けるみたいにして私の側をすり抜けていった。男は私に貼りつき、身体をくねらせていた。洋服の化学繊維が擦れる音がかさかさと車内中に響いてたけど、それに気づく者は誰もいなかった。当然あれがどのくらい硬くなってるのかもわかった。男はあれをお尻に押し付けてきてたから。振り返るなんてできなかった。私ってそこまで勇気のあるタイプじゃないんだから。まるで自分がまったく別の世界に放り込まれたみたいな感覚だった。恥ずかしさを耐え忍んで、スカートがさがさとお尻の上で擦れるのをただジッと我慢するしかなかったんだ。何だか自分の身体が自分のものじゃないみたいな感じっていえばいいかな。まさか、自分がバスの中でこんな目に遭うなんて考えたこともなかった。そのときふと、ぎょう虫のイメージが頭に浮かんだんだ。小学生のときにクラスの男子がぎょう虫検査の薬を飲んだら、お尻からぎょう虫が出てきたって話を思い出したんだ。

不思議なんだけど、なんであんなに長い虫がお尻の穴から出てくるんだろう。自分でぎょう虫検査の薬を飲んでトイレに行ったら、何だか異様なかゆみを感じて、目の前が真っ白になったんだ。頭の中が空っぽになっちゃう感じ。それでふっとうつむいたら、便器の中に蛇みたいに巨大なぎょう虫がうねうね動いてたんだ。それからかな。お尻がかゆくなると、また自分の身体の中にぎょう虫がいるんじゃないかって思うようになったのは。背後にいる男は相変わらず私にぴったりくっついて、下半身だけを押し付けてきてた。そのときなぜか突然、彼は異性にずいぶん不慣れで、うまくできないんだなって気がしたんだ。ぎょう虫のかゆみにも似てるんだけど、性的に侵されてるって感じについては快感も不快さもなく、そういった感覚さえすぐ潮が引くみたいに消えていっちゃったんだ。それで何だってこの男はこんなに下手くそなんだろって思っちゃったわけ。妄想を自由にふくらますこともできず、ただただ未熟で、触られてる私よりも緊張してて、世故《せこ》にも長けてないって感じだった。気がつけば、私のテンションは相手の興奮につき合えないことを申し訳なく思うくらいまで下がってた。

バスが停まったことを知った私は窓の外に目をやった。バスは「中」にある海産物を外に輸送するために建設された「小型駅」に停まっていた。それはもう廃止になっちゃった駅で、駅舎自体はすでに解体されていたけど、鉄道のレールと駅名だけが記念に残されていた。すると、背後に立っていた男が突然動きを止めた。きっとこの駅で降りるつもりなんだ。さっと振り向いた私は、すっかり驚いてしまった。もしも誰かがその様子を見ていれば、たぶん悪戯されたせいでショックを受けたんだって思ったかもしれない。でもそうじゃなくて、ただ単純に驚いたんだ。傷ついたなんて気持ちは微塵もなくて、純粋に自分の目が信じられなかった。

それは幼く、背の低い高校二年の男子学生だった。学校の名前も自分の名前も、学年もクラスさえも、しっかり制服のポケットに縫いつけられていた。真っ白なシャツにカーキ色のズボン、制帽に深緑の鞄を見る限り、どうやら近くにある進学校の学生らしかった。そのときになってようやく、私は恥ずかしさを覚えた。よりにもよって、こんな子どもに身体をいじくられていたなんて。目の前の男の子もまた、夢から醒めたばかりといった表情で私を見つめていた。二人の視線が真正面からかち合ったけど、その子の顔に浮かんでいるのが果たして驚きや恐怖なのか、それとも恥ずかしさや後悔なのかどうにもわからなかった。とにかく茫然自失って感じで、いったい何が起こったのかまったく理解できていない様子だった。あるいは、私たち二人はちょうど別々の場所から戻ってきたばかりで、時計の針はほんの数分しか進んでいないのに、それぞれ一時間以上の時間を体感したみたいな感覚だった。

私っていっつもこう。突然底の見えない深淵を覗き込むみたいに、自分と現実ってやつの時空間がうまく結びつかなくなっちゃうんだ。その深淵はあっち側とこっち側を真っ二つに割ってて、私と現実生活の繋がりさえも切り裂いてく。そんなふうに考えると、頭の中が空っぽになっちゃうんだ。怖いってわけじゃなくて、どこにも繋がることができない欠落感みたいなものを抱えてるって言えばいいのかな。私の世界は千々に乱れてて、決して一つにまとまることができない。自分を一つにかき集めることができず、そこにはただ穴と断片だけがあって、自分で自分を説明することができないんだ。それはあの瞬間にどうして自分がバスに乗っているのか思い出せなかったのと同じで、ううん、痴漢されたってこととは関係なく、あの瞬間自分がどうしてここにいるのかってことすら思い出せなかったんだ。ここはどこで、どうして自分たちはここにいるのかって。こうしてあたりを見回してみると、ふと思うことがあるんだ。見慣れた、あるいは見慣れないこの場所はドウシテイマココニアッテ、別の場所じゃないんだろって。

何言ってるかわかる？　つまり、前もって自分はいずれこの場所を失うんだって思うことで、その場所を懐かしく感じることもあるってこと。でもそうすると、ますますどうして自分はここにいるんだろうって気持ちが強くなっちゃうんだ。だって時間が経てば、ここは何の意味も持たないただの「過去」に変わってしまうんだから。そのうちそれはただの記憶の断片に変わっちゃって、取り出されてクラウドに保存されるわけでもなく、無料の空間でそのコードをさらしているだけの存在になっていくんだ。

私はどこにいるのかな？　そこはひどく見慣れた場所だけど、自分とは無関係の場所にも思える。誰も私を歓迎してくれず、私はただそこに寄生しているだけで、行きずりの旅人に過ぎないんだ。いくらその場所をよく知っていても、いくらお碗やフォークをどこに並べて、ガスコンロの微妙な角度やひねり具合を理解して、他の人ができない感じで火をつけてみても、そんなことはやっぱり私がそこにいる証拠にはならないでしょ。そこは自由に背景を置き換えることができて、置き換えたところで何も変わりはしないんだけど、そうすることでほんの少しの間だけ見慣れない場所に変わっていくんだ。でも、それもほんの一瞬だけ。だからその場所をよく知っているからって、私がそこにいる証明にはならない。私たちとそこにある物は分離していて、空間的には二つに分かれてるんだけど、時間はこの二つの空間を一つにくっつけてるんだ。だけど、時間もまた私たちを分離させていく。そこが見慣れない場所だって感じたら、それはこの空間自体に感慨がないってわけじゃなくて、時間の希薄さが私たちをそこに引きとめるから。そして、時間の流れの中に私たちを投げ込んでから、見捨てちゃうんだ。そこにある物は簡単になくなったりしないけど、時間は簡単に消えていっちゃうでしょ。明日、そう、明日になれば、私はこの場所とは何の関わりもなくなる。私は二度とこの場所には戻ってこないけど、ここにある物と空間だけは相変わらず残ってるんじゃない。でも、時間だけはまるでタマネギか魚の鱗でも剝ぐみたいに、一層一層、一枚一枚、私がこの場所から遠く離れれば離れるほど増えていく。そうして積み上げられていった時間の中で、ここにある物は何度もズームアップされた被写体みたいに少しずつ破損していくんだ。

古くなった物や時間を捨てることができる私たちの力は、頭や心で理解してるよりもずっと強くて、私たち人間はこの能力にもっと自信を持っていいと思う。出し惜しみすることなく、もっと多くのモノを捨て去ることだってできるし、愛なんてものを気にする必要も、家族と連絡を取る必要だってない。それは私たちが思っているよりもはるかに冷たいものだから。

目が覚めれば、しばらくの間消えるつもり。どうしてこんなにも「中」まで来ちゃったのか、ちゃんと記録も残しておいたからね。

＊

だから、決めたんだ。ママが迎えにくるときはたとえその日に何があっても、ぜったいに笑うんだって。これって、ソージュクってやつなのかな？　でも、笑ってさえいれば、ママもいろいろきいてこないから。あれこれきかれるのは、秘密をのぞかれているみたいで好きじゃないんだ。たしかにわたしはまだ小さいけど、それでもたくさん秘密をもってるから。秘密のことはまた別の日に教えてあげる。でも、笑ってればホントに便利なんだよ。笑ってさえいればママはいつもうれしそうだし、先生もともだちも、だれもわたしのことを悪く言わないもん。すべてがうまくいくし、ちょっと無茶しても大目に見てもらえるから。

わたしのおうちが幸せそうだって思った先生は、前よりもわたしによくしてくれた。まるで、お姫さまになったみたいだった。わたしもママも、小公女セーラのお話が大好きだった。小さな頃からセーラのお話をなんども聞いてきたけど、いくら聞いてもぜんぜんあきなかった。あんなふうにいじめられたことはなかったけど、将来いじめられないとも限らないじゃない。だからたまには自分がだれも知らないお姫さまなんだって想像することがあるんだ。でも、残念ながら物語とはちがって、パパもママもわたしにとってもよくしてくれてた。たしかにいまは、ほかのマンションなんかとは比べられないくらいぼろぼろのアパートにママといっしょに住んでるんだけど。

「わたしたち、家出したんだ」。ママが言った。そのときはじめて、パパがママをぶったってことを知った。でも、わたし自身、直接自分の目でそれを見たわけでもないし、それにパパのことは大好きだったから、ホントにママが言うみたいにパパが悪い人なのかどうかはわからなかった。それでもわたしはママについてここまで来た。いまはただおなかがすいてたまらなかった。幼稚園にいたときだって、ここまでおなかがすくことはなかったのに。たまにはきらいな食べ物が給食に出ることもあったけど、がまんしてぜんぶ食べるようにしてたんだよ。たとえば、ゴマ油とか。七夕のような記念日には、先生や調理場のおばさんたちが鶏肉にゴマ油をかけたそうめんをつくってくれたんだ。生ぐさくて正直きらいだったけど、それでもわたしはにこにこしながら、一本一本めんをすすっていった。それを見た先生が、もしかしてこの料理きらいなのってきいてきたけど、わたしは「ううん、熱いからゆっくり食べてるだけだよ」って返事をしたんだ。

先生が笑顔になると、わたしもうれしくなった。ママの言いつけどおり、わたしは食べ物を粗末にしないようにした。ママは食べ物を粗末にすると、幸せになれないって言ってたから。こんなにお利口にしてたのに、どうしていまこんなふうにおなかをすかせないといけないのかな？　シャワーを浴びたママがすぐそばに座ってるけど、何を考えているのかわからなかった。でも、何日か前におなかがすいたってことは伝えた。いまはもうそれを伝える力もなかった。ママだって何も食べてなかったけど、もしもパパが迎えにきてくれれば、きっと何か食べられるはずだった。わたしっておバカさんだから、ママが集めてるビニールぶくろまでかんじゃったんだ。どうしてママがあんなにもたくさんのビニールぶくろや空きかんを集めているのかわからないからきいてみたんだ。「お金になるから。お金は必要でしょ。だからビニールぶくろがなくなっちゃえば、わたしたちはおしまいなんだ」。家の中にはそこらじゅう色のちがうビニールぶくろが、クリスマスのツリーみたいにくりつけられていた。別にそれがいやだってわけじゃなくて、きれいに洗っていない袋もあったから、ちょっと吐きそうになっただけ。ジュースが入ってた空きかんはいつもすっぱい匂いがして、小さな虫がたかってた。夏になれば虫はふえた。

*

美君のもつ、あの強烈な渇望、それに他人を一顧だにしないああした態度、強烈な支配欲ってやつは、どんな男にとっても恐怖でしかないはずだった。僕と別れてから、いったい誰があの子を愛すことができたんだろう。

とにかく、人を責め苛むのが上手かった。数日に渡る冷戦を戦わなくちゃいけないほど美君の気に触るようなことを自分がいつ言ったのか、一度だってその理由がはっきりすることはなかった。いったいこの世界のどこに、僕みたいにあの子を許容してあげられる男がいるもんか。あるいは当の本人だけは、そんな相手はすぐに見つかるって思ってたのかもしれないけど。

仮に例の比目魚女みたいに、誰も愛せない人間を愛することができれば、それって一種の贖罪になるのかな？　比目魚女を友だちに紹介すれば、きっと彼らを沸《わ》かすこと間違いなしだった。両親だって肝を潰すに違いない。何だって自分の息子はこんな怪物みたいな女を嫁に貰ったんだって。きっと僕は誰かを救った英雄みたいに自分が偉くなったように感じるはずだ。誰を救ったって、もちろん比目魚女をさ。しかも、僕は衆人の瞳には最も道徳的で、しかも外見をまるで気にしない立派な人間ってふうに映ってるはずで、もしも比目魚女がそれに感謝して僕に尽くしてくれるようなことになれば、まさに言うことなしだった。でもそれって結局僕の妄想に過ぎなくて、もしかしたら比目魚女だって性悪な人間なのかもしれない。外観がそのまま内面を捻じまげるなんてよく聞く話だろ？　もしも僕が比目魚女と一緒になったとして、それから別れでもしたら、きっと容姿が原因でふったに違いないって言われるんじゃないかな。彼らは比目魚女がもしかしたらひどい女かもしれないなんてことにはてんで関心がなくて、あんな顔をしてるけどホントは善良なうえに自らの分をわきまえて、感謝の心を忘れない女性じゃないかもしれないなんて思ったりしてるんだ。だからもし別れでもしたら、僕はあっという間に人間のクズみたいに思われるはずだった。

比目魚女をストーキングしていた僕は、そのまま地下鉄に乗り込んだ。それは僕の家とは正反対の方向だった。比目魚女が車両に乗り込むと、すぐに席を譲ろうとする者がいたけど、どうしたわけかその人は比目魚女に注意を促すことなく、ただ黙って側にある吊革に寄りかかった。それに気づいたのかどうかわからなかったけど、比目魚女は座席に腰を下ろすことなく、そのせいで満員の車両にぽつんと一つだけ空席が生まれてしまった。さすがにもう一度正面に回りこむ勇気はなかった。あの顔は実際驚くほど恐ろしかったけど、他の人たちはずいぶん落ち着いてる様子で、まるでお化けを見たくせに見えてないようなふりをしていた。でもこれは絶対に間違いないはずだけど、あれを見て心の中でゲッと思わない人間なんてまずいないんだ。だけど考えてみれば、これこそがこの都市《まち》の一番いいところなのかもしれない。つまり僕たちの冷淡さが、生活ってやつをずいぶん快適にしているってことさ。比目魚女にとってみれば、こんなにいいことはないだろ？　だって、誰からも自身の生活を邪魔されることなく、それに他人のおかしな質問に答えなくてもすむんだから。

人の冷淡さってやつは、美君たち母子にとって最良のものだったのかもしれない。美君はきっと自分がどうしてこんな生活をしなくちゃいけないのか、いちいち他人に説明なんてしたくないはずで、誰にも迷惑もかけたくないし、いろいろ後ろ指をさされることだってごめんだったはずだ。自分のどこに問題があるのか、本人はわかっていたのかな。あれだけ頭がいいんだ。きっとわかってたはずだよ。でも、それはあくまで彼女自身の問題であって、人からあれこれ言われたくなかったに違いない。そうした孤独な生活も決して悪くはなかったはずだよ。だってそれって、誰にも迷惑をかけないんだから。

この都市の冷淡さってやつが、美君や比目魚女をのびのびと生活させてきたんだ。自分の生存を脅かされない限り、冷淡さは彼らとこの都市が取り交わした契約みたいなもので、お互いに不可侵の関係を築いてきたってわけだ。でも、仮にそれが田舎や大家族のいる村の中だったらきっとそんなわけにはいかないはずで、人々は自分の生活上の知恵やら人生哲学やらを見ず知らずの他人にあれこれと講釈を垂れたがるはずなんだ。でも、そんな話を比目魚女や美君にとってどんな意味がある？　比目魚女みたいに自ら望んでそうなったわけじゃない人間や、美君みたいに自ら望んでそうなった人間に対して、親しい人間も親しくない人間も、ただ自分たちに理解できる尺度で彼らを理解しようとしてるだけなんだから。そんなふうに他人を理解しようとする人間っていうのは、格別美君みたいに頭が切れるわけでもなく、ましてや生命《いのち》の本質ってやつを理解しているわけでもないんだ。そうした生命の本質ってやつを理解するためには、自分の持てるものすべてを失わなくちゃならなくて、失って初めて理解できるような代物なんだ。あるいは、ある極端なシチュエーションの中でこそ得られるものであって、他の経験を手本に理解できるようなものじゃないんだよ。

そうなってくると、この都市の冷淡さってやつがむしろ二人にとってある種の優遇にさえ思えてきた。だけど、そうした優遇は一貫して必要なわけで、あったりなかったりするような代物じゃダメで、じゃないと彼らだってきっとその優遇を受け入れられないに違いなかった。ペットみたいに呼べばいつでも来るってもんじゃなくて、それは二人にとって双方が確実に遵守すべき契約みたいなものだったんだ。だって、人間ってやつはときに脆くて、感傷的になっちゃうだろ。他人の助けが必要だったり、誰かに自分の話を聞いてもらいたがったり、あるいは恋愛してみたり、他人の包み込んでくれるような優しいまなざしが必要だったりさ。でもそれって実はものすごく危険なことなんだ。一度この都市と結んだ契約を反故《ほご》にして、しかも罰を受けなければ、次もまたそうした他人の存在ってやつを期待しちゃうだろ。誰かに期待するってのは一番最悪で、最終的には自分の一切を他人に預けてしまいかねないんだ。だからこそ、この契約は絶対厳格に守ってもらわなくちゃいけないんだ。もしも万が一にもこの都市が契約を破棄して、美君たちを配慮して労わるようなことにでもなれば、二人ともぽっきり心が折れちゃって、何だって自分は他人から施しを受けるみたいに愛情を渇望するゲスな人間になっちゃったんだって思うだろ。

美君も比目魚女も、一方的に何かを期待することはできないわけで、それにこの都市に冷たくされたり優しくされたりして、自分たちに何か期待をもたせるようなこともしてほしくないはずだった。最初から最後まで徹底して冷たくされることで、初めて彼らは快適で、愛情や希望なんてものを抱かなくてもいい、自分の頭を使って物事を変えなくてもかまわない生活ってやつを送ることができたんだよ。あの二人にとって、そうじゃない生活なんてあんまりにも負担が大きすぎるだろ。

*

もしかして、私が間違ってた？　一人ぼっちで他人と極力接触しないようにしてきたのが間違いだった？　私だって一生懸命他人とつき合おうとしてきたんだ。じゃないと、仕事なんてできないじゃない。ただどんなふうに他人と仲良くすればいいかわからなかっただけ。それって結局、私が傲慢な人間だったから？　阿任や阿南、同僚のみんな、それから両親や小娟に対してさえ傲慢だったから？　でも、あなたたちは私にとって最後の砦だったんだよ。なのに、いまこうして自分の手であなたたちを埋葬してる。もちろん、あくまで形式的な言い方であって、ホントに埋めるってわけじゃないけど。

注意深くメールや電話の履歴を削除していった。だから、誰も私がどんな人間とどんな話をしていたのか知ることはできないはず。誰にも迷惑をかけたくないから、遺言だって残さない。こんなことするのはただ自分がそうしようと思ったからで、あなたたちが普通の人間と一緒に生活しようとするのと基本的に何も変わらない。ただ私の場合は、他の人たちとは違った選択をして、それがもうすぐ死んじゃう人間がするようなことに見えないだけ。ああ、でもやっぱり迷惑はかけちゃうか。自殺じゃないけど、他人に迷惑をかけるって点ではさして変わらないから。私がここで死んじゃえば、きっと部屋に足を踏み入れたあなたたちは、ああ何て悲惨なんだって言うんだろうけど、そう思いながら同時にこんなふうにも思うはずじゃない。「こりゃ、死んでからずいぶん経ってるな。死臭が全部フローリングに染み込んでるから、片づけが面倒だ」

窓の外はひどくぼんやりしてた。きっと夕立が近づいているんだ。私はそんな光景を見ておセンチになるような性格じゃなくて、やるべきことはどんなときでもしっかりやる人間。ただ、服をしまうのは面倒だった。昔から服を取り込むのがきらいで、ずぶ濡れになって重心を失った犬みたいになっている服を触るのがいやだった。小さな頃に実家で犬を飼ってたことがあったんだけど、その仔《こ》は雨の降る夜に交通事故で死んじゃった。それもこれも全部私のせい。首輪を外しちゃって、落雷に驚いたその仔が、アパートの門を飛び出していったのが原因だったんだ。

そういえば、以前上海に出張したことがあった。別に国家機密を持ち出したってわけじゃなく、ボクシングリングのロープの原料を生産する化学工業の会社に、食塩に関する調査結果を報告に行っただけ。仕事が終わってホテルの近くの路地をうろうろしてると、そこには百年前の生活スタイルがそのまま残っていて、下着もブラジャーも全部空に浮かべるみたいにして引っ掛けられてた。そこで偶然、フランス式に焼いたワッフルを売っている店を見つけたんだ。一度に四人のお客さんしか対応できないくらい小さな店で、そこでずぶ濡れになった洗濯物、あるいは雨に濡れた犬みたいな臭いがするまずいワッフルを出されたんだ。建物と建物の間にかけられた洗濯物を見上げながら、どうしてあなたは家事をやってくれないのかって、そんなことばかり考えてた。あなたがするのはせいぜい盆栽の手入れと、夜中に小娟をあやすことくらいで、そんなあなたはワッフルが大好きだった。洗濯物は永遠に乾かない気がして、そんなふうに思うとひどく気分が落ち込んだ。そんな気持ちで食べるワッフルはやっぱりまずくて、濡れた洗濯物か犬でも食べているみたいな気がした。

天井板には真ん丸い蛍光灯がぶら下がっていて、鉄のワイヤーでくくりつけられていた。たぶん前に泊まった人がやったんじゃないかな。天井は煙で黄色くなってた。昔はここに神さまが祭られていたらしく、きっとそのとき焚かれた線香の煙がその跡をつくったに違いなかった。顔を上げてジッとその煙の跡を見ていると、何だか大陸の地図みたいに思えてきた。空想小説なんかによく出てくる幻の大陸。変わった草花が咲き乱れて、同じように奇妙な種族たちが暮らす不思議の国。陸地はもう一方の壁に向かって延びていて、そこには八卦鏡に丸時計、帽子がかけられてあったけど、全部私の物じゃなかった。

離婚協議書は配達証明付きの書留で送られてきた。私は机いっぱいに置かれた空っぽのコップに薬品、櫛、数日前の新聞紙に広告を折ってつくった紙の箱、輪ゴムに糊、計算機にビニール袋なんかをひと所に積み上げた。細かい性格のあなたなら、きっとこんなふうにするはずじゃない。公務用の茶色い封筒はもともと硬くて尖ってたけど、ふにゃふにゃになるまで指でよく揉んだからすっかり軟らかくなってしまった。一日中動き回って疲れた土地測量師みたいに、たくさんの知らない土地に行って、その目ははるか遠くを見つめているから、ひどく疲れきったようにも見えた。今夜は仕事の話はしたくなかった。シャワーを浴びてご飯を食べれば、そのままテレビでも見ようか。やらなくちゃいけないことはまた明日にでもやればいい。サイン付きで送り返されてきた離婚協議書は、私が家出したことに怒ってるんだってパフォーマンスなんだよね？　あなたは必ず来てくれる。だって、私は毎日あなたが迎えに来てくれるのをこうしてずっと待ってるんだから。

たとえば日常ってやつが自分の目の前にあって、私が言ってるのは比喩的なそれじゃなくて、ホントに目の前に手を伸ばせば触れられるような場所にあって、それは紙みたいな感触で指の腹をまるで魚のひれみたいに滑っていく。五本の指の間を蠢めいていて、少しだけ鋭く人を傷つける可能性を秘めた快感みたいなものを持ってるんだ。気を散らせば、それは高速道路を走る車のライトに驚く猫みたいな反応をしてみせるんだよ。ふと、９って文字が頭に浮かんだ。何の根拠もなく浮かんできた数字だったけど、この数字がいったいどこからやってきたのか知りたくなった。カレンダーじゃない。カレンダーはここしばらく破いてなかったし、一週間前の日付のままだった。それは寄せ鍋屋で働いていたときにもらったもので、そこで働いていた頃は他人ともずいぶんうまくやれてた、って自分では思ってる。結局、アルバイト代はもらわずじまいだった。店からはお金を取りに来ないのかって電話までかかってきたけど。

泣きたかった。阿任、あなたに会いたい。この部屋、いま座っているこの場所にあなたは一日だっていたことがないけど、どれほどあなたがここにいてくれればって思ったか知ってる？二人が一緒に過ごしたすべてがいまはもうここにはなくて、あなたは前に、電話口で私にこんなことを言ったじゃない。「俺みたいな人間はそうそういやしないんだ。お前にこんなふうに接してやれる人間なんて、これから先も絶対現れないんだぞ」。あの頃はあなたの言葉を信じなかった。だって、私は自分を十分魅力的な人間だって思ってたから。あなたが憎い。もっとちゃんとそのことを私に伝えるべきだったんだ。あなたは人生ってやつが、私が考えてるようなものじゃないってことをもっとちゃんと伝えるべきだったんだ。傲慢になりすぎず、自分が魅力的だなんて思っちゃいけないって、ちゃんと私に伝えるべきだったんだ。あなたははっきり言ってくれなかった。まるでお茶を濁すみたいに、私が自分から離れられないようにするみたいな口調でそれを伝えただけ。だからまさか、あなたが言ってることが全部ホントだったなんて思わなかった。きっとその瞬間からかな。どんなふうに追いかけても、どんなふうにお願いして頭を下げても、誰も私のことを愛してくれなくなったのは。阿任、いまのあなたがそうであるように。

＊

さいごにひみつを教えてあげるね。ママにも言ったことのないひみつ。もうあとどれくらい時間が残ってるかわからないから。じつはわたし、幼稚園に好きな男の子と女の子がいるんだ。女の子は阿蘇《アースー》って名前で、ママにも言ったことがある。ママはいつかおうちに遊びにくるように誘ってあげなさいって言ってたんだけど、もちろんいまじゃない。阿蘇のことは先週ママに言ったんだ。「いまはおうちが散らかってるから、よその人は呼べないよ。だってはずかしいじゃない。もしも前のおうちに帰れたら、そのときはおともだちを呼んでもいいから」。だから、ママは阿蘇のことをよく知らないんだ。阿蘇はピアノがひけるから、先生はしょっちゅう阿蘇に教室のピアノをひくように言うんだ。別にうらやましくないよ。だって、わたしはまだピアノを習っていないだけなんだから。ママが習わせてくれないいんじゃなくて、まだ習っていないだけ。それに、いまのおうちじゃピアノを置くにはせますぎるから。

前のおうちにいた頃、ママはピアノを買ってくれるって言ったんだけど、やっぱり置き場所にこまってるみたいだった。でも、ホントはそんなこと気にしてないんだよ。阿蘇がピアノをひいてるとき、そばに座ってその音色をきくのが好きだった。阿蘇のママが授業が終わったあとに迎えにくる姿を何度か見かけたけど、とってもきれいな洋服を着たママだった。わたしのママだってきれいな服を着てるけど、阿蘇のママの着てる服のほうが好きかな。わたしとおはなしするときだってとっても親切で、一度白いズボンに湖みたいな淡い緑色をした光るシャツを着て、真っ赤なハイヒールをはいて阿蘇を学校まで迎えにきたことがあったんだ。背が高くてとってもきれいだった。阿蘇は、ママはお花屋さんをやってるんだよって言ってた。

どの男の子が好きかってことはママにも言ったことがなかった。先生だって知らないし、ともだちだって知らない。その子はサッカーが好きで、他の子たちからも人気があったんだ。ともだちの話によると、好きな子がいるらしかったけど、誰のことが好きなのかまではわからなかった。でも、きっとわたしじゃない。本当はあの子に言ってあげたかったんだ。「みんなわたしのことが好きなんだよ」って。けどもうおそい。「小娟はこのクラスでいちばんかわいい子だね」。先生はクラスメートたちの前でそんなふうに言ってくれたんだ。あのとき、たしかわたしはおやつに出されたニンジンケーキをぜんぶ食べたけど、ほかのおともだちは残してたんだっけ。もしも彼、小諒《シャオリャン》って言うんだけど、彼に好きですって告白したら、小諒は驚いたかな？　それとも、小諒も「じつはおれもきみのことがずっと好きだったんだ」って言ったりして。

けどいまはダメだよ。このひみつを伝える相手はママしか残っていないから。小諒にひみつを伝えたいけど、でもどうやって伝えればいいのかな？　ママに言ったら、きっと小諒のことが好きだって先生にバラして、わたしと無理やり仲良くさせるように言うんじゃないかな？

小公女セイラって、実はわたしよりもずっと幸せなんじゃないかって思えてきた。だってセイラはこんなふうに死なず、ずっとずっと生きつづけられたわけで、みんなだってセイラのことを知ってるでしょ。セイラは他人のひみつなんてどうでもよかったし、自分のひみつをだれかに教えなくちゃいけないなんて心配もしなくてよかった。「セイラって最後、幸せになったんだっけ？」だけど、この家にはひとつかみの塩さえ残っていなかった。ママが言ったんだ。「この家にはひとつかみの塩さえ残ってないんだ」って。ママはふとんの中にくるまってしまったわたしに向かって言った。「ごめんね。最期までおなかいっぱいにしてあげられなくて」

アパートのキッチンで使うのは電気釜だけで、電子レンジやガスコンロ、食器乾燥機の類は一切使わなかった。私はお母さんと同じように料理が苦手で、どんな料理も温めるくらいしかできなかった。阿任と結婚して小娟が生まれてからも、料理を勉強しようなんて気はさらさらなかったけど、それでもスーパーでレシピ本を買ったんだ。レシピの中に出てくるきらきら輝く宴会用の料理の名前を見るのが好きで、まるで自分が一家団欒の中に浸っているみたいな気になれたから。レシピを読む時間は、つくりたいものは何でもつくれるような素晴らしい時間で、いろんな匂いが積み重なって、その芳《かぐわ》しさは骨の髄にまで染み込んでいくみたいだった。ただ十数年前に印刷された古い写真はどこかすすけて見えて（そこに載っている料理だって十数年前に撮られたものでしょ）、どこか焦点がぼやけてるみたいだった。色合いが妙にはっきりしすぎて、料理を豪華に見せたいのかもしれないけど、かえって食欲は減退した。人生ですすけたレシピほど悲惨なものはないでしょ。だって、何だか古い家に住みついた地縛霊みたいじゃない。

＊

でも、どのみち何をつくるにも電気釜しか使わないし、魚だって電気釜で炒めてた。電気釜って便利なんだから。いまでもあの中には醬油とひき肉がかかった半合分のご飯が残ってるはず。でも、すっかりカビが生えてちゃってるみたい。電気が止められてからは長い間電気釜の中にほかしっぱなしで、ひき肉の上にも緑色のカビが生えてしまってた。まるで昔テレビで見た、開発中のゴルフ場に大量に撒《ま》かれた除草剤みたいだった。電気釜のそばには大量の牛乳パックが置かれて、青と白の紙パックはついさっき開けて飲んだみたいに清潔な感じがした。私も小娟も牛乳を飲み終わったらすぐに水洗いする習慣があって、そうすればいつまでも新鮮な匂いがした。他のものはただ古く見えるだけで、本当に古いのは前の住人やその前の住人たちに何度も使われてきたものだった。醤油やらサラダ油やらが油汚れになって、洗っても絶対に落ちない部屋の一部みたいになってた。

布団には黄色くくすんで乾いた液体みたいなものが付着して、その周りには不幸の影がついてまわるみたいに黒い不純物が広がってた。布団を片づけたくなかった。なぜって布団からは変な臭いがして、虫も這い出してたから。そもそも、私は布団を畳むのがきらいで、別にきれい好きってわけでもなかったから、布団を畳むって行為が面倒くさくて仕方なかった。ただ面倒って思うだけなんだよ。だって、布団を敷いていようが畳んでいようが、何も変わらないわけじゃない。でも畳むつもりではいるんだ。キッチンに積み上げられてるあの資源ごみを片づけられたら、後は何とかなりそうな気がするんだけど。

家には政府指定のゴミ袋じゃなくて、前の住人が残していった黒いゴミ袋しかなかった。その黒いゴミ袋がいっぱいになる度、それをキッチンに積みあげていった。外まで捨てに行く勇気はなかった。だって、いまは政府指定のゴミ袋しか捨てちゃダメってことになってたから。もちろん、夜中にこっそり捨てに行く勇気もなかった。そんなことしたら、私がきらってる会社の若い子たちと何も変わらないと思ったから。ホントは部屋の中にゴミなんか積み上げたくない。小娟だっておうちが臭いっていやな顔してる。ほら、聞こえるでしょ。ゴミ袋の中身が腐ってく音が。特に眠れないような夜は、臭いが音になって頭をこつこつノックしてくるんだ。ああ、我慢できない。明日、このゴミをみんな捨ててやるんだ。他人の目なんて気にするもんか。それができたら、きっと新しい仕事だって探しに行けるはず。ねえ、小娟。あなたが代わりにゴミを捨ててきてくれればいいんだけど。でも、あなたは自分の毛を吐き出すあの野良猫とおんなじで、何の役にも立たない。

布団を畳めばすぐに目を覚ますかな？　ううん、きっとその逆。もしかして、楽しい夢でも見てる？　今年は酷暑中の酷暑だったのに、こんなにも熟睡してる。あなたは少し密室恐怖症の気があって、一緒にお風呂に入ってるときだってすぐに大げさに泣き出す性質《たち》で、それは小さな頃から変わらなかった。でもいまさら暑いも寒いもないか。怖いことなんて、いまさら何もないよね。

＊

「正直なところをいえば、美君があんなふうにずっと途方に暮れてさえいれば、間違ってるのは自分じゃないって気がする」。僕はそんなふうに考えてた。二人が曖昧な関係を続ける中で、邪《よこしま》な感情と相手を愛おしく思う気持ちが同時に芽生えてきたのかもしれない。そうすることで、僕はこの二つの身分を使って美君から逃れることができたんだ。美君はいまだに僕を愛してるなんて言ってくるけど、まさかとっくにふられてることに気づいていないのかな？　何かと僕の機嫌を取ろうとしてくるんだよ。別に玩んでいたわけじゃないけどさ、二人の間にこれ以上何かあるってことはないわけじゃない。向こうにだって旦那がいるわけだしさ。でも、旦那がいようといまいと、美君を愛するなんてことはないよ。そんな時期はもうとっくに過ぎちゃったんだ。いまとなっちゃ、学生時代にそういう関係にならなくてよかったたって思ってる。じゃないと、簡単に別れさせてくれないだろうから。いまの美君は何ていうか、どこかぶっ飛んじゃってる感じがする。

もう何ヶ月も美君の部屋に足を運んでいなかった。最近ようやく電話をかけてくることもなくなった。預金通帳を確認してないから、家賃がちゃんと入っているかどうかわからなかったけど、まあ貸しってことにしとけばいいか。思わぬことに二日前、兵隊に行く前に美君から送られてきた写真の束を見つけたんだ。大学時代の講義ノートと一緒にダンボールの中にしまい込んでたんだ。ダンボールにはただ「大学ノート」としか書かれていなかった。そのダンボールは引越しの度に捨てようかどうしようか悩んだものだった。講義内容をノートに取るなんてことはもう二度とないはずだけど、いざ捨てるとなると何だか捨てがたくて、ずっと手元に置いたままだったんだ。別にたいした理由があるわけじゃなく、一種の懐かしさでそうしてただけなんだけど、そのおかげで写真は当時の原型を留めて、ダンボールの最下層に敷かれたまま忘れ去られてしまっていたんだ。

写真をもらってひと通り目を通した後、僕はすぐさまそれをしまい込んで、じっくり眺めたことはなかった。だから、今回はじめて写真を一枚一枚じっくりと眺めていったんだ。写真の中の美君は私服を着てるものもあれば、レンタルした式服《アカデミック・ガウン》を着ているものもあった。ほとんどの写真は見慣れたキャンパスで撮影されたものだったけど、学生寮で撮影された写真なんかも混じってた。写真には撮影日時が赤い数字で印刷されていて、確かそれは僕たちが卒業した年だった。美君はクラスメートたちとそこらじゅうで記念写真を撮っていて、そのうちの何枚かは僕にもそれがどこで撮られたのかわかった。画像がぶれてはっきりしないものがあったり、ちょうど風に吹かれて顔の半分が髪に隠されて、歪んだ唇だけが写ってるような写真もあった。普段美君の写真を撮るのは僕の役目だったけど、その中に特にひどい写真が一枚あった。それは何も僕のせいってわけじゃなく、ショートパンツにぴっちりしたTシャツを着てた美君自身も悪いんだけど、すっごく太って見えて、お腹もぽっこり出てたんだ。おっぱいは確かに大きいんだけど、太ももが太く見えるだけじゃなくて、それがくっついて写ってたから、もしも長い時間歩けば両足が擦れて皮膚が破れちゃいそうな感じだった。汗をかけば燃え上がるみたいに太ももが裂けていくんじゃないかって気がした。

そんな写真を見ていると、何だってまた美君はわざわざこんな写真を選んで僕に渡したんだろうって思った。まさか、僕がこんな体型を好きだと思ったとか？　どうして自分のこんな身体を僕の目にさらそうと思ったのかな。性的魅力の欠片もなくて、空っぽの身体がまるで博物館にある原人みたいにつっ立ってるだけなんだ。身体に羽織った毛皮はすっかり光沢を失って、わざとしわを寄せた顔にちょっとだけ猫背の背中をした原人が、内股で立ってるみたいだった。

そこには美的センスなんて微塵もなくて、純粋に一種の展示品って感じがした。何枚かはコンパクトカメラで自撮りした写真で、狭苦しい学生寮の雑然とした部屋の中、明暗のはっきりしない光線の下で撮った写真はどこか痛ましい感じがしたけど、写真の中の美君はそれでも楽しそうに笑ってた。写真によってほんの少しだけポーズを変えていて、それは手の置き場所だったり頭の傾け具合だったりしたけど、どの顔も心から満足したような表情を浮かべてた。僕の頭の中では写真の中の美君と現在の美君の顔と身体が、まるで屠殺《とさつ》されて吊るされた豚の死体が分解されてきれいに洗われるのを待っているように重なり合っていった。もし冷凍されれば、その身体は硬く凝り固まって希望を失くしてしまうけど、それでも身体は何かを渇望していて、それはおそらく誰かに注目されたり愛されたりすることで、「お前を愛してる」みたいな台詞を言われることだったりするんじゃないかな。ふと、当時、美君が僕に何を言いたかったのかがわかったような気がした。「別に不細工だって思われても平気。だけど、私たちが同じ時間を生きてたんだってことだけは、永遠に覚えておいてほしいんだ」

＊

明け方、私はそこで湖面を眺めていたけど、湖面と空の色が混じりあっていたせいか、遠く離れたその境界まで見ることはかなわなかった。私はぼんやりとした表情の男性と向かい合うようにして、オールのついた白い木の船に座っていた。二人は岸に沿うようにオールを漕いで、次々と生い茂る木々の下を抜けていった。辺りは霧に包まれていたけど、少し離れた場所は明るく開けてるみたいで、木漏れ日が木々の隙間から降り注ぎ、吹き抜ける風が木の葉を飛ばしていた。そこでは日の光すらさらさらと音を立てているような気がした。耳を澄ませないと聴きとることは難しかったけど、中には硝子の風鈴が奏でる澄んだ音色も聞こえてきた。高く遠くまで響くその音色は、巨大な木のてっぺんに吊るされているみたいだった。

湖面は日の光に少しずつ砕かれてゆき、離散と集合を繰り返していた。小舟はそのせいで揺れてたけど、オールが湖面の水をいくら掻き集めても、その揺れを感じることはできなかった……近頃頭のネジが外れることが多くなってきた。その時間は日に日に長くなっていて、もともとほんの一瞬だったものが、いまでは一日中外れていることもめずらしくなくなっていた。

実際、自分がその日一日何をしたのか、まったく覚えていなかった。大事なことだってわかってるのに、どうして何もできないままでいるんだろう。でも、どうして自分がそれをしなかったのかすら、いまの私には思い出すことができない。意識が戻ってこの世界に戻ってきたときにようやく今日一日が過ぎ去ったこと、それに私がまだここに存在してるんだってことに気づくんだ。

＊

マンションのエレベーターには「二〇一六年度区分所有者集会」の通知が貼り出されていて、そこにはいつどこで、どのようなことをするのかといった細かい説明が書かれていた。次の集会で管理委員を選ばなければならず、マンションの住民の参加を積極的に呼びかけていたが、集会に顔さえ出しておけば五百元もらえて、以前に比べればずいぶん条件はよくなっているみたいだった。

ここに引越してきて、もう四、五年になるけど、知っている管理委員は一人もいなかった。一度だけ里長〔台湾の行政区分で市や区の下部にあたる行政区長〕選挙の立候補者に付き添ってやってきた主任委員が家を訪ねてきたときに、ちらっと顔を合わせたくらいだった。美君はひどく警戒した様子で玄関を開けた。二人とも知らない人間だったけど、そのうちのひとりが真っ赤な襷《たすき》をかけてたから、一目で里長選挙の立候補者だってわかったんだ。もう一方の男が口頭で自分は主任委員だと告げ、投票の際にはぜひこの候補者に清き一票をお願いしますと言って頭を下げていた。

美君は毎年この会合に参加するのをいやがっていた。ただ、南部の戸籍をそのまま残していた美君には、そもそも集会に参加する資格はなかった。このアパートだって俺の名義で買っておいたものだから、法的には下宿しているのとほとんど変わらなかったけど、美君はたとえ参加資格があったとしても、絶対あんなものには参加しなかっただろうし、俺が参加すること自体いやがってた。あいつに言わせれば、あんなものは恥知らずたちが開くイベントで、欲深い住民だけが参加するものらしかった。けど、それを聞いた俺はかえって美君にイベントに参加してみないかって聞いてみたんだ。興味があるなら参加したらどうかって意味だったんだけど、あいつは俺が参加を強制してるって勘違いしたんじゃないかな。実際、それを聞いた美君は俺を一見折り目正しいけど保守的で頭が固く、融通が利かない人間だって言った後、こんなふうに話を続けた。「どうしてそんなものに参加しないと他人とうまくやっていけないわけ？　そもそも、私は他人とうまくやっていくつもりなんてないんだから」。確かにあいつの言うことにも一理あったけど、現代生活ってのは大抵どれもそんなもんじゃないか。

唯一、管理委員選挙にわずかばかりの熱意を感じたのは、ある警備員が口にした言葉だった。彼は俺たちにどうか現職の管理委員に投票してほしい、彼はとてもよくやってくれている、彼が委員を続けた方がいいんだって言った。警備員の言葉を聞いた美君は、まるで目の前で赤裸々な不正取引でも行なわれているみたいに露骨に眉をひそめた。そして慎重な口調で、このセキュリティ会社の社長は某国会議員で、こんなマンションで行なわれる小さな選挙を、日に日に腐敗の度合いを増していくこの国や大企業と政府の癒着問題や派閥政治なんかと結びつけて論じ出したんだ。

美君が家出して、俺は初めてこの区分所有者集会ってやつに参加してみようと思った。でもあいつが言ってた通りで、住民の質問はどれも細々としたつまらないものばかりだった。明らかに自分の利益のために言っていることを、さも住民全体のためを思って言っているような口ぶりで話すばかりで、それならいっそのこと自分で全部やってみたらどうなんだって言いたくなってしまった。誰も自分からは何もやろうとしないくせに、それを提起しては管理委員に向かって大口を叩いてた。まるでどこにも吐き出す場所のない鬱憤を晴らしてるみたいで、幸いこんな機会に恵まれたから、普段感じてる諸々をここで全部吐き出してやろうって感じだった。たとえばそれは、総幹事は休暇を申請すれば給料が差し引かれるわけだけど、遅刻すればいったいどれくらい差し引くべきなのか、一時間遅れればいくら差し引くのかみたいな内容だった。まるで目の前に座っている女性の総幹事が壊れた人形だと言わんばかりに、誰もがその存在を無視して話を続けていた。

足の短いその総幹事はそこそこ美人で、年齢は三十五くらい、歩き方が少しアヒルに似ていた。だけど、総幹事の仕事をやってるくせに、何だっていつもあんなふうに不機嫌そうな顔をしてたんだろ？　不機嫌そうな顔は昔からで、道ですれ違っても挨拶ひとつせず、正面から歩いてきたにもかかわらず、いつもこちらの存在に気づかないふりをして通り過ぎていった。このマンションに住んでからもうずいぶん経ってるんだ。俺たちのことを知らないなんてありえないだろ？　頭を軽く下げることもあったけど、それはホントにちょっとだけで、何だかやましいことでもあるみたいにそっと頭を下げていた。俺もそれに合わせてぺこりと頭を下げたんだけど、美君はそんな俺をまるで何か汚いものでも見るような目で睨んでたっけな……ふと誰かがこんなことを言い出した。「だって、これって私たちが払ってる管理費なわけじゃない？だったらちゃんと監視して当然でしょ。この人がちゃんとした欠勤届を出すまで、給与なんて払うわけにはいかないじゃない」。住民たちはあれこれ声をあげてその意見に賛同してたけど、俺はといえば、ただ美君のあの眼差しを思い返していた。

訳者あとがき

起点としての悲劇

本書は、二〇一三年に起こった「大阪市母子餓死事件」がそのモチーフとなっている。当時日本のマスコミは、大阪市内のマンションの一室で餓死状態で見つかった母親（二十八歳）と息子（三歳）をめぐる事件を現代日本の無縁社会を象徴するものとして報道、その余波は海を越えて遠く台湾にまで及んだ。台湾でニュースを目にした王聡威は、この出来事に強い関心を抱き、インターネットで事件の後続記事を検索するうちに本作の執筆を決意したのであった。

事件当初、死亡した女性は夫の暴力から逃れ、困窮のために幼い息子とマンションの一室で餓死したと報道されていたが、後に女性には支援してくれる男性がいたことや十分な収入があったことなどが明らかになっていくなかで、若く健康な母子がなぜ孤独死に至ったのか、大きな謎とされた。かつて、本作に関してインタビューを受けた王聡威は、事件の複雑性とその不可解さを述べながら、模範的な妻でありまた母でもあった女性が、あらゆる社会的関係性を絶ち切り、死を選ぶに至った過程のなかに文学が介入する余地を感じたのだと述べている。

失われた二十年を通じて、年間三万二千人をも超える（『無縁社会』NHK「無縁社会プロジェクト」編著、文藝春秋）といわれる孤独死を生んだ日本における「無縁社会」の問題は、一九九〇年代以降、急速な民主化と都市化を経験した台湾においても決して他人事ではなかった。下流老人、最貧困女子、孤独死など、台湾の出版界ではしばしば日本源流の漢語を翻訳を経ずに使用されるが、それは日本社会を理解するためのキーワードでもあると同時に、同様の現象が台湾でも起こりつつあるためである。実際、家族との関係性が日本よりも濃厚な台湾では、従来、孤独死といった現象は他者とのつながりが薄い日本固有の社会現象だと思われてきたが、近年台湾でも独居老人の孤独死が報道されるなど、必ずしもそうとは言いきれない状況が生まれている。台湾では社会のセーフティネットを家庭に張ることによって日本のような孤独死がある程度避けられているが、逆に言えば、そうしたセーフティネットが現代の複雑な人間関係の中で機能しなくなった場合、彼らが抱える孤独は日本以上のものになる可能性を孕んでいる。

台湾版孤独死小説とも言える本書の執筆にあたって、王聡威は物語の舞台を大阪から台北へと書き換え、孤独死した女性を「美君」という名の四十手前の平凡な台湾人女性に置き換えている。夫の暴力が原因で家を飛び出した美君は家族との折り合いも悪く、また社内でも孤立したお局《つぼね》さまとして描かれている。さらに、台湾の社会に網の目のように広がる「社区」と呼ばれるコミュニティにおいても、家庭と同じように居場所を見つけることができずにいる。美君を中心とする個々人のつぶやきによって成立する本書において、王聡威は登場人物たちの独白を中心に物語を進行させていくが、個人の主観のみによって描き出される真実は、結局のところ客観的な目撃者（作者自身を含む）のいない「藪の中」にあって、絶対的な正しさや証拠、あるいは善悪などは存在しない。現代における孤独が複雑な点は、人々が物理的に社会から隔離され、他者との接触が許されていないわけではなく、SNSなどを通じて人間関係はむしろ即時的で広範に及びながらも、そうした現実世界や仮想《バーチャル》上でのつながりが決して孤独を癒すツールとはならないどころか、むしろ孤独を加速させる原因となっていることにある。本書における美君がまさにそうであったように、ほんのわずかなアクションを起こせば助かる状況にありながら、彼らは他者に助けを求めることなく、自らそのつながりを断ち切ってしまうところに現代の孤独が持つ複雑さがある。

幼い頃から周囲に愛情を求めながら、自意識過剰な性格ゆえに周囲からの関係を自ら断ち切ってしまった美君の抱える孤独を複数の人々の声によって紡ぎ出す本書は、そうした声によって照射された個人の孤独を作中だけに留めることなく、それを目撃する読者自身に跳ね返ってくる仕掛けとなっている。いわば、大阪での事件の不可解さに文学が介入する余地を見た王聡威は、事件を起点として千々に乱れた個人のつぶやきを想像することによって、都市に生きる個／孤の輪郭を浮かび上がらせ、現代社会における孤独と愛情の本質に迫ろうとしたのであった。

千変万化する創作手法

本書は、二〇一六年に台湾の木馬出版社から刊行された『生之靜物』の全訳である。

王聡威の作風を一言で述べるのは難しい。それは、彼が作品ごとに常に作風を変化させてきたことに大きな原因がある。一九七二年、台湾南部の都市高雄に生まれた王聡威は、台湾大学哲学科、同大学芸術史研究所を卒業した作家で、九八年には短篇小説『SHANOON 海洋之旅』が同年の短篇小説選に選ばれて文壇の注目を集めた。一方、雑誌編集者としても活躍し、『美麗佳人』、『明報周刊』などの流行ファッション雑誌で編集の仕事に携わった後、台湾を代表する文芸誌『聯合文学』の総編集長に就任、積極的に雑誌の刷新を図り、広く若者受けする文芸誌を作ってきた。王聡威が総編集長に就任後、『聯合文学』は台湾の優秀な出版関係者に与えられる「金鼎賞」の雑誌大賞や美術デザイン賞を相次いで受賞するなど、それまでお固いイメージだった『聯合文学』の誌面を一変させ、多くの読者を獲得することに成功した。こうした編集者としての経験から紡ぎ出される数々の言葉は、洒脱かつユーモラスで、エッセイ集『作家日常（作家の日常）』（二〇一三年）や『編輯様（編集者たる者）』（二〇一四年）などに描かれるその素顔は親しみ深く、どこかおどけてさえみえる。

デビュー当初は難解で前衛的な作風を得意とした王聰威であったが、後に日本植民地期から光復初期における激動の時代を描いた長篇小説『濱線女兒――哈瑪星思戀起（浜線の女――ハマセン恋物語）』（二〇〇八年）で、故郷高雄の港町を舞台に歴史に翻弄される市井の人々を描いたことが評価され、童偉格、甘耀明、呉明益ら同世代の作家たちと並ぶ新郷土文学作家として注目を集めた。新郷土文学とは、ポストモダンやマジックリアリズムといった前衛的な手法を用いることで、急速に変貌する郷土／台湾を再構成するといった特徴を持っていたが、多彩な作風で知られるイタリアの作家イタロ・カルヴィーノから大きな影響を受けたと述べる王聰威は、こうした他者から貼られたレッテルを引き剝がすように、ポストモダン作家や新郷土文学作家といった枠組みにこだわることなく、常に自らの創作手法を変化させてきた。

二〇一〇年代以降、王聰威はそれまでの新郷土文学作家としてのスタイルを捨て、現代の都市生活を舞台にした小説へと舵を切る。そこでは、郷土の素朴な風景は複雑に入り組んだ都市の孤独な個人の内面世界へと置き換えられ、その作風は台湾という土地の特殊性に根ざすものであると同時に、国境を越えた表情《かお》のない都市に暮らすあらゆる人々がその主人公となっていった。こうした都市生活における孤独を描く際、王聰威はしばしば現実に起こった事件や出来事をモチーフに、それをテクストの中で再構成するといった手法を採ってきた。

例えば、二〇一二年に発表された長篇小説『師身（女教師）』は、当時台湾社会を震撼させた女性教師（三十六歳）と男子中学生（十四歳）の性的スキャンダル事件をモチーフとしている。儒教倫理が社会の隅々にまで浸透している台湾において、「一日師たれば終身父たり」といった言葉に象徴されているように、教師と生徒の間の恋愛は最大のタブーとされてきた。しかも、この事件では女性教師が男子生徒を性的に「かどわかした」として、当時大きな衝撃をもって報じられた。法廷で両者の関係を合意の上であったと堂々と主張する被告（女性教師）の姿を見た王聡威は、そうした台湾の人々の胸に去来する「ざわつき」を文学によって再構築することによって、どのような愛情が世間の人々の心を不安にさせるのか描き出そうとしたのであった。

こうした現実の事件に根ざした創作手法は、大阪での事件をもとに書かれた本書においても継承されている。しかし、本書が『女教師』よりも特徴的なのは、ＳＮＳの発信文のような短い文章をいくつも組み合わせ、作品全体を異なる個人の「つぶやき」の組み合わせのような構造にすることで、都市生活を送る現代人が陥る孤独を多角的に描き出すその表現方法にある（本書の執筆に際して、王聡威は出版社への出勤の合間に、Twitterを使って作品の三分の一近くを執筆したと述べている）。台湾文学研究者の陳芳明はこうした斬新な創作手法について、小説の登場人物たちのイメージをかき消すだけでなく、小説の背景すら創作から遠ざけてしまったその構想の大胆さを指摘している。作者が登場人物たちの輪郭を描かず、彼らの背景すら描かないことによって、王聡威が登場人物たちすべての内心における無意識の世界を掘り出すことに成功したのだと述べ、「台湾文壇における既存の実験的技法を覆し」たと評価した。また王聡威と同世代の作家高翊峰は、伝統的な小説における外部描写を捨て、登場人物たちの内面風景のみで成立した本書は、王聡威の内心世界から生まれた一種の「私小説」であることを指摘している。すべての登場人物が一人称によって自ら語る本書は、複数の「私」たちが発する「つぶやき」によって成立した多声《ポリフォニー》の協奏曲であって、読者はその声に耳をすますことによって、それぞれの「私」に自分自身を投影することになるとその試みを賞賛した。

しかし、問題はなぜ、王聡威がこうした手法で現代の孤独を描かなければならなかったのかという点にある。本書の中国語の原題は『生之靜物』、つまり『生の静物』と訳すことができるが、「静物《スティル・ライフ》」とは、元来果物や花瓶などといった静物画を意味している。本書における「静物」とは、美君の周囲にある数々の日用品（風鈴、電話、コップ、電気釜など）を指しているが、そうした本来生命をもたない物体に「生」の言葉がかぶせられることによって、読者は遺された「静物」から否応なく強烈な「生」の匂いを嗅ぎ取ることになる。美君は周囲にあふれる「静物」について詳細に語ることで自らが生きた証を残そうとしているのだが、その語りは断片的で一貫性を欠いている上に、そうした語りに幾重にも重なっていく相容れない「私」たちの証言が、美君と他者との距離をさらに広げていく。王聡威は、こうしたちぐはぐな「私」たちの証言によって美君の生きていた日常をテクストにおいて再現しようとしているのであって、登場人物たちの「つぶやき」によって成立する本書の実験的手法は、若く健康な母子がなぜ自ら他者とのつながりを断ち切って死を選んだのかといった執筆当初の疑問への応答にもなっているのだ。

現時点で邦訳のない王聡威の文体を他作品と比べることは難しいが、作品によってその作風を千変万化させていく文体は、デビュー以来常に台湾の読者を魅了してきた。そうした作風の変化は、自らの創作手法を時代に合わせてアップデートしていくことによって小説の持つ限界を模索してきた王聡威ならではの特徴であるといえる。

人を羨むことで、誰からも選ばれることのない自らの不幸を嘆きつつその孤独を深めていく。その意味において、美君の抱える孤独は台湾アイデンティティといった大文字の歴史では救えない個人の孤独を浮き彫りにしているともいえる。最終的に美君を棄てた夫の阿任は、社区で行なわれる「区分所有者会議」で身勝手な主張を繰り返す住人たちを前に、かつて彼らを「恥知らず」で「欲深い」と罵っていた美君の言葉が正しかったことを知るが、すべては後の祭りで、彼らの身勝手な主張が飛び交う様子をただ呆然と眺めるしかない。

デビュー以来、不断にその作風を変化させてきた王聡威の実験的な創作姿勢から生まれた本書は、台湾社会が新たな国民意識によって結びつこうとする連帯の時代の影に生じた孤独を描いているが、そうした矛盾は、「一億総活躍」や「絆」といった国民意識が過度に強調されながら、同時に多くの国民が日々「無縁死」する現代の日本社会でこそリアリティを持つものなのかもしれない。大阪で起こった悲劇に「ざわつき」を覚えた王聡威は、それをモチーフに台湾社会に潜む孤独を描いたが、そこで描かれた悲劇は台湾社会を映し出すものであると同時に、日本社会そのものを映し出す鏡でもある。今後、日本の読者が王聡威の作品により多く触れられることを願ってやまない。

最後になったが、翻訳にあたって、著者の王聡威氏には問い合わせにお答えいただくなどお世話になった。また、黄耀進氏と白水社の杉本貴美代氏には丁寧な校正をしていただいた。ここにお礼を申し上げたい。

二〇一八年七月　　倉本知明

装画：大坂秩加≪εεεεεε(´ε`)≫
装丁：緒方修一

民主化を背景にした承認欲求

現代生活における孤独といった普遍的なテーマを描く一方で、本書からは台湾独特の歴史的背景も見てとれる。幼い子どもと共に孤独死する美君は、他人から選ばれたいといった強烈な承認欲求をむき出しに生きる女性として描かれているが、そうした承認欲求は台湾社会が戒厳令の解除によって急速に民主化され、いわゆる台湾意識を向上させていた時期と見事に重なり合っている。

美君は作者である王聡威と同時代を生きた人物として設定されているが、一九七二年生まれの王聡威が小学校に上がった頃、故郷の高雄では民主化運動家たちが国民党政府に弾圧・逮捕された美麗島事件（七九年）が発生、高校時代には戒厳令が解除（八七年）され、大学時代には国民党独裁体制を支えた国民大会の解散を求めた野百合学生運動（九〇年）が台北市内で起こるなど、その青春時代は民主化闘争の真っ只中にあった。

しかし、美君の言動からはそうした時代の激動は一切感じられず、ただひたすら自らの愛情の世界に拘泥するノンポリとして描かれている。幼い頃から人一倍承認欲求が強かった美君は、毎回クラス委員長に立候補するが、風紀委員長としてクラスメートから嫌われていた美君に票が集まることはなく、クラスで一番かわいい生徒を選ぶ投票でも、せいぜい四、五票しか集まらなかった。大人になった美君は、「ちょうど民主化がはじまった頃で、民主主義の練習をやらせてるつもりだったのかも」と当時の様子を振り返っているが、美君の抱くこうした承認への渇きが、台湾社会の時代の転換点をその背景にしていたことは注意しておくべきだろう。

大人になってからの美君は異常に世間体を気するることで、表面上はなんとか周囲と衝突することなくやってきた。しかし、会社ではキャリアウーマンとして、家庭ではよい妻や母を演じることで、他者から選ばれることにのみ自らの存在価値を見出そうとする点では、学級委員長になることに固執していた幼い頃となにも変わっていない。極度に他人や世間の視線を気にするこうした態度は、結局美君が他者の価値観のなかでしか自己肯定することができないことを意味しているが、社内での左遷や家庭でのDVなど、一度でもその承認欲求の根底が覆されてしまうと、まるで歯止めを失ったようにどこまでも「無縁」の状態へと転落していってしまう。美君の感じる孤独とは、ある意味で他者の視線のなかで承認欲求を求めるすべての人々に共通する悲劇であると同時に、社会全体が台湾意識といった新たな自己認識を築き上げようとしていた時代に対する一種のアンチテーゼにもなっている。

例えば、作品にしばしば登場する「社区」とは、戒厳令時代に社会インフラの整備と倫理意識の向上を目指して国民党政府が作り出した官製の地域コミュニティを指しているが、一九九〇年代以降は反体制運動や環境保護運動などの社会運動の担い手たちが相次いで地元に回帰していったことで、地域住民の積極的な自主性や助け合いを強化する組織として再編されていった。社区は、それまでの成長一辺倒だった開発経済によって生まれた歪みを是正し、地域の衛生、環境、福祉政策だけにとどまらず、戒厳令時代に失われてきた台湾の伝統・文化の復権を目指して新たに組織されたが、それは台湾の民主化における草の根の運動であると同時に、「地域社会のアイデンティティを創出することを目的」とした社会運動の一種でもあった。いわば、社区とは台湾の民主化を社会の底辺で支えた地盤であり、戒厳令時代に失われた台湾の文化や歴史を再建・創造する社会単位として機能してきたのだ。

しかし、空虚な虚栄心のなかで生きる美君は、そうした自立や相互扶助を掲げる社区に馴染むことができず、そこで自分よりも不幸な（と思える）マンションの警備員や、そんな彼に好意を寄せる住

訳者略歴
一九八二年、香川県生まれ。

立命館大学大学院先端総合学術研究科修了、学術博士。

台湾文藻外語大学助理教授。専門は比較文学。

二〇一〇年から台湾・高雄在住。

共著『戦後史再考――「歴史の裂け目」をとらえる』（平凡社、二〇一四年）、訳書に、伊格言『グラウンド・ゼロ――台湾第四原発事故』（白水社）、蘇偉貞『沈黙の島』（あるむ）がある。


〈エクス・リブリス〉
ここにいる

二〇一八年八月 五日 印刷
二〇一八年八月二五日 発行

著者 王《ワン》 聡《ツォン》 威《ウェイ》
訳者© 倉《くら》 本《もと》 知《とも》 明《あき》
発行者 及川直志
印刷所 株式会社 三陽社
発行所 株式会社 白水社
東京都千代田区神田小川町三の二四
電話 営業部〇三（三二九一）七八一一
編集部〇三（三二九一）七八二一
振替 〇〇一九〇・五・三三二二八
郵便番号 一〇一・〇〇五二
www.hakusuisha.co.jp
乱丁・落丁本は、送料小社負担にてお取り替えいたします。

誠製本株式会社
ISBN978-4-560-09270-5
Printed in Japan

白水社の本

エクス・リブリス

神秘列車
■甘耀明 著／白水紀子 訳
政治犯の祖父が乗った神秘列車を探す旅に出た少年が見たものとは——。台湾の歴史の襞に埋もれた人生の物語を劇的に描く傑作短篇集！

鬼殺し（上・下）
■甘耀明 著／白水紀子 訳
日本統治時代から戦後に至る、激動の台湾を生き抜いた客家の少年と祖父の物語。「現代の語りの魔術師」と称された台湾の若手実力派による、人間本来の姿の再生を描ききった、魂を震わす大河巨篇。東山彰良氏推薦！　ノーベル賞作家・莫言が激賞！

歩道橋の魔術師
■呉明益 著／天野健太郎 訳
一九七九年、台北。物売りが立つ歩道橋には、子供たちに不思議なマジックを披露する「魔術師」がいた——。今はなき「中華商場」と人々のささやかなエピソードを紡ぐ、台湾で今もっとも旬な若手による、ノスタルジックな連作短篇集。

グラウンド・ゼロ　台湾第四原発事故
◆伊格言　倉本知明 訳
台北近郊の第四原発が原因不明のメルトダウンを起こした。生き残った第四原発のエンジニアの記憶の断片には次期総統候補者の影が……。

海峡を渡る幽霊
◆李昂　藤井省三 訳
寂れゆく港町に生きる女性、幽霊となり故郷を見守る先住民の女性など、女性の視点から台湾の近代化と社会の問題を描く短篇集。

冬将軍が来た夏
◆甘耀明　白水紀子 訳
レイプ事件で深く傷ついた私のもとに、突然現れた終活中の祖母と五人の老女。台中を舞台に繰り広げる、ひと夏の愛と再生の物語。解説＝高樹のぶ子。

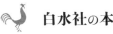